J. M. G. Le Clézio

Ourania

Gallimard

J. M. G. Le Clézio est né à Nice le 13 avril 1940 ; il est originaire d'une famille de Bretagne émigrée à l'île Maurice au XVIIᵉ siècle. Il a poursuivi des études au collège littéraire universitaire de Nice et est docteur ès lettres.

Grand voyageur, J. M. G. Le Clézio n'a jamais cessé d'écrire depuis l'âge de sept ou huit ans : poèmes, contes, récits, nouvelles, dont aucun n'avait été publié avant *Le procès-verbal*, son premier roman paru en septembre 1963 et qui obtint le prix Renaudot. Son œuvre compte aujourd'hui une trentaine de volumes. En 1980, il a reçu le Grand Prix Paul-Morand décerné par l'Académie française pour son roman *Désert*.

Pour Don Luis González, in memoriam

Be loose from all shaken things :
You see the clouds return after the rain,
One storm in the neck of the other.

JOHN OWEN
Ouranon Ourania

J'ai inventé un pays

C'était la guerre. Hormis mon grand-père Julien, il n'y avait pas d'hommes à la maison. Ma mère était une femme aux cheveux très noirs, à la peau ambrée, aux grands yeux bordés de cils pareils à un dessin au charbon. Elle passait beaucoup de temps au soleil, je me souviens de la peau de ses jambes, brillante sur les tibias, sur laquelle j'aimais passer mes doigts.

Nous n'avions pas grand-chose à manger. Les nouvelles qui nous parvenaient étaient angoissantes. Pourtant, je garde de ma mère à cette époque le souvenir d'une femme gaie et insouciante, qui jouait des airs à la guitare et chantait. Elle aimait lire aussi, et c'est d'elle que j'ai reçu la conviction que la réalité est un secret, et que c'est en rêvant qu'on est près du monde.

Ma grand-mère paternelle était bien différente. C'était une femme du Nord, des environs de Compiègne ou d'Amiens, d'une longue lignée de paysans fermés et autoritaires. Elle s'appelait Germaine Bailet, et ce nom contenait bien tout

13

ce qu'elle était, avaricieuse, entêtée, volon-taire.

Elle s'était mariée très jeune à mon grand-père, un homme d'une autre époque, un ancien professeur de géographie qui avait démissionné pour se consacrer à l'étude du spiritisme. Il s'isolait dans un cabinet pour fumer cigarette après cigarette de tabac noir, en lisant Sweden-borg. Il n'en parlait jamais. Sauf une fois où, me voyant lire un roman de Stevenson, il avait dit d'un ton définitif : « Tu ferais mieux de lire ta Bible. » Sa contribution à mon éducation s'était arrêtée là.

Ma mère avait un nom à part. Un nom doux et léger, un nom qui évoquait son île, qui allait avec son rire, ses chansons et sa guitare. Elle s'appelait Rosalba.

La guerre, c'est quand on a faim et froid. Est-ce qu'il fait toujours plus froid pendant les guerres ? Ma grand-mère Germaine prétendait que les deux guerres qu'elle avait connues, la première, la « Grande », et l'autre, la « sale guerre », avaient toutes les deux été marquées par des étés torrides, suivis d'hivers affreux. Elle racontait que l'été 1914, dans son village, les alouettes chantaient : « C't'été-ci, c't'été-ci ! » Et ce n'était qu'au jour où on avait placardé l'ordre de mobilisation, à la mi-août, que les paysans avaient compris. Ma grand-mère n'avait pas parlé des oiseaux qui chantaient l'été 1939. Mais elle racontait que mon père était parti dans un orage. Il avait embrassé sa femme et son fils, il avait relevé son col sous la pluie, et il n'était jamais revenu.

Dans la montagne, il faisait froid à partir d'octobre. Il pleuvait chaque soir. Les ruisseaux coulaient au centre des rues, en faisant une musique triste. Il y avait des corbeaux dans les champs de pommes de terre, ils tenaient des sortes de réunions, leurs glapissements emplissaient le ciel vide.

Nous habitions le premier étage d'une vieille maison de pierre, à la sortie du village. Le rez-de-chaussée était composé d'une grande pièce vide qui avait servi autrefois de dépôt, et dont les fenêtres avaient été murées par ordre de la Kommandantur.

C'est l'odeur de ce temps-là que je ne peux pas oublier. Un mélange de fumée, de moisi, une odeur de châtaigne et de chou, quelque chose de froid, d'inquiétant. La vie passe, on a des aventures, on oublie. Mais l'odeur reste, elle ressort parfois, au moment où on s'y attend le moins, et avec elle reviennent les souvenirs, la longueur du temps de l'enfance, du temps de la guerre.

Le manque d'argent. Comment un enfant de quatre, cinq ans devine-t-il cela ? Ma grand-mère Germaine en parlait certains soirs, tandis que je m'endormais à moitié sur mon assiette vide. « Comment allons-nous faire ? Il faut du lait, des légumes, tout coûte cher. » Ce n'est pas l'argent qui manque, c'est le temps. Les moyens de ne plus penser au temps, de n'avoir pas peur du jour qui s'achève, du jour qui va reprendre.

La pièce à vivre, c'était la cuisine. Les chambres étaient sombres et humides. Leurs fenêtres regardaient un pan rocheux, moussu, où l'eau semblait cascader en permanence. La cuisine était du côté de la rue, éclairée par deux fenêtres sur lesquelles ma grand-mère fixait chaque soir du papier bleu pour le couvre-feu. C'est là que nous passions la plus grande partie de la journée. Même en hiver, il y avait du soleil. Nous n'avions pas besoin de rideaux, parce qu'il n'y avait pas de vis-à-vis. La rue, à cet endroit, c'était la route qui allait vers les montagnes. Il n'y passait pas grand-chose. Une fois par jour, le matin, l'autocar poussif montait la côte, avec un bruit essoufflé de gazogène. Quand je l'entendais venir, je me précipitais vers la fenêtre, pour voir cet insecte de métal, sans nez, dont le toit était chargé de bardas ficelés dans des toiles. L'arrêt du car était un peu plus bas, sur la place, devant le pont. En me penchant, je pouvais apercevoir, par-dessus les champs d'herbes folles, les toits du village et la tour carrée de l'église, avec sa pendule au cadran en chiffres romains. Je ne suis jamais arrivé à lire l'heure, mais il me semble qu'elle devait marquer toujours midi.

La cuisine, au printemps, se remplissait de mouches. Ma grand-mère Germaine prétendait que c'étaient les Allemands qui les avaient apportées. « Avant la guerre, il n'y en avait pas autant. » Mon grand-père la plaisantait : « Comment peux-tu en être sûre ? Les as-tu comptées ? » Mais elle n'en démordait pas. « En 14 déjà, on les a vues arriver. Les Boches les amenaient dans des paniers, ils les lâchaient, pour nous démoraliser. »

Pour lutter contre les insectes, ma grand-mère déroulait des papiers collants accrochés à l'ampoule électrique. Faute de moyens, elle utilisait tous les matins le même rouleau, qu'elle nettoyait chaque soir. Mais en même temps, elle enlevait le peu de glu qui restait et bientôt, en fait de piège, le rouleau servait surtout de perchoir aux insectes. Mon grand-père, lui, avait une méthode plus radicale. Armé d'une tapette vingt fois rafistolée, il partait à la chasse chaque matin, et n'acceptait de déjeûner que lorsqu'il avait abattu son cent de mouches. La toile cirée n'était pas le théâtre de ces combats. Ma grand-mère Germaine avait interdit absolument qu'on y aplatît aucune mouche, pour des raisons d'hygiène. Pour moi, cette toile cirée était le décor principal de ma vie. C'était une toile des plus ordinaires, assez épaisse, d'un brillant un peu huileux et dégageant une odeur de soufre et de caoutchouc, mêlée aux parfums de la cuisine.

J'y mangeais, j'y dessinais, j'y rêvais, j'y dormais parfois. Elle avait pour décor des motifs dont je ne sais s'ils représentaient des fleurs, des nuages ou des feuilles, peut-être tout cela à la fois. Ma grand-mère y préparait avec ma mère les repas, hachant les légumes et les bouts de viande, épluchant carottes et patates, navets, topinambours. Mon grand-père Julien y concoctait la mixture qu'il fumait, mélange de bouts de tabac, de fanes de carottes séchées et de feuilles d'eucalyptus. L'après-midi, quand ses beaux-parents faisaient la sieste, ma mère Rosalba me faisait la leçon. Le livre ouvert, elle me lisait les histoires. Puis elle m'emmenait promener jusqu'au pont, pour regarder la rivière. La nuit venait vite en hiver. Malgré bonnets de laine et peaux de mouton, nous grelottions. Ma mère restait un instant tournée vers le sud, comme si elle attendait quelqu'un. Je la tirais par la main, pour retourner vers la maison. Nous croisions parfois des enfants du village, des femmes vêtues de noir. Peut-être que ma mère échangeait quelques mots. Pour gagner un peu d'argent, elle faisait de la couture le soir, sur la fameuse toile cirée.

Je crois que c'est sur cette nappe que j'ai pensé la première fois à un pays imaginaire. Il y avait ce gros livre rouge que ma mère lisait, et qui parlait de la Grèce, de ses îles. Je ne savais pas ce que c'était que la Grèce. C'étaient des mots. Dehors, dans le couloir froid de la vallée, sur la place de l'église, dans les magasins où j'accompagnais ma mère et ma grand-mère quand elles allaient acheter du lait ou des pommes de terre, il n'y avait pas de mots. Seulement le son des cloches, le bruit des galoches sur le pavé, des cris.

Mais du livre rouge sortaient des mots, des noms. Chaos, Éros, Gaia et ses enfants, Pontos, Océanos et Ouranos le ciel étoilé. Je les écoutais sans comprendre. Il était question de la mer, du ciel, des étoiles. Est-ce que je savais ce que c'était ? Je ne les avais jamais vus. Je ne connaissais que les dessins de la toile cirée, l'odeur de soufre, et la voix chantante de ma mère qui lisait. C'est dans le livre que j'ai trouvé le nom du pays d'Ourania. C'est peut-être ma mère qui a inventé ce nom, pour partager mon rêve.

J'ai vu l'ennemi. Je dis « l'ennemi » parce que je ne savais pas qui ils étaient, ni d'où ils venaient. Ma grand-mère Germaine les haïssait tant qu'elle ne prononçait jamais leur nom. Elle les appelait les Boches, les Frisés, les Teutons, les Huns. Elle disait seulement « ils ». « Ils » sont venus.

« Ils » ont occupé un village. « Ils » barrent les routes. « Ils » détruisent des maisons.

C'était menaçant, à peine réel. La guerre n'a pas de sens pour les enfants. D'abord ils ont peur, puis ils s'habituent. C'est quand ils s'habituent que cela devient inhumain.

J'y pensais sans y croire. Quand j'allais au village avec ma mère, je ramassais des cailloux sur la route. « Qu'est-ce que tu vas en faire ? » m'a-t-elle demandé une fois. J'ai enfoncé les cailloux dans mes poches. « C'est pour jeter », ai-je dit. Ma mère a dû demander : « Contre qui ? » Mais elle avait compris. Elle ne m'a plus posé de questions. Elle ne parlait jamais de tout cela, la guerre, les ennemis. C'était son jeu à elle : parler d'autre chose, penser à autre chose. L'angoisse devait lui être insupportable. Quelquefois, le soir, au lieu de souper, elle allait se coucher dans le noir.

Le livre rouge, Ourania, les légendes de la Grèce, cela comptait plus pour elle que ce qui se passait dans les montagnes. En même temps, elle sortait chaque matin, elle allait au bout de la route, pour guetter les nouvelles, pour écouter ce qu'on disait, à la boulangerie, dans les boutiques. Comme si mon père allait apparaître à l'entrée du village, brusquement, comme il avait disparu.

C'était l'automne. Les ennemis étaient dans le village. Il y avait un bruit de moteurs. Non pas l'autocar à gazogène avec son souffle sifflant. Des moteurs qui faisaient une musique à deux tons, un aigu, un autre plus grave. J'ai été réveillé ce matin-là par le bruit. J'étais seul dans la chambre, j'ai eu peur. Les murs et le sol tremblaient. Dans la cuisine, j'ai vu ma mère et ma grand-mère, debout dans l'angle de la fenêtre. Elles avaient décroché le papier bleu, le soleil entrait à flots jusqu'au fond de la cuisine. Cela donnait un air de fête. Mon grand-père Julien était resté assis sur son fauteuil, il regardait devant lui, j'ai remarqué que ses mains tremblaient un peu.

« Daniel. » Ma mère a chuchoté mon nom, et sa voix était différente. Quand je me suis approché de la fenêtre, elle m'a serré contre elle, comme pour faire un rempart. Je sentais l'os de sa hanche contre ma joue, et je faisais des efforts pour voir, en me haussant sur la pointe des pieds.

Dehors, le long de la rue, une colonne de camions avançait lentement, le bruit de leurs moteurs faisait trembler les vitres. Ils remontaient la route, si près l'un de l'autre qu'on aurait cru un train.

De là où j'étais, coincé entre le mur et la hanche de ma mère, je ne voyais que les bâches et les vitres des camions, comme s'il n'y avait personne à bord. Je regardais le long défilé des camions, j'entendais le fracas des moteurs, les vitres qui tremblaient, peut-être les coups du cœur de ma mère, ma tête appuyée contre son flanc, la peur qui emplissait la chambre, la vallée. À part le bruit des moteurs, tout était vide. Aucune voix. Est-ce que les chiens aboyaient dans les cours ?

Cela a duré longtemps. Le grondement des camions semblait ne jamais devoir cesser. L'ennemi remontait la vallée, s'enfonçait dans la gorge de haute montagne, vers la frontière. Le soleil brillait sur le mur de la cuisine. Au-dessus de nous, le ciel était bleu, encore un ciel d'été. Sans doute les nuages s'amoncelaient au nord, sur les sommets des montagnes. Les mouches, un instant dérangées par la vibration des moteurs, avaient recommencé leur danse au-dessus de la toile cirée. Pourtant mon grand-père Julien ne songeait pas à les chasser. Il restait assis devant la table, la lumière le frappait en plein, il était pâle et très vieux, très grand et maigre, ses yeux étaient traversés par la lumière, deux billes transparentes, gris-bleu. Je ne sais pas pourquoi, c'est cette image de mon grand-père que j'ai gardée, elle s'est superposée à toutes ses photos. Peut-être est-ce le vide de son regard, la pâleur de son visage qui me permettent de comprendre l'importance de l'événement que nous étions en train de vivre, l'ennemi qui s'écoulait sous nos fenêtres pareil à un long animal de métal sombre.

Mario est mort ce matin-là. Mario était comme mon grand frère, il jouait parfois avec moi dans la cour derrière la maison. Il était jeune, un peu fou. Plus tard j'ai imaginé qu'il était l'amoureux de ma mère, mais c'est une simple supposition, car elle n'en a jamais rien dit.

J'étais dans le lit de ma grand-mère, je rêvassais en regardant les rayons du soleil qui passaient sous la porte.

Tout le monde était parti très loin. J'entendais une voix qui appelait ma mère, avec un accent geignard : « Rosalba ! » Le visage de mon père était sombre, pas comme s'il était dans l'ombre. Noirci de fumée. « Rosalba ! » répétait la voix, mais ce n'était pas une voix d'homme, plutôt la voix de ma grand-mère. Une voix lente, qui traîne sur les syllabes. Je fais souvent ce rêve. Mon père est parti alors que j'étais un bébé, et pourtant je suis sûr que c'est lui qui apparaît, dans l'encadrement d'une porte, et je ressens une très grande crainte à entendre la voix qui appelle ma mère. Je n'en ai parlé à personne.

Ce matin-là, pendant le rêve, j'ai entendu une explosion. Un bruit puissant, très proche. Cela m'a réveillé. Après, je ne sais plus ce qui s'est passé. Ma grand-mère est revenue de donner à manger à ses lapins, dans la cour. Elle a caché les lapins derrière des fagots, pour qu'on ne les lui vole pas. De temps à autre elle en tue un, et elle l'écorche. Elle sait faire cela très proprement. Je l'ai vue un jour, dans la cour. Le lapin était accroché à un clou du mur, il y avait une flaque de sang par terre, les mains de ma grand-mère étaient rouges.

Plus tard, ma mère est revenue des courses. Elle avait acheté une miche de pain, du lait dans un pot en fer, quelques navets avec leurs feuilles pour faire un bouillon. Elle a posé les courses sur la table. Mon grand-père Julien buvait sa chicorée à petites lampées, en aspirant bruyamment. D'ordinaire, ma grand-mère le rabrouait : « Ne fais pas ce bruit, tu nous embêtes ! » Mais elle ne disait rien. Ma mère avait l'air triste. Je l'ai entendue chuchoter avec ma grand-mère, elles parlaient de Mario. Je n'ai pas compris tout de suite. C'est plus tard, beaucoup plus tard, après la guerre. Mario transportait une bombe qu'il devait poser sur le pont. C'est la route qu'empruntent les ennemis pour aller vers les cols.

Quand j'ai compris que Mario était mort, tous les détails me sont revenus. Les gens racontaient cela en long et en large à ma grand-mère. Mario traversait le champ, un peu plus haut, à la sortie du village. Il cachait la bombe dans un sac, il courait. Peut-être qu'il s'est pris les pieds dans une motte de terre, et il est tombé. La bombe a explosé. On n'a rien retrouvé de lui. C'était merveilleux.

C'était comme si Mario s'était envolé vers un autre monde, vers Ourania. Puis les années ont passé, j'ai un peu oublié. Jusqu'à ce jour, longtemps après, où le hasard m'a réuni avec

le jeune homme le plus étrange
que j'aie jamais rencontré

Je voyageais à travers l'Ouest mexicain, dans un car qui allait du port de Manzanillo vers la ville de Colima. L'autocar était bondé quand je suis monté à bord, et je suis allé droit jusqu'au fond, vers la seule place libre. Je n'ai pas fait tout de suite attention à mon voisin, mais l'autocar a commencé à rouler et il a ouvert la vitre à glissière à cause de la chaleur. Il m'a touché le bras pour me demander par signe si le vent me gênait. Comme je lui répondais qu'au contraire cela me faisait du bien, il a esquissé un petit sourire puis il a regardé par la fenêtre. Un instant après, il s'est tourné à nouveau vers moi pour me dire son nom : « Raphaël Zacharie. » Je me suis présenté : « Daniel Sillitoe », et je lui ai tendu la main. Le garçon a hésité avant de la prendre, et au lieu de la serrer il s'est contenté de toucher le bout de mes doigts d'un geste rapide. À part nos noms, pas un mot n'avait été prononcé. C'est alors que je me suis aperçu de l'étrangeté de mon voisin de route. Pour ne plus avoir à y revenir, je vais faire brièvement son portrait.

Un garçon de seize ou dix-sept ans, vêtu très proprement d'un pantalon de toile bleu et d'une chemise de sport à manches courtes d'un blanc un peu terne. Ses cheveux bruns étaient coupés très court, très drus et hérissés comme les poils d'un porc-épic. Mais son visage sombre était rond et doux, avec des traits d'Indien, un nez fin, des pommettes larges, des yeux noirs en amande dépourvus de cils et de sourcils. J'ai remarqué aussi une absence de lobe à son oreille.

Lorsque nous avons échangé nos noms, j'ai été surpris par son expression, assez inhabituelle pour quelqu'un d'aussi jeune. Il avait un visage plutôt grave, et en même temps ouvert et sans aucune timidité, un air de franchise audacieuse qui allait peut-être jusqu'à la naïveté. J'ai perçu tout cela d'un coup, juste par l'échange de nos regards et par cet étrange effleurement de nos mains. Puis le garçon se tourna de nouveau vers la fenêtre et le début du voyage se déroula sans que nous nous occupions l'un de l'autre.

Mon compagnon semblait d'ailleurs plus intéressé par le paysage que par ce qui se passait dans le car. Il restait penché vers la fenêtre, les yeux plissés à cause du vent et de la poussière, à regarder défiler les rues de la ville, les gens sur les trottoirs. L'autocar faisait ronfler son moteur,

et de temps en temps un éclat de klaxon réson-
nait contre les murs des immeubles.

Après la ville de Tecoman, traversée dans un
nuage de poussière et de bruit, l'autocar a commencé à rouler dans une gorge qui remonte le
cours desséché du fleuve Armería. Puis il a
monté les pentes volcaniques.

J'étais à l'arrière, assis sur les roues, et je pouvais ressentir le moindre cahot, la moindre cre-
vasse sur l'asphalte. Dans les virages, je devais
m'agripper à la poignée du siège de devant
pour ne pas être éjecté dans l'allée ou tomber
lourdement sur mon voisin de droite. Le garçon,
lui, ne semblait pas s'en apercevoir. Il continuait
à regarder le paysage désertique qui défilait à
toute vitesse, à travers la vitre qu'il avait maintenant presque entièrement refermée et qui tein-
tait de vert tout ce qu'il regardait.

J'avais du mal à imaginer ce qu'il pouvait ressentir à regarder ce paysage monotone. Dans le
car, les passagers s'étaient assoupis, on aurait dit
qu'ils avaient fait un concours pour savoir qui
s'endormirait en premier. La plupart étaient des
paysans de la région, du Jalisco ou du Michoacán,
endimanchés, reconnaissables à leurs chapeaux
de paille ornés de pompons, et à leurs chemises
guayaberas empesées. Il y avait aussi des voyageurs de plus loin, des étudiants de Guadalajara
ou de Mexico venus passer un week-end sur les
plages de Manzanillo ou de Barra de Navidad,
fatigués par le soleil et les nuits blanches.

Dans l'habitacle l'air était surchauffé, rendu âcre par la poussière et les gaz d'échappement. Cela sentait une odeur humaine aussi, une odeur de sueur rance, mais ce n'était pas le plus désagréable.

Un peu plus tard, Raphaël m'a adressé la parole, pour me montrer sa montre-bracelet, une chose criarde avec un cadran bleu métal, du genre de celles qu'on vend à la sauvette aux abords des marchés. Le bracelet était en métal aussi, fait de chaînons dorés. Le garçon m'a parlé en espagnol, avec un accent un peu germanique. « Je l'ai achetée à Manzanillo, m'a-t-il expliqué. C'est ma première montre. » J'ai dit un peu bêtement, parce que je ne savais pas quoi répondre, comme à un enfant : « Elle est belle. C'est une montre à pile ou à ressort ? » Raphaël m'a regardé d'un air un peu condescendant. « Tu sais, là où je vais, il n'y a rien d'électrique. Elle est à ressort » (il a utilisé l'espagnol *de cuerda*). « Tu as raison, ai-je dit. C'est mieux. La mienne aussi est à ressort. » J'ai sorti de la poche de mon pantalon le vieil oignon qui a appartenu à mon père, le seul souvenir que j'ai de lui. « Tu vois, elle est vieille, elle retarde tout le temps, mais je l'aime. »

Raphaël a examiné ma montre très attentivement. Ensuite il me l'a rendue et il m'a demandé : « Que signifie "Junghans" ? — C'est sa marque. C'est une montre qui a été fabriquée en Allemagne, avant la guerre. » Raphaël a réfléchi un instant. « Pourquoi vient-elle de là-bas ? Tu as habité en Allemagne ? » Il a ajouté : « Elle est belle, comme beaucoup de choses très vieilles. » J'ai dit : « C'est mon père, avant la guerre il était en Allemagne, et puis quand la guerre a été déclarée il est allé en France. »

Raphaël s'est détourné. Il a regardé par la fenêtre, j'ai pensé que j'avais cessé de l'intéresser. Puis, un long moment après, il m'a parlé à nouveau. Il m'a posé des questions sur mon père, ce qu'il faisait. Je lui ai dit que mon père était mort pendant la guerre, quand j'étais un bébé, et que je ne me souvenais pas de lui. C'était pour simplifier. Je ne pouvais pas lui dire que mon père avait disparu, que je n'avais jamais su ce qu'il était devenu. « Et ta mère ? » J'ai hésité avant de lui dire : « Elle est vieille, je crois qu'elle n'a plus envie de vivre, elle va devoir aller dans une maison avec d'autres vieux, elle ne sait plus qui elle est. »

Raphaël me regardait sans comprendre. « Tu dis des choses curieuses. Comment est-ce qu'on ne peut plus avoir envie de vivre ? » Il a ajouté : « Chez nous, les gens ne sont pas très vieux, mais ils ont envie de vivre. Ils ne pensent pas à aller dans une maison avec d'autres vieux, ils espèrent rester tout le temps avec nous. »

J'ai demandé : « C'est où, chez toi ? » Il n'a pas répondu tout de suite. Puis il m'a dit, et c'est la première fois que j'ai entendu ce nom . « Cela s'appelle Campos. »

Nous sommes restés un long moment sans rien nous dire. Le paysage catastrophique de la sierra volcanique transversale lançait des éclairs blancs à travers la glace teintée. En contrebas, j'ai aperçu en un coup d'œil le lit du fleuve Armería, puis le car a commencé à rouler dans une plaine monotone, poudreuse, et je pensais au décor des livres de Rulfo, à Comala pareille à une plaque de fer chauffée à blanc par le soleil, où les humains sont les seules ombres vivantes.

C'était un pays inquiétant, un pays pour aller d'un monde à un autre monde. J'avais envie d'en savoir plus sur mon voisin.

« Parle-moi de Campos », ai-je dit.

Raphaël m'a regardé avec méfiance.

« C'est un endroit comme un autre, a-t-il répondu. Il n'y a rien d'extraordinaire là-bas. C'est un village, c'est tout. »

Le jeune homme avait changé d'expression. Tout à coup il avait un air de réserve, d'hostilité. J'ai compris que ma question l'avait dérangé, qu'il avait senti de la curiosité. Sans doute n'étais-je pas le premier à avoir remarqué sa façon d'être, son aspect physique, ses habits. Il devait avoir l'habitude d'écarter les importuns.

J'ai pensé à une autre manière de poser mes questions qui ne soit pas trop inquisitrice, mais il a semblé deviner mes intentions, parce qu'il a commencé : « Si tu veux vraiment le savoir, je suis né au Québec, à Rivière-du-Loup. Quand ma mère est décédée, mon père m'a conduit jusqu'à Campos, parce qu'il ne pouvait plus s'occuper de moi. »

Il s'est arrêté un instant, j'ai cru qu'il allait continuer l'histoire, mais il a dit : « Tu sais, à Campos, nous avons une coutume. Quand les garçons et les filles ont grandi (il a utilisé l'expression des Indiens, *desarrollado*), ils doivent quitter le village et aller où ils veulent, pour voir le monde. Il y en a beaucoup qui vont dans les grandes villes, à Guadalajara, ou à Mexico. Ceux qui ont les moyens vont dans d'autres pays, aux États-Unis ou au Costa Rica. Moi je voulais voir la mer, parce que j'ai oublié la mer depuis que j'ai quitté mon pays. Alors j'ai pris le car pour Manzanillo. Avec l'argent que j'ai reçu, j'ai acheté beaucoup de jouets en plastique et je les ai vendus sur les marchés, ou sur les plages. Je me suis acheté une montre. Maintenant, je n'ai plus d'argent, alors je retourne à Campos. Voilà, je n'ai rien d'autre à dire à ce sujet. »

Il semblait assez content d'avoir raconté cette petite histoire. Et moi, j'avais du mal à y croire. Il me faisait l'impression de quelqu'un de rusé sous un masque de naïveté enfantine. Il avait préparé des réponses, et il les servait à l'occasion.

« Et tu as aimé la mer à Manzanillo ? »

Il s'est détendu, il a retrouvé son air insouciant. « C'est magnifique, a-t-il dit. C'est grand, très grand, et les vagues tombent sur la plage tout le temps, le jour, la nuit, d'où viennent-elles ? »

Il me regardait avec des yeux brillants. J'ai compris que ça n'était pas une façon de parler, mais de poser vraiment la question.

« Je ne sais pas, ai-je répondu. De l'autre bout du monde, de la Chine ou de l'Australie, je suppose. » Ma réponse ne le satisfaisait pas.

Alors il a parlé à nouveau de Campos.

« Tu sais, Campos, là où je vis, c'est un tout petit village, au bout d'une vallée, avec une haute montagne au-dessus. Au début, quand je suis arrivé, je croyais qu'il n'y avait rien au-delà de cette montagne, je croyais que c'était le bout du monde. Je pensais à mon pays, à Rivière-du-Loup, je voulais m'échapper pour y retourner. Ensuite j'ai oublié, je me suis habitué à vivre sans mon père. J'ai été content d'aller à Manzanillo, de voir la ville avec tous les gens, de voir la mer, tous les soirs je m'asseyais sur la plage et je regardais les vagues. »

L'autocar escaladait la montagne par une route en lacet. On ne voyait plus le lit du *río* Armería, ni les plaines arides. Mais en sortant d'une gorge nous avons découvert les silhouettes majestueuses des deux volcans, le volcan d'eau et le volcan de feu, ce dernier mangé de nuages.

J'ai dit les noms des volcans à Raphaël. Il était enthousiaste : « C'est magnifique. » Il a ajouté sentencieusement : « Le monde est plein de choses très belles et on pourrait passer sa vie sans les connaître. »

J'ai osé une question. « On peut aussi les découvrir dans les livres. Est-ce que tu vas à l'école, dans ton village de Campos ? »

Raphaël continuait à regarder les volcans. Ma question l'ennuyait sûrement, pourtant un instant plus tard, il a répondu.

« À Campos, nous n'avons pas d'école comme vous dites. À Campos, les enfants n'ont pas besoin d'aller à l'école parce que notre école est partout. Notre école c'est tout le temps, le jour, la nuit, tout ce que nous disons, tout ce que nous faisons. Nous apprenons, mais ça n'est pas dans les livres et les images, c'est autrement. »

Il parlait doucement, à voix presque basse, ce qu'il disait lui semblait évident. Et d'une certaine façon, dans ce car cahotant sur la route au milieu des montagnes, devant les volcans géants, c'était clair, indubitable.

« Nous avons aussi des maîtres et des maîtresses, ce sont nos aînés, nos frères et nos sœurs, ils nous enseignent tout ce que nous devons savoir. — À lire, à écrire aussi ? Et les chiffres, l'algèbre, la géométrie, les sciences, la géographie, l'histoire ? Et ça n'est pas une école ? »

J'avais réussi à le faire rire. Il ne riait pas à la manière d'un garçon de son âge. Je crois que je n'avais jamais vu personne rire de cette façon. Non seulement ses yeux riaient, mais aussi sa bouche et sa gorge, tout son corps, en silence.

« Pourquoi ris-tu ? ai-je demandé. Est-ce que ce que je te dis te semble comique ? »

Raphaël a touché mon bras. « Pardonne-moi, ami, je ne voulais pas t'offenser. Ce que tu dis, on peut le lire dans les livres, je veux dire vos livres à vous autres Mexicains. »

J'ai voulu protester que je n'étais pas vraiment mexicain, mais j'ai senti que ça n'avait pas d'importance.

Raphaël a consenti à m'en révéler davantage. « À Campos, nous ne disons pas les mathématiques, l'algèbre, la géométrie, la géographie et toutes ces sciences dont tu viens de parler. » Il a attendu un instant, il s'est rapproché de moi et il a chuchoté : « Nous disons : la vérité. »

Je l'affirme, à la façon dont il a prononcé ce mot, *verdad*, j'ai été parcouru d'un frisson. À partir de cet instant-là, j'ai commencé à croire dans l'existence de Campos.

J'avais mille questions à lui poser. En même temps, cet autocar n'était pas l'endroit rêvé pour une conversation. Les cahots, les glaces brinquebalantes, la chaleur de midi qui montait à l'intérieur de l'habitacle. D'un seul coup, mon étrange compagnon a cessé de s'occuper du paysage et s'est endormi.

Nous sommes descendus à Colima. J'aurais dû continuer jusqu'à Guadalajara, où j'avais rendez-vous avec un certain Valois, directeur du département d'histoire à l'université, avec qui je devais établir le plan de mon enquête et la liste de mes recommandations. Mais quand Raphaël Zacharie a pris son sac pour descendre du car, je ne sais pourquoi, je l'ai suivi. Nous sommes restés sur le trottoir, éblouis par le soleil, encore abasourdis par le bruit du moteur et par le vent.

Puis nous avons marché vers le centre, le long d'une belle avenue plantée de flamboyants. Raphaël regardait tout avec attention, comme si ce qu'il voyait était incroyablement nouveau. Il ne s'est pas étonné que je l'accompagne. À un moment, il a seulement commenté : « Tu es comme moi, tu n'es pas pressé. » Avec un petit sourire. En vérité, je pensais au rendez-vous que j'allais manquer, au retard qui s'ensuivrait. Mais à cet instant, l'OPD et sa mission, le projet de cartographie de la vallée du Tepalcatepec, me paraissaient sans importance.

Nous sommes arrivés sur la place. Raphaël est allé s'asseoir sur un banc, à l'ombre d'un magnolia. Le ciel était d'un bleu cru. De cet endroit, on ne pouvait pas voir les volcans, mais je sentais leur présence, quelque part sur la gauche, derrière les immeubles modernes.

« J'aime cette ville », a dit Raphaël, avec une solennité qui, chez n'importe qui d'autre, aurait semblé ridicule. « Je vais passer la nuit ici, et demain j'irai à Campos. »

Nous avons pris deux chambres à l'hôtel Casino, sur la place. Un vieux caravansérail avec un patio intérieur, et des plafonds hauts. À la tombée de la nuit, nous nous sommes retrouvés dans le hall de l'hôtel, plutôt un long couloir qui reliait le patio à la place. Des fauteuils de moleskine rouge étaient alignés face à face le long du couloir, cela avait un air vaguement soviétique. Au début du couloir, derrière un bureau, le propriétaire de l'hôtel, un Espagnol taciturne, lisait son journal, sans s'occuper du poste de télévision qui diffusait l'image tressautante d'un match de foot.

La nuit était douce. Nous nous sommes assis dans les fauteuils et nous avons mangé des pastèques et bu des sodas achetés à un poste voisin, sous les arcades. Les papillons tourbillonnaient autour des lampes, et de temps en temps une chauve-souris volait à travers le long couloir en poussant ses petits cris angoissés.

« Un vieux m'a raconté qu'autrefois les jésuites avaient habité à Campos, a commencé Raphaël. Il m'a dit que ce n'était pas vraiment un village, juste un campement au milieu des champs avec des huttes en bois et une église, et pour ça les gens ont donné ce nom, Campos. Celui qui m'a raconté cela l'avait entendu dire par son grand-père, dans sa jeunesse il avait travaillé là, avant la révolution, avant que le gouvernement ne brûle tout et transforme l'église en écurie. Tout a été détruit, à Campos, il ne reste rien, seulement de vieux murs et la tour de l'église, tout le reste a été démoli. C'est ce que m'a raconté le vieux, mais il ne savait pas qui avait vécu là-bas. Au commencement, il n'y avait que des huttes en bois, et après on avait construit des murs, des silos pour les grains, la tour de l'église, et on avait fait un grand mur de briques autour du village, pour se défendre contre les voleurs. Et quand celui qui nous dirige, que nous appelons notre Conseiller, est arrivé, il n'y avait que des ruines, et la tour de l'église. Mais le mur est resté debout. Et maintenant Campos est à nouveau habité, comme avant. »

Il est resté silencieux quelques minutes, et il a conclu : « Je te raconte cela, mais tu sais, pour nous autres, à Campos, ça n'est qu'une histoire. » J'avais l'air surpris, il a ajouté : « Une histoire, tu sais, un conte qu'on raconte aux enfants pour les endormir, ou aux vieux pour qu'ils se souviennent de leur jeunesse. »

J'ai dit : « Alors, tout ce que tu me racontes est inventé ? » Il s'est mis à rire. « Inventé, ou vrai, pour nous à Campos ça veut dire la même chose. Nous ne considérons pas comme vrai uniquement ce que nous touchons ou ce que nous voyons. Les choses mortes continuent d'exister, elles changent, elles ne sont plus les mêmes quand elles sont sur le bout de notre langue. »

J'étais pris par un sentiment de bizarrerie, car enfin j'étais là, en train de parler du réel et de l'infondé avec un garçon de seize ans que je ne connaissais pas le jour d'avant, dans le couloir de cet hôtel, avec le poste de télé qui clignotait et le vieil Espagnol plongé dans son journal, les papillons de nuit qui tourbillonnaient autour des lampes et la chauve-souris invisible qui criait en traversant l'air.

La chaleur était tombée. C'était une nuit du vendredi dans une petite bourgade, les autos et les camionnettes tournaient autour de la place en klaxonnant, les gens défilaient sous les arcades, dans un brouhaha de voix, de rires, de musique.

Raphaël s'est levé. Il avait envie de faire un tour sur la place, pour voir les gens. Il est d'abord allé se doucher dans sa chambre, et il a reparu frais et mouillé, ses cheveux noirs passés à la gomina, répandant autour de lui un parfum de savonnette à l'eau de Cologne.

Dans la rue, il ne passait pas inaperçu. Les filles le regardaient avec des yeux rieurs. Lui marchait lentement en se dandinant, un sourire un peu fat sur sa bonne large figure. À un moment, il m'a pris par le bras, comme cela se fait facilement entre hommes dans les pays latins. Il m'a dit à l'oreille : « Tu as vu cette fille, là, avec ses boucles ? » J'avouai que je n'avais rien vu. Raphaël a haussé les épaules.

« Tu ne regardes jamais ce qu'il faut. Faisons le tour de la place, nous ne pouvons pas la manquer. »

Les gens tournaient autour de la fontaine centrale, ornée d'une horrible statue de Morelos. Cela formait deux anneaux concentriques qui avançaient en sens inverse, l'un avec les femmes, l'autre avec les hommes. Les enfants, eux, couraient de tous côtés en bousculant les passants.

Cela me faisait penser au tableau de Van Gogh, *La ronde des prisonniers.*

Dans la pénombre, les yeux des gens brillaient, leurs dents jetaient des reflets un peu féroces. Sur la chaussée, les voitures tournaient aussi autour de la place, leurs radios à tue-tête.

Soudain, Raphaël a serré mon bras. Devant nous, un groupe de trois filles, très jeunes, arrivait avec nonchalance. Trois filles à la mode, jeans et sweat-shirts trop courts, sauf celle du milieu qui portait un tailleur noir très ajusté. C'est elle que Raphaël avait remarquée. À la lumière des lampadaires, ses cheveux bouclés scintillaient. Quand elles sont parvenues à notre hauteur, la fille aux boucles a tourné la tête, et son regard a croisé celui de Raphaël, très brièvement, le temps d'un battement de cils.

« Tu as vu ? Elle m'a regardé ! » Raphaël était tout ému. Son visage cuivré avait tourné au rouge, ses yeux étroits étaient fendus par le sourire qui poussait ses joues.

J'étais encore plus étonné. Ce garçon qui venait du lieu le plus étrange dont j'aie jamais entendu parler, ce camp de Campos où régnaient prétendument la liberté et la vérité, était tout d'un coup devenu un jeune coq vaniteux, impatient de faire des conquêtes.

J'allais dire quelque chose d'ironique et de vaguement désagréable, mais je me suis retenu. Après tout, il n'était pas anormal qu'un jeune homme eût un tel comportement. Prêt à tout lâcher pour les yeux d'une petite fille rencontrée par hasard, sur la place d'une petite ville de province.

Les trois demoiselles s'étaient arrêtées un peu plus loin, devant un marchand de glaces ambulant. Raphaël m'a laissé et est allé les rejoindre, et je me suis assis sur un de ces bancs en fer forgé qui décorent les *zócalos* de toutes les villes du Mexique en souvenir de Porfirio Díaz. J'ai fumé en regardant tourner les promeneurs. Quand j'ai porté mon regard dans la direction du groupe des filles, j'ai constaté que Raphaël était parti avec elles.

J'étais un peu désappointé, et surtout fatigué. Je suis retourné à l'hôtel Casino, je suis monté à ma chambre et je me suis couché tout habillé sur le lit de sangles. Par la haute fenêtre entrait la rumeur de la place, la musique des boomboxes, les cris suraigus des enfants. Le plafond était peint à la lueur jaune des lampadaires. Je voulais attendre le retour de Raphaël Zacharie, lui poser d'autres questions sur Campos. Puis je me suis assoupi.

J'ai mal dormi cette nuit-là : le bruit de la place, la chaleur qui s'était accumulée dans la chambre, les moustiques assoiffés de sang, les sangles qui meurtrissaient mes côtes. Je n'ai cédé au sommeil qu'au petit matin.

Je me suis réveillé tard, le soleil brûlait déjà la fenêtre.

40

La place était encore vide. Seuls des papiers gras et des trognons de maïs attestaient l'activité de la veille au soir.

Quand je suis descendu pour boire un café, l'Espagnol m'a tendu un bout de papier plié en deux. Il m'a dit : « De la part de votre compagnon. » Le message était écrit en lettres rondes, un peu enfantines : « Nous ne connaissons ni le jour ni l'heure. » J'ai lu sans comprendre, je crois que je n'étais pas bien réveillé.

L'hôtelier m'a dit que Raphaël était parti très tôt par le car *de paso* dans la direction de Morelia. Il ne savait rien de plus. Il a repris la lecture de son journal chiffonné, comme si c'était toujours la même journée qui recommençait.

La colline des anthropologues

était en retrait de la route de San Pablo, sur une
côte caillouteuse qui dominait la Vallée. Les
anthropologues de l'Emporio y avaient acheté
leurs terrains. Quand j'ai vu l'endroit pour la première fois, à mon arrivée dans la Vallée, c'était
encore une pente de rochers noirs, résidus d'une
éruption volcanique ancienne, sillonnée par des
torrents presque à sec qui, à chaque saison des
pluies, s'enflaient brutalement. Une végétation
rabougrie survivait à la sécheresse. Des buissons
épineux, des euphorbes, des cactus.

Personne ne s'était vraiment intéressé jusque-
là à cette colline, sauf quelques bergers qui y
menaient paître leurs cabris. Il est probable que
les anthropologues avaient pu acheter leurs terrains pour une poignée de figues de Barbarie
aux fermiers à qui ils appartenaient.

En bordure de la colline s'étendait la frange
habitée, une sorte de bidonville plutôt qu'un
habitat rural, des cabanes faites de bois de caisse,
de briques de ciment sans mortier et de plaques

de tôle rouillées. Y vivaient ceux qu'on surnommait les Parachutistes, une cinquantaine de familles regroupées par nécessité que les avocats corrompus utilisaient pour occuper les terrains vacants en vue de l'expropriation des propriétaires légitimes. Ils débarquaient soudain, venus en camions de nulle part, ils construisaient en un jour leurs baraquements, et lorsque le décret d'expropriation était signé par les autorités, ils pliaient bagage et disparaissaient.

Les Parachutistes s'étaient installés un peu partout dans la Vallée, le long des routes, des canaux d'irrigation, jusqu'au terrain d'épandage sur la route de Los Reyes.

Les anthropologues ne s'intéressaient pas à ce voisinage. C'était comme s'ils ne le voyaient pas. Quand ils avaient ouvert leur centre de recherche à l'Emporio, ils avaient décidé d'investir dans l'immobilier, et de construire leurs maisons. C'est le chef du centre, un prêtre défroqué du nom de Menendez, qui avait trouvé les terrains. Il avait eu l'idée d'une espèce de « thébaïde » à cet endroit : un édifice hexagonal, comportant un patio en son milieu, divisé en cellules de méditation et de travail pour les futurs étudiants. Admirateur des moines franciscains et de l'évêque Vasco de Quiroga, il avait voulu recréer l'atmosphère d'étude et de recueillement du temps des premiers douze apôtres du Mexique. Il espérait faire de sa maison et de la colline le lieu de rencontre de tous les chercheurs et de tous les philosophes. Il avait réussi à attirer sur cette montagne caillouteuse la plupart des intellectuels du département d'anthropologie de l'Emporio. Guillermo Ruiz, le chercheur péruvien, avait acheté un terrain tout en haut de la colline, et projetait d'y construire une hacienda modèle réduit, murs de basalte et toit de tuiles romaines, et grandes baies vitrées qui s'ouvriraient sur le paysage de la Vallée et la lagune d'Orandino.

Son lot étant au sommet d'une pente escarpée, Ruiz avait prévu d'acheter un âne pour transporter ses provisions et ses enfants, il avait déjà trouvé un nom à l'animal : Caliban. Il avait envisagé de construire une grange pour y élever des animaux de basse-cour, des dindons, des poules et peut-être une chèvre. Il avait décidé de louer la partie plane de son terrain à un paysan qui y planterait du maïs et des courges, non seulement pour sa consommation, mais aussi pour le luxe, disait-il, d'entendre, quand il travaillerait à ses recherches anthropologiques, la musique des feuilles s'entrechoquant dans le vent.

Bien sûr, tout cela restait en grande partie à l'état de projet. Pourtant, peu à peu, au fil des mois, j'ai vu la colline se peupler.

La plupart des chercheurs n'avaient pas beaucoup de moyens et construisaient leur maison pan après pan. Le sociologue Enrique Mogollon avait confié la tâche à un architecte du cru nommé Gallo — surnommé, je n'ai jamais su pourquoi, Pico de Gallo, peut-être à cause de sa crête de cheveux rouges —, qui avait commencé à édifier au bas de la colline une manière de château en béton, inspiré de Barragán, qu'il peignait au fur et à mesure en bleu outremer, selon un plan si compliqué qu'on avait l'impression de voir se plier et se déplier un origami géant et hideux.

Peu à peu, d'autres chercheurs s'étaient associés au projet de Menendez, manifestant un engouement surprenant. La plupart venaient de la ville de Mexico, après avoir terminé leur doctorat. Certains avaient fait des séjours dans de grandes universités nord-américaines, à Houston, à Austin au Texas, ou à Tallahassee en Floride. Quand ils avaient été recrutés par l'Emporio, ils n'étaient pas riches. Ils avaient vécu comme des étudiants dans de petits appartements des quartiers périphériques de Mexico, Atzapozalco, Iztapalapa, Ciudad Satélite. Ils étaient mariés, ils avaient des enfants.

Tout à coup, l'Emporio leur offrait une vie nouvelle. Ils pouvaient rêver d'avoir une maison individuelle, un jardin, des patios fleuris, une fontaine.

L'anthropologie, les sciences politiques, l'économie leur ouvraient les portes de la prospérité, de la notoriété. La linguistique, la phonologie, la sociologie n'étaient plus seulement des sciences de laboratoire, récompensées par des articles dans des revues spécialisées ou par des mentions bibliographiques.

Dans la Vallée, ils étaient des *Maestros*, des *Doctores*. Les principales banques leur offraient des réceptions, des salles pour leurs colloques, des dîners musicaux, des expositions. En plus, elles aidaient les chercheurs à réaliser leurs rêves immobiliers au moyen de prêts avantageux.

La colline était devenue leur territoire. Chaque week-end, ceux qui n'avaient pas terminé leur maison venaient là en famille. Ils garaient leurs autos au pied de la colline, sur la route empierrée qui faisait frontière avec le quartier des Parachutistes.

Ils grimpaient à pied la colline, à travers les rochers, ils pique-niquaient au milieu de pans de murs inachevés, ou ils faisaient griller des brochettes sur un barbecue improvisé avec des parpaings et des fils de fer pour béton armé.

Les gosses des Parachutistes s'aventuraient. Mais ils n'osaient pas approcher. Entre les basaltes, à moitié dissimulés derrière les cactus, leurs visages noircis paraissaient des masques irréels. Ils regardaient sans rien exprimer, sans prononcer une parole. Il n'y avait même pas à les chasser. Il suffisait que quelqu'un les regarde en riant, une canette à la main, et les gosses déguerpissaient telle une volée de moineaux, ils s'enfuyaient en bondissant de rocher en rocher, pieds nus, en haillons. Sans un cri, sans un rire.

Quelques chercheurs de l'Emporio avaient résisté à l'engouement pour la colline des anthropologues. C'étaient principalement les historiens : Don Thomas Moises, le fondateur de l'Emporio, Pati Staub, Carlos Beltran, Eduardo Shelley, et Valois, avec qui j'étais entré en contact pour ma mission de l'OPD. Ces gens-là préféraient le vieux centre-ville, avec ses maisons en pierre vestiges de la splendeur de la Vallée au temps des Espagnols, dépourvues de confort et infestées de scorpions et de blattes, mais qui restaient fraîches même au mois de mai grâce à leurs hauts plafonds et à leurs patios ombragés. Était-ce parce qu'ils s'étaient consacrés à l'Histoire ? Ou était-ce du fait de leurs origines, pour la plupart natifs de la Vallée, habités par la méfiance instinctive des ruraux pour tout ce qui est nouveau ? Sans doute n'avaient-ils jamais rêvé de quitter leur ville ou leur région pour vivre au-dessus de leurs moyens.

À mon arrivée dans la Vallée, j'avais choisi, moi aussi, d'habiter le centre, dans un appartement spacieux et rudimentaire de l'avenue Cinco de Mayo, en face d'une église inachevée envahie par les ronces. De toute façon, je n'aurais pas pu m'installer ailleurs : les beaux quartiers, la Chaussée, la Media Luna, et tous ces lotissements de luxe qui portaient des noms prétentieux, Resurrección, Paraíso, Huertas, étaient loin de tout, et je n'avais pas de voiture. Quant à la colline des anthropologues, je n'avais même pas imaginé que cela pût exister.

La première fois que j'y suis allé, c'était pour l'inauguration de la tour de Menendez. C'était une matinée de septembre, sous un ciel bleu étourdissant. Les pentes de la colline étaient couvertes de fleurs violettes, une sorte de liane ipomée qui serpentait entre les blocs de lave. L'autobus m'avait laissé à San Pablo, et j'avais traversé à pied le quartier des Parachutistes.

Au Mexique, la particularité est que, lorsque vous êtes un étranger — c'est-à-dire quelqu'un qui, même s'il est habillé comme tout le monde, circule en bus, et se conduit de façon à ne pas se faire remarquer, est foncièrement différent —, vous ne voyez personne, et tous vous voient. Vous passez dans les rues, devant les maisons, quelques gamins se sauvent, vous croisez des femmes enmitouflées dans leurs châles bleus. Des groupes d'hommes sont arrêtés à l'angle d'une rue, assis sur leurs talons contre un mur, le chapeau rivé sur leur tête. Quand vous arrivez, ils détournent les yeux, ils sont très occupés à regarder par terre, un caillou, un bout de bois. Ils ont l'air de dormir. Et tous savent qui vous êtes, ce que vous faites, où vous allez.

Je me suis un peu perdu dans le quartier des Parachutistes. Un dédale de rues, de maisons sommaires, de cours vides. Des chiens errants. J'ai fini par trouver la route qui monte vers la colline, un mauvais chemin empierré sur lequel les chercheurs de l'Emporio mettent à mal les suspensions de leurs *Yips* et de leurs *Combis*.

La route monte presque en ligne droite, avec une pente de quinze pour cent qui doit se transformer en torrent à chaque pluie.

Quand je suis arrivé au domaine des anthropologues, la fête avait déjà commencé. Le portique d'entrée était quelque peu prétentieux, une sorte d'arche en pierre, munie d'une porte à deux battants en bois verni, garnie de clous de cuivre. Un portail dont le rôle devait être purement dissuasif, car les riverains n'avaient réussi à construire qu'un embryon de clôture, qui encadrait la porte. Le portail était grand ouvert, je suis entré.

Menendez m'a accueilli sur les marches de sa tour. C'était un petit homme replet, un peu chauve, vêtu d'une chemise *guayabera* rose pâle et d'un pantalon trop court et très étroit qui serrait ses grosses cuisses.

La rumeur disait (et il n'en faisait pas un mystère) que Federico Menendez avait défroqué à la suite d'une affaire de mœurs, parce qu'il aimait trop les petits garçons de sa paroisse. Il m'a chaleureusement donné l'accolade, imprimant au passage sur ma chemise un léger parfum de violette.

« Quel plaisir de vous voir ici, tout le monde vous attend, Don Thomas a parlé de vous, ils sont impatients de voir enfin le fameux géographe français, ils ont beaucoup de choses à demander », etc. J'avais fait la connaissance de Menendez depuis peu de temps, quand Valois m'avait introduit au département d'anthropologie, mais je connaissais déjà par cœur son verbiage.

« Venez, entrez, je vais vous présenter à l'équipe de recherche. »

La tour de Menendez s'ouvrait par de grandes portes vitrées à arc surbaissé sur le jardin intérieur. Au centre du jardin, sur un brasero artisanal en bidon, des morceaux de viande étaient en train d'être calcinés sur leurs broches. C'était le style faussement rustique que devaient affectionner les anthropologues. Autour du brasero, des blocs de basalte servaient de siège.

Menendez a fait les présentations : « *Doctor* Daniel Sillitoe, de l'Université de Paris. » Je me demandais toujours ce que pouvait signifier pour les diplômés d'Amérique latine cette « Université de Paris ». Cela devait avoir à peu près le même sens que ces T-shirts en vente à la frontière de Juárez, sur lesquels est inscrit : Université des États-Unis.

Malgré leurs origines disparates, les anthropologues formaient déjà un groupe bien cimenté. Étaient présents Leon (Saramago) d'Équateur, Ariana (Luz) du Chili, Guillermo (Ruiz) du Pérou, Andres (Matos) d'Argentine, Carlos (de Oca) du Costa Rica, et les Mexicains Enrique Vega, Ruben Esteban, Maria Mendez,

Victor Loza, et quelques autres dont les noms m'échappaient déjà. Le dernier arrivé dans l'équipe de l'Emporio était un Espagnol du nom de Garci Lazaro, un type d'une trentaine d'années, flegmatique et l'air un peu maladif. Il avait tout de suite été adopté par le groupe des chercheurs, qui l'avaient logé dans un pavillon du quartier de la Media Luna, où ils avaient préparé un accueil humoristique en dissimulant un gros lézard dans le placard de la salle de bains. Le premier soir, Garci ouvrit le placard pour y ranger ses affaires de toilette, il reçut sur la tête le reptile engourdi par le froid, et sortit de la salle de bains à moitié nu à la grande joie des anthropologues embusqués dans le couloir. C'était ce genre de facéties qui créait des liens au sein de la petite communauté des chercheurs. Évidemment, en tant que Français, et géographe, j'étais condamné à l'isolement. L'anthropologie était sans conteste la reine des sciences humaines. L'étude des plissements et des roches, ou même la carte pédologique de la vallée du Tepalcatepec, de l'avis général, à quoi cela pouvait-il servir ?

Aussi, après les présentations et les éloges superlatifs de Federico Menendez, la conversation roulait loin de moi, sur des sujets auxquels je ne pouvais rien comprendre. Les morceaux de viande circulaient dans les assiettes en carton. Des bouts calcinés, imprégnés d'une forte odeur de kérosène, qu'il fallait mastiquer longtemps avant de se décider à les avaler d'un coup, arrosés d'une gorgée de Coca.

Je me suis penché vers ma voisine, Ariana. « Qu'est-ce que c'est ? »

Elle a fait la grimace. « Du cœur de bœuf. » Les chiens de Guillermo étaient à côté d'elle. Elle a dit : « Faites comme moi. Nourrissez les chiens. »

Vers quatre heures après midi, la pluie s'est mise à tomber. Les braises frappées par les grosses gouttes dégageaient une vapeur âcre. Les anthropologues se sont repliés à l'intérieur de la tour, répartis en deux groupes, vu l'exiguïté des cellules.

Menendez, imbu de son rôle d'amphitryon, papillonnait de l'un à l'autre, distribuait des verres de sangria, de rhum-Coca, d'eau de pastèque, faisait circuler le plateau de *chicharrones* et de pâte de coing. Dans le brouhaha, à travers la fumée des cigarettes, je voyais sa silhouette ventrue, il dansait sur la pointe des pieds, ses petits bras relevés en ailerons de pingouin pour mieux se faufiler entre les convives. Il était ridicule et vaguement touchant. Il était de la Vallée, pas un de ces intellectuels parachutés de Mexico, pleins de dédain pour cette province lointaine, majoritairement peuplée de paysans enrichis dans le commerce de la fraise et du pois chiche. Il était né dans un village, d'une famille pauvre, qui n'avait pas eu les moyens de lui faire faire des études en dehors du séminaire. Un prêtre défroqué, qui avait conservé la marque déformante de la religion de métier. Et malgré le comique de son gros petit corps et de ses manières exagérées, il avait gardé quelque chose du profil hautain de ses ancêtres indiens, un nez busqué, un visage large, des paupières lourdes, qui évoquait les anciens shoguns du Japon.

Le groupe réuni autour de Garci Lazaro parlait fort, riait fort. Je n'avais pas suivi le débat. Il était question d'un mac, une petite frappe locale surnommée El Terrible. Ils lançaient des noms de filles aussi, et tout à coup j'ai compris que les hommes s'esclaffaient en décrivant leurs attributs sexuels. Pour moi qui ne maniais pas l'espagnol de la rue, ça n'était pas clair. J'entendais les mots *vaina*, *queso*, *paja*, le contexte ne laissait pas de doute. Cela me renvoyait au temps des collégiens, aux allusions salaces à la longueur de leurs pénis, à la force constrictive des vagins éventuels, tout cela dans un vocabulaire codé qui poussait au rire.

Je me suis tourné à nouveau vers Ariana. « De qui parlent-ils ? Qui est ce Terrible ? »

Elle a eu l'air, non pas gênée, mais ennuyée d'avoir à tout expliquer à un nouveau venu. « Ils font référence à la zone rouge, tu vois, non ? La zone de tolérance, là où se trouvent tous les bordels de la région. »

J'avais cru comprendre, en effet, mais je ne savais toujours pas pourquoi ils en parlaient.

« C'est une idée de Garci, ils ont trouvé ça drôle, ils vont faire une unité de recherches sur la zone, ils ont décidé de travailler là-dessus. »

Ariana Luz était une fille à la peau très sombre, une Chilienne avec un type indien marqué. Elle vivait seule, elle finissait son doctorat d'anthropologie sociale, et visiblement elle s'intéressait à cet Espagnol fraîchement débarqué, ce grand un peu blond, avec ses yeux bleus à fleur de tête et une absence remarquable de menton. Le type même du chercheur cynique, doué pour la parole, ambitieux et cavaleur.

À présent Garci Lazaro parlait d'une fille, une certaine Lili, nouvellement arrivée de sa campagne, une petite Indienne de la région d'Oaxaca, plutôt mignonne mais un peu empâtée, il décrivait sa poitrine, son ventre, elle portait un tatouage de Bugs Bunny sur les reins à la naissance des fesses. Il contrefaisait sa voix, sa façon niaise de répondre à ses questions, il l'avait payée pour l'entretien, deux fois le prix habituel de la passe, elle disait de sa voix flûtée : Oui Missié, Non Missié, comme une servante, comme une esclave noire. Tous approuvaient de leurs rires sonores, des rires virils, ils buvaient leur rhum-Coca, leur sangria, ils ajoutaient des anecdotes : « Lili avec le garde qui contrôle l'entrée. Moi je ne bois pas d'alcool, juste une *cubita*, Missié policier, une petite *cubita* ! » Leon Saramago, en fumant son cigarillo : « Moi je suis venu un peu après, je ne savais pas que Garci était déjà passé, on était dans la chambre, elle commençait à enlever sa jupe, enfin à la remonter, et je lui ai dit que c'était pour poser des questions, elle est restée avec la jupe relevée et elle m'a dit : les questions maintenant ou après, comme avec l'autre Missié le docteur ? » Ils riaient aux larmes, les bourrades qu'ils envoyaient à Garci le faisaient trébucher, son verre de sangria à moitié renversé sur sa chemise.

Les Mexicains, Vega, Loza, Valois, Uacus et les autres restaient à l'écart.

Juan Uacus était lui aussi un ancien séminariste, très indien, sombre, toujours vêtu de noir. La légende dit qu'il descend des Irecha, les anciens rois du Michoacán. Il a été engagé par Thomas Moises pour étudier et enseigner le tarasque à l'Emporio, dans la plus pure tradition coloniale des *naguatlatos* indigènes. La première fois que je lui ai adressé la parole, dans la bibliothèque, il a eu un réflexe de méfiance. Puis il s'est détendu. Il a compris que je ne faisais pas partie du cercle des « capitalins » qui ont investi dans les beaux quartiers. Lui habite le lotissement Emiliano Zapata, sur la pente du volcan Curutaran, un quartier populaire où les gosses jouent dans les rues poussiéreuses.

Uacus et moi, nous sommes allés nous asseoir au bord du patio avec nos *cubitas*. La pluie avait attiré les moustiques. Il faisait chaud, assez étouffant. « Qui est cette Lili dont ils se moquent ? »

ai-je demandé. Uacus ne manifestait pas d'émotion particulière. Il gardait toujours son expression butée et mélancolique. Le bruit courait à l'Emporio que Juan Uacus était un grand lettré, et un grand alcoolique. Seule la protection de Don Thomas lui permettait de garder son poste de chercheur. Beaucoup des anthropologues auraient aimé le voir partir, retourner dans son village d'Arantepacua, dans la montagne. « *Este Indio* », disaient Mogollon, Beltran, Staub, quand ils parlaient de lui. La raison pour laquelle Thomas Moises le protégeait restait mystérieuse. Peut-être le craignait-il ? La méfiance instinctive du métis local pour un des descendants des rois indiens ? Quoi qu'il en soit, Uacus ne voulait pas répondre à ma question. Il a dit seulement : « Une pute, vous l'avez entendu. Une des filles de la zone rouge. » Approuvait-il le projet d'étude du groupe de Garci Lazaro, ce canular d'un goût douteux ? Cela l'indifférait probablement. Ce n'était qu'une variation sur ce mode mineur de l'ironie que cultivent les membres d'un groupe dominant dans une société où tout, même la science pure, est l'expression de leur recherche du pouvoir.

Un peu plus tard, ayant bu quelques *cubitas* supplémentaires, je suis revenu vers le groupe. Garci Lazaro avait fini de parler. Il avait l'air fatigué (les soirées dans la zone). Ses cheveux d'un blond terne pendaient sur sa figure. Même accablé, il gardait la vivacité du regard, ses gros yeux bleus mouillés d'une liqueur méchante. Autour de lui, vautrés par terre, appuyés sur des coussins, les anthropologues fumaient en discutant. Je ne sais pourquoi, j'ai eu envie de tout recommencer, de les fustiger.

« Comment avez-vous pu croire que la vie d'une prostituée dans la zone de tolérance était un bon sujet de dissertation ? »

Il y a eu un silence consterné. Un géographe, de surcroît français, ignare, qui confond acculturation et métissage, qui ferait mieux d'arpenter et de prélever, avec son petit marteau et ses sacs à spécimens.

Leon Saramago s'est levé, il m'a entouré d'une accolade protectrice.

« Tu sais, nous sommes encore capables de dissocier nos sentiments de nos observations. » Il m'a parlé d'un ton confidentiel. « Il s'agit d'un "terrain", *hombre* ! Ne te méprends pas sur nos intentions, ce n'est pas parce que nous avons rigolé que ça n'est pas sérieux. » Je ne l'écoutais pas. Je gardais mon regard fixé sur les yeux de Garci. Je sentais une colère où l'alcool n'était pas étranger. « Ce n'est pas vrai, il ne s'agit pas d'un terrain. Il s'agit d'un être humain, une fille qui mène une vie horrible, une vie qu'on ne voudrait pas souhaiter à ses pires ennemis, l'esclave de ce Terrible, dans son cloaque, une fille sur laquelle est passée la moitié de la population masculine de la Vallée, tous les fraisiers, les avocatiers, les notables, les banquiers, et même les professeurs et les chercheurs de l'Emporio, et tu appelles ça du "terrain", ou peut-être que tu parles par métaphore, les champs de terre noire envahis par la flore microbienne, asséchés, sur lesquels triment les enfants putatifs de Lili et des autres, pour fournir la matière première de la Strawberry Lake, ou pour les confitures Mac Cormick, peut-être que tu parles du bâton à fouir et des mains qui repiquent les plants, ou bien des petits doigts qui cueillent les fruits chaque matin à l'aube, à l'heure où la pauvre fille qui s'est fait labourer, droguée, hébétée, alcoolisée, s'endort dans sa chambre, dans la prison de la Zone ! »

Garci haussait les épaules. Il pouffait, il chuchotait dans l'oreille de son voisin. Il avait tout entendu. Mais déjà le brouhaha des conversations reprenait. C'est Ariana Luz qui a cherché à sauver l'instant. « Tu te trompes, Daniel, c'est vraiment un projet qui tient. Ce n'est pas parce qu'ils se moquent un peu de la fille qu'ils sont insensibles. »

Il était clair que j'avais bu trop de rhum-Coca, que j'avais laissé déborder mon ego. J'ai cherché le soutien de Juan Uacus, des Mexicains. Ils étaient partis dans l'autre salle. Je ne pouvais espérer aucune complicité. Je m'étais exposé.

Saramago m'a fait asseoir. Il m'expliquait.

« Tu es géographe, ami, c'est un luxe dans nos pays, en Amérique latine. Tu peux être géographe chez toi, en France, aux États-Unis, où tu veux. Il n'y a pas de problème, nous respectons ta science. Mais nous, nous vivons une autre urgence. Nous devons nous y mettre, il n'y a pas d'autre possibilité. Nous devons plonger nos mains dans le cambouis, nous devons remuer toute cette merde, même si ça pue. Nous sommes des médecins d'urgence, nous n'avons pas le temps d'attendre et de discuter des droits de la femme, tout ça, du droit à l'image, de la dignité. Je t'explique, ami, nous devons faire vite, nous sommes dans une avalanche. Tu comprends, nos mains dans toute cette saleté. »

Tout était retombé. J'ai marmonné une protestation vaine. « Moi, je crois que les êtres humains ça n'est pas du cambouis. » J'ai ajouté : « Et même si c'est du cambouis, ça n'est pas un sujet d'étude, pas de cette façon-là. Vous me faites penser aux étudiants qui blaguent avec les corps qu'ils dissèquent. »

Ariana s'est énervée. « Et de quel droit tu te permets de juger ce qu'ils font ? » Elle s'accrochait au sourire mou de Garci Lazaro. Elle mentait, probablement. Elle devait savoir que la Zone était le pire sujet pour une étude de terrain.

Saramago m'a accompagné dehors. Son cigarillo était éteint. Les gouttes de pluie coulaient sur ses cheveux longs, sur sa barbe mêlée de fils d'argent. Il ressemblait à Zeus, ou plutôt, au

Moïse de Michel-Ange. Il cherchait le mot de la fin.

« Tu sais, les géographes et les anthropologues, c'est comme les artistes et les sociologues, ça n'a jamais fait bon ménage. » Puis, avec un petit rire entendu : « Ce n'est pas moi qui le dis, c'est un de tes compatriotes, le philosophe Gilles Deleuze. »

Là-dessus, je me suis sauvé en titubant, j'ai descendu sous la pluie le chemin de pierres noires et glissantes vers le bas de la colline, vers le quartier des Parachutistes. À pied, le long de la chaussée, vers la ville, vers

la Vallée

ces rues défoncées, ces rues étroites aux trottoirs très hauts, et les flaques, non pas des flaques, mais des étangs, des puits d'eau noire, à travers lesquels les voitures aux phares allumés avancent, l'eau jusqu'à mi-jupes, en projetant de grandes éclaboussures sur les rares passants qui se hâtent en s'abritant comme ils peuvent sous des sacs en plastique.

Au mois d'août, sous le ciel qui voilait les volcans, l'eau noyait la Vallée. Elle sortait des caniveaux, une eau noire, âcre, qui surgissait du fond des champs et qui recouvrait tout lentement, les cours, les parkings, les côtés des routes. Autour de la ville miroitaient des rizières sans fin.

J'étais arrivé dans cette saison, par un car de l'ADO (*Autobuses de Occidente*, qu'on appelait aussi *de accidente* à cause de leur état mécanique) en provenance de Morelia. Une mission de trois mois, renouvelable. De quoi remplir trois cahiers : un relevé pédologique du Tepalcatepec, un plan d'occupation des sols dans la Vallée, et une carte géopolitique du Bajío. Mon viatique, c'était la lettre de recommandation de mon directeur de recherche à l'OPD, le professeur Cosmao, au directeur de l'Emporio, le docteur Thomas Moises. Et un mot aimable pour le professeur Valois, qui avait fait ses études en France, à la faculté de Toulouse.

Je n'étais pas sûr de ce que je venais chercher. Peut-être le dépaysement, ou bien au contraire la réalité, une certaine réalité qui ne figurait pas vraiment dans la formation que j'avais reçue en France. J'avais la tête pleine de chiffres. Un dossier plein de projets. La déficience protéinique de l'alimentation en Amérique latine, le travail des enfants, l'exploitation de la main-d'œuvre féminine, l'endettement des paysans, leur exil forcé vers la capitale ou vers la frontière avec les États-Unis. Des rapports tapés à la machine, des fiches techniques, des communiqués de l'OPD, de la FAO, de l'Unesco.

Durant ma première nuit dans la Vallée, à l'hôtel Peter Pan, dans le centre, une gouttière avait trempé la moitié de mes dossiers. J'avais acheté une corde et des pinces à linge à la quincaillerie, et j'avais mis les documents à sécher près de la fenêtre. La chambre ressemblait à une fabrique de faux billets.

Jour après jour, j'ai exploré la ville. C'étaient des cercles concentriques. Au milieu, la place avec ses magnolias topiaires en forme de champignons, et l'orphéon qui ne servait plus, où les gosses jouaient à cache-cache. L'église, et juste à côté le palais municipal et la prison, celle-ci construite en pisé ne devant pas gêner beaucoup les échappades des prisonniers. Au cercle suivant, le marché. D'abord le marché couvert, où se vendaient les cosmétiques, la lingerie, les disques et les cassettes vidéo, ainsi que les rares colifichets pouvant servir de souvenir aux éventuels touristes. On y entrait par une sorte de galerie de fer forgé et de verre cassé, où s'étaient installés aussi les marchands de *chongos,* caramel au lait, pâte de goyave et autres cactus confits. À gauche de l'église débutait la rue des fripiers, marchands de *rebozos,* qui se terminait en appendice par un bout de rue sinueux où se trouvaient trois ateliers de photographe, et l'unique boutique de photocopie et d'ordinateurs. Au cercle suivant, le marché des fruits et légumes débordait de sa stalle. J'étais allé là au deuxième jour de ma rencontre avec Dahlia, sans imaginer que nous allions devenir amants. Elle était arrivée récemment dans la Vallée, elle m'avait expliqué : « Si une ville t'inquiète, va au marché pour apprendre à la connaître. » J'avais répondu : « Moi je préfère aller au cinéma, mais ça ne fait rien, je peux t'accompagner. »

Dahlia Roig était portoricaine, elle était venue au Mexique il y a plusieurs années. Elle s'était mariée avec un Salvadorien, un révolutionnaire en exil, étudiant à l'Université Autonome. Après la naissance de leur enfant, ils s'étaient séparés, et c'est lui qui avait eu la garde de son fils pour des raisons économiques. Elle était venue ici, elle s'était inscrite à l'Emporio, en histoire de l'art, en ethnomusicologie, quelque chose de ce genre. Dahlia était une grande fille brune, à la peau couleur de pain brûlé, aux yeux couleur de miel. Elle était longue et souple, elle avait sur le ventre une cicatrice violette au-dessus du pubis. La première fois que je l'ai vue nue, je lui ai demandé : « Qu'est-ce qui s'est passé là ? » Elle a pris ma main, elle l'a appuyée sur son ventre, sur le bourrelet durci. « C'est par là que mon fils Fabio est né. Je ne pouvais pas l'appeler Cesar, alors j'ai trouvé un autre nom latin. »

Nous avons marché dans les allées du marché aux légumes, elle me tenait par la main. À cause de sa haute stature, elle avançait un peu courbée, une main en avant pour écarter les pans de toile. Nous respirions une odeur puissante de coriandre, de goyave, de piment grillé. Une odeur d'eau noire, qui sortait des caniveaux recouverts de grilles en ciment. Par instant, nous débouchions en plein soleil, au milieu d'un vol de fausses guêpes rouge et noir. C'était enivrant. Nous avons terminé notre reconnaissance par les rues adjacentes à la gare des cars, où les Indiens de Capacuaro vendent leur cargaison de meubles mal équarris en bois de pin encore vert, qui sentent bon. L'esprit du quartier, nous l'avons rencontré sous les traits d'un homme cul-de-jatte, sans âge, qui se faufilait en ramant sur son petit chariot, un fer à repasser dans chaque main, comme dans le film de Buñuel. Je lui ai donné un billet, il m'a fait un clin d'œil. Après midi, nous avons rapporté des sacs de fruits à l'hôtel Peter Pan. Nous nous sommes gorgés de pastèques douces, de mangues, de bananes primitives. Nous avons fait l'amour sur le matelas posé à même le sol, pour éviter le sommier défoncé. Puis nous avons somnolé en regardant la lumière changer sur les rideaux de la fenêtre, au fur et à mesure que les nuages emplissaient le ciel. C'était une façon de faire connaissance avec cette ville, de ressentir ses toits de tuile et ses rues encombrées d'autos, ses places archaïques et ses grands centres commerciaux. C'était pour ne pas trop se sentir de passage. Pour croire qu'on allait rester, un certain temps, peut-être même longtemps.

Le lendemain j'ai trouvé un appartement à louer devant l'église en ruine. Nous avons emménagé en quelques heures. Un matelas matrimonial à ressorts sur une natte de jonc, une table en sapin dont j'ai fait scier les pieds, trois chaises basses achetées aux vendeurs à la sauvette sur l'avenue Cinco de Mayo. L'appartement recelait un gros réfrigérateur rouillé qui ronflait comme un chien asthmatique, et une cuisinière graisseuse. Il a fallu acheter deux cylindres de gaz propane avec leur détendeur, et quelques ustensiles. Les deux fenêtres de la pièce à vivre faisaient face à l'église en ruine, donc nul besoin de rideaux. Pour la chambre, j'avais pensé installer un pan de tissu, mais Dahlia a préféré coller des journaux sur les carreaux. Elle n'était pas très fille d'intérieur. L'appartement comportait aussi une petite pièce pouvant servir de bureau, mais Dahlia a décidé que ce serait la chambre de Fabio, lorsqu'elle en aurait obtenu la garde.

Dahlia aimait bien faire la cuisine. Elle préparait les plats de son enfance à San Juan, des légumes mélangés à du riz et des pois cassés, de la morue, des plantains frits. Je ne lui posais pas de questions, ni elle non plus. Je crois que nous étions reconnaissants l'un à l'autre de ne rien prendre pour acquis.

En même temps, elle était dépressive. Parfois elle buvait plus que de raison, des rhum-Coca ou des *palomas*, *cañazo* additionné de soda à l'orange, elle se recroquevillait sur le matelas, la tête tournée vers la fenêtre aux journaux. Elle sortait de là le teint gris et les yeux bouffis, comme si elle remontait d'une longue plongée. Nous n'en parlions pas, mais nous sentions que tout cela ne durerait pas. Je rédigerais mon rapport sur la vallée du Tepalcatepec et sur l'expropriation des petits agriculteurs, et j'irais vivre ailleurs, en France, je serais professeur dans un petit collège, loin de cette Vallée surpeuplée. Elle ne pourrait jamais s'en aller, un fil de chair la retiendrait toujours à son fils. Mais nous voulions croire que tout cela n'avait pas beaucoup d'importance.

Chaque soir, à partir de six heures, la ville s'engorgeait. Venues des quatre coins de la région, les autos entraient dans la ville par la rue principale ou par la Cinco de Mayo, et tournaient autour de la place pour repartir vers l'ouest. C'était pareil à une fièvre. Le grondement des quatre par quatre, des SUV, des pick-up, Dodge Ram, Ford Ranger, Ford Bronco, Chevy Silverado, Toyota Tacoma, Nissan Frontier, les crissements de leurs pneus larges sur l'asphalte brûlant, l'odeur du diesel, l'huile chaude, la poussière âcre, et sur le fond de ce grondement, les battements lourds des basses qui marquaient le rythme, une sorte de doum-doum-doum continuel qui s'éloignait, revenait, l'un reprenant l'autre, pareil à un très long animal aux organes battants enserrant la place et les maisons du centre.

Au début, nous sortions de la sieste, l'esprit engourdi, la peau encore collante de l'amour. « Écoute, disait Dahlia. On dirait la guerre. » Je fumais une cigarette en regardant les lumières de la nuit qui commençaient à clignoter sur le plafond du salon. « C'est plutôt la fête. » Mais je ressentais l'inquiétude de Dahlia, une crainte ancestrale à l'avancée de la nuit. « Ce sont les fraisiers, les avocatiers, ils viennent de partout, ils veulent nous montrer leur puissance. »

Dahlia inventait des romans, c'était dans sa nature. Elle restait la militante communiste qui avait fui Porto Rico et avait épousé par amour un révolutionnaire.

« Ils sont seulement en train de faire étalage de leur fric, pour séduire les filles. » Dahlia était violente. Elle se bouchait les oreilles. « Qu'ils aillent se faire foutre, eux, leur fric, leurs filles et leurs bagnoles ! »

Je ne pouvais pas la calmer. J'aurais pu arguer que ce n'étaient pas eux qui étaient responsables de ces bagnoles, ni de leurs sonos, que ce n'était pas pour eux qu'elles avaient été inventées. Qu'ils n'étaient, après tout, que des paysans enrichis, un maillon faible et remplaçable dans la longue chaîne de la dépendance économique.

Dahlia se réfugiait dans la cuisine. Elle allumait un joint. C'était sa façon de se boucher les oreilles. Sur son Walkman, elle écoutait sa musique *portorriqueña*, ses tambours et ses salsas.

À la fin de la saison des pluies, la Vallée, chaque soir, se remplissait. Derrière leurs glaces teintées, à l'abri de leurs carlingues rutilantes, décorées de flammes, de dragons, de ninjas, de guerriers aztèques, les fils des grandes familles reprenaient possession du centre-ville que leurs parents avaient fui à cause de l'insalubrité. Ils venaient de la périphérie, des ranches et des lotissements de riches, de la Glorieta, de la Media Luna, du Porvenir, des Huertas, du Nuevo Mundo. Héritiers de l'empire de la fraise, milliardaires, les Escalante, Chamorro, Patricio, De la Vega, De la Vergne, Olguin, Olid, Olmos...

Depuis longtemps leurs parents avaient troqué les antiques demeures de pierre rose déglinguées et superbes contre des villas californiennes en béton peintes en rouge et en jaune, châteaux néogothiques aux toits de fausses ardoises montés de fausses mansardes, porches à péristyle en marbre et salons de jacuzzis, piscines en forme de cœur, de guitare, de fraise.

Mais ils n'avaient pas renoncé à leur droit sur la ville. Ils avaient reconverti leurs maisons familiales en galeries marchandes, en parkings à étage, en cinémas, en marchands de glaces ou en restaurants de steaks grillés à la mode *gaucho*.

Au milieu de cette ville en ruine, de ces chaussées défoncées, de ces égouts à ciel ouvert, Don Thomas avait créé l'Emporio, un atelier de recherche et d'enseignement supérieur dédié aux sciences humaines et au savoir.

Thomas Moises n'était pas issu de ces grandes familles de planteurs de fraisiers et de producteurs d'avocats qui tenaient toute la Vallée dans leurs mains. Il était le dernier rejeton d'une longue lignée de lettrés et de notables qui avaient fourni à l'État des juges, des maîtres d'école et des curés, et qui avaient su traverser les guerres et les révolutions et se garder du pouvoir. Il n'était pas originaire de la Vallée, mais de Quitupan, un village de montagne aux sources du fleuve Tepalcatepec.

La première fois que je l'ai rencontré, dans son bureau à l'Emporio, j'ai été reçu avec une réserve bienveillante qui m'a plu. J'ai vu un petit homme rondelet, à la peau mate et aux cheveux très noirs, avec des yeux doux d'Indien, et une moustache en brosse démodée. Du reste tout était démodé dans sa personne. Il était vêtu d'un complet marron dont le veston semblait fatigué, d'une chemise *guayabera* bleue, ses petits pieds chaussés de souliers noirs impeccablement cirés. À cinquante ans, après une vie consacrée à enseigner l'histoire dans les universités, il avait créé ce petit collège, par amour pour sa région natale, pour tenter de sauver ce qui pouvait l'être de la tradition et de la mémoire. À cette Athénée, il avait donné le nom modeste d'Emporio, c'est-à-dire la Halle. Contre un loyer élevé, il avait installé son collège dans une ancienne demeure noble de la Vallée, qu'il avait ainsi sauvée provisoirement de l'appétit des promoteurs.

Séparée du bruit de la rue par un grand porche que fermaient des grilles espagnoles, la maison était construite sur un seul niveau, avec une série de hautes pièces en enfilade dont les portes-fenêtres ouvraient sur un patio planté d'orangers et agrémenté d'une fontaine d'azulejos. C'était là, dans cette atmosphère coloniale, que les chercheurs se réunissaient et donnaient leurs cours.

Une fois par quinzaine, un vendredi soir, les portes de l'Emporio étaient ouvertes aux habitants de la Vallée. C'était l'idée de Don Thomas, pour mieux dire sa lubie : rompre le carcan des préjugés et des castes, faire accéder les paysans et les gens du peuple à la culture, libéraliser, vulgariser, échanger. L'idée faisait ricaner tout bas les chercheurs venus de la capitale, en particulier les anthropologues, tous ceux qui étaient imbus de leur savoir et le confondaient avec le pouvoir. Ils ne croyaient pas beaucoup à l'échange. « Tous ces paysans endimanchés, ces Indiens qui viennent à la messe du vendredi soir, pour écouter bouche bée du latin. »

Mais ils reconnaissaient à ces soirées portes ouvertes une utilité : « Au moins ils ne pourront pas dire que nous les tenons à l'écart ou que nous dissimulons des secrets. » Leon Saramago, l'anthropologue équatorien, ne cachait pas son dédain pour Don Thomas. Son visage jupitérien esquissait une grimace sous sa barbe : « Oui c'est génial de la part du vieux d'avoir tué dans l'œuf toute critique contre nous autres les intellectuels. » Il n'arrivait probablement pas à imaginer que Thomas Moises s'amusait à voir entrer deux fois par mois dans la demeure somptueuse des *hacendados* Verdolaga, les arrière-petits-enfants des esclaves qui avaient labouré les plantations de canne à sucre au siècle passé. C'était gentiment révolutionnaire.

Dès que Don Thomas m'a vu entrer, son visage s'est éclairé : « Un géographe, c'est magnifique, c'est rare ! » Il a tempéré son enthousiasme : « Vous allez pouvoir expliquer aux gens d'ici à quoi sert la géographie. »

Il avait ouvert sans plus attendre son agenda, il feuilletait les pages. « Nous sommes le 6 août, le 20 est déjà pris, le 3 septembre je ne pourrai pas être là, le 17 sera après les fêtes de la patrie, tout le monde sera encore en ville, c'est très bien, vous êtes d'accord ? » Je ne voyais pas comment j'aurais pu refuser. Il me restait peu de temps pour écrire un texte en espagnol. Don Thomas s'était carré dans son fauteuil en cuir, ses yeux noirs m'observaient avec satisfaction. Il avait l'air d'un bon maître d'école en train de préparer paternellement une colle pour sa classe.

« Vous pourriez parler de Humboldt, ou de Lumholtz, l'auteur du *Mexico desconocido*, vous savez qu'il est passé par ici, il a même logé au presbytère de San Nicolas, avant de s'aventurer dans la sierra tarasque. Il s'était mis dans la tête de rapporter à la société géographique de New York le cadavre momifié d'un Indien, il a essayé de soudoyer quelqu'un pour aller déterrer un mort à Cheran, dans la montagne près d'ici, et ça a failli lui coûter la vie, il n'a eu que le temps de remonter sur sa mule et de s'enfuir à toute vitesse. »

Il a interrompu sa digression brusquement : « De quoi allez-vous nous parler ? » J'ai répondu : « De pédologie. »

Don Thomas ne se laissait pas désarçonner : « Magnifique ! a-t-il commenté avec enthousiasme. Les gens d'ici sont tous des paysans, ils vont être très interessés. » Il a poursuivi une autre idée : « On me dit que vous comptez faire la traversée à pied du Tepalcatepec, voilà aussi qui va passionner les gens, les Terres chaudes, l'Infiernillo, les barrages sur le fleuve, quand vous reviendrez vous pourrez faire une conférence du vendredi soir, n'est-ce pas ? » Il a étrenné sur moi la plaisanterie qu'il aimait à raconter chaque fois qu'il était question des Terres chaudes. « Vous savez à quoi on reconnaît un habitant du Tepalcatepec quand il arrive en enfer ? Voilà, il est le seul à réclamer une couverture pour la nuit. »

C'était pour ce genre d'anecdotes que Thomas Moises passait pour un benêt auprès des anthropologues de Mexico. Moi, je l'ai tout de suite aimé. Sa bonne humeur, sa bonhomie, sa finesse de vieux rural. Son côté démodé. Sa timidité aussi, sa défiance pour les gens trop doués. S'il n'avait pas été là, à la tête de l'Emporio, je crois que je ne serais pas resté un jour de plus dans cette ville, dans cette Vallée égoïste et vaniteuse. J'aurais pris Dahlia par la main, et nous serions partis ailleurs, vers les Terres chaudes précisément. Ou dans la montagne, avec les semblables de Juan Uacus, abandonnés et taciturnes.

En attendant le soir de la conférence, j'avais pris l'habitude d'aller rendre visite à Don Thomas dans son bureau. J'arrivais le matin, vers onze heures, avant le *cafecito*. Nous parlions à bâtons rompus, ou plus exactement Don Thomas parlait et moi j'écoutais. Il était une source inépuisable d'histoires. Il évoquait la naissance du volcan Paricutín, quand il avait dix ans. Son père l'avait emmené en voiture jusqu'au bord de la falaise où il avait vu l'énorme bête noire en train de vomir sa lave au milieu des champs de maïs, et le ciel couleur de cendre. La révolution des *cristeros*, quand les hommes de la vallée de Juárez avaient changé de nom pour échapper aux vengeances. Lázaro Cárdenas, qui avait une grand-mère noire qu'il voulait cacher à tout prix, et qui avait fait mettre en prison ceux qui bavardaient. Le bourreau du général, un nommé *Empujas o empujo*, « Pousse ou c'est moi qui pousse », parce qu'il appuyait son couteau sur la gorge des condamnés et leur laissait le choix entre l'exécution ou le suicide. L'aventurier français, un certain comte de Raousset-Boulbon, qui voulait fonder un État autonome sur la côte du Sonora, ou bien le projet d'un consortium de banques améri-

caines chargé d'acheter au Mexique le territoire de la Basse-Californie, et d'en faire une
nouvelle Floride, avec casinos et hôtels cinq
étoiles. Don Thomas se calait dans son grand
fauteuil, il allumait un cigarillo, et entamait une
histoire en plissant les yeux, l'air d'un vieux
conteur indien.

À midi, il se levait et nous allions dans l'orangeraie, pour le café. Les chercheurs et les professeurs des différents départements se joi-
gnaient à lui. Personne n'aurait manqué le café
de midi, même ceux qui détestaient Don
Thomas. Le soleil scintillait dans les feuilles des
orangers, se réverbérait sur le bassin bleu de la
fontaine. C'était un moment de divertissement.

Dahlia venait nous rejoindre quelquefois, elle
s'asseyait un peu en retrait, elle était toujours
intimidée par Don Thomas et par la clique des
anthropologues. Elle bavardait avec la secrétaire
de l'Emporio, Rosa, une femme d'une trentaine
d'années qui désespérait de jamais se marier. Arrivait ensuite Garci Lazaro et son petit groupe, pour
qui Ariana Luz avait gardé des chaises. Depuis
l'incident à la colline des anthropologues, Garci
évitait de me regarder, il m'ignorait.

Don Thomas était au courant des dissensions
et des tiraillements, mais il refusait de prendre
parti. L'Emporio était sa chose, son œuvre, il
voulait continuer de croire que tous ceux qui y
participaient étaient sa famille. C'était sans
doute pour cela que Don Thomas ne s'était pas

marié, qu'il n'avait pas eu d'enfants. Il était prêt à embrasser tout le monde.

Un jour, dans son bureau, j'ai voulu lui parler de Campos. Il m'a écouté attentivement, comme quelqu'un qui sait et qui ne veut rien dire. Puis il a continué sur une autre histoire.

« Nous sommes ici dans le pays rêvé pour les utopies. C'est hors du temps, c'est un peu nulle part. Du reste, c'est le seul endroit au monde où un homme, pas n'importe lequel, Don Vasco de Quiroga, le premier évêque du Michoacán, a réalisé à la lettre l'*Utopie* de Thomas More, et a mis en application tous ses principes, dans un village sur le bord du lac de Pátzcuaro, à Santa Fe de la Laguna, où il a fondé un couvent-hôpital avec des cellules, et réparti la population en phalanstères, et ce qu'il a fait existe encore aujourd'hui. » J'aurais voulu saisir l'occasion pour relancer Campos, mais il a balayé définitivement le sujet. « Oui, je sais, sur la route d'Ario, ils ont voulu faire une communauté, avec à leur tête une sorte d'illuminé. Ils se sont installés à l'emplacement d'une ancienne colonie jésuite, par la suite le terrain a été occupé par les révolutionnaires. C'est dans l'église de Campos que le père Pro a été fusillé par les fédéraux, mon père m'a raconté qu'un enfant avait ramassé sa montre sur son cadavre, avant qu'on ne l'enterre. Il m'a dit qu'il avait vu cette montre, un bel oignon en argent, ses bourreaux n'avaient pas eu le temps de mettre la main dessus. »

J'ai fait une dernière tentative. « Quelqu'un m'a dit que ces gens, à Campos, ont essayé de reprendre le travail des jésuites, qu'ils veulent faire une sorte de société idéale... » Don Thomas a coupé net. Il s'est levé, c'était l'heure du *cafecito*.

« Il y a toujours des illuminés partout, et spécialement par ici, ils viennent, ils restent quelque temps, et puis ils s'en vont et on n'entend plus jamais parler d'eux. Des oiseaux de passage, en somme. »

Les oiseaux noirs qui agitent le feuillage des eucalyptus au bord de la route, chaque soir, à la sortie de la ville, à côté du Ciné Charlie Chaplin. Je n'ai pas osé reparler de Campos. De toute façon, ça ne pouvait pas être un sujet de conversation, c'est ce que Raphaël m'aurait dit.

C'est à cette époque que je suis allé pour la première fois dans

la Zone

Dahlia n'allait pas bien. Elle a fini par prendre le car pour Mexico, pour voir son fils. Il avait une maladie, paraît-il, rien de grave, un truc infantile du genre varicelle, scarlatine. Elle était décomposée. Un soir elle est allée à la gare routière, avec juste un petit sac de voyage. J'ai pensé qu'en réalité c'était Hector qui lui manquait, elle était toujours amoureuse de lui. J'ai pensé qu'elle partait pour de bon, qu'elle ne reviendrait jamais. L'air buté, tragique d'une alcoolique.

J'ai voulu l'accompagner à la gare, mais elle a refusé avec violence.

« C'est inutile, je peux y aller toute seule. » Elle m'a quitté sans un au revoir.

Le soir, j'ai erré dans la ville. Il faisait chaud et lourd, les éclairs dansaient au-dessus des volcans. Au sud de la place, passé la grand-rue, commençait un quartier à l'abandon. Des rues défoncées, des flaques d'eau boueuse assez profondes pour s'y noyer. Un quartier d'ivrognes, d'hommes seuls. J'ai marché le long de la voie ferrée, parce que c'était le seul chemin éclairé par des réverbères.

Après la gare du train à voie étroite qui transporte les cannes à sucre depuis Los Reyes — un tortillard poussif qui transporte aussi des voyageurs et qui met six heures pour atteindre son terminus à Yurecuaro —, j'ai longé le quartier des Parachutistes qui se sont installés le long de la voie ferrée, identique à celui que j'ai vu le long des canaux, les seuls terrains que l'État met à la disposition des sans-logis. Puis un no man's land, à la sortie de la ville, et enfin une route pavée qui desservait autrefois l'hacienda Verdolaga. Je suivais toutes les indications données par Leon Saramago dans son projet de recherche.

Il s'était mis à pleuvoir brusquement, et cette longue rue éclairée par des lampes jaunes, avec ses flaques piquetées de gouttes, me faisait penser à l'histoire de Bardamu marchant dans le Paris de l'entre-deux-guerres. Je longeais un haut mur de briques hérissé de tessons, qui cachait les anciens jardins et les vergers. De loin en loin, une porte en fer peinte au minium portait en lettres maladroites le nom du jardin. Des noms ronflants pour un quartier si minable : Miramar, Paraíso, Jardín la California, Jardín Camelia, Salon de fiestas Leti, Pinocchio.

C'était le début de la nuit, on entendait déjà des relents de musique, les coups sourds des basses, l'accordéon. Les voitures circulaient à la queue leu leu, cahotant sur les pavés, zigzaguant pour éviter les énormes trous d'eau, leurs essuie-glaces en marche, vitres teintées, plaques d'immatriculation soulignées aux néons bleus, pare-brise et lunettes arrière ornés de petites lampes rouges et vertes. C'étaient les mêmes voitures, les mêmes SUV et quatre par quatre que Dahlia haïssait tant, quand ils tournaient le soir autour de la place centrale.

J'avançais le long du mur de briques, je passais devant les jardins, et je ne savais pas pourquoi mon cœur cognait si fort. Une impression de solitude, et ces jardins interdits, de l'autre côté de la muraille de briques, et les tessons de verre qui accrochaient les gouttes de pluie et la lumière des lampadaires.

À l'entrée du jardin Atlas, un homme attendait, debout sous la pluie, son chapeau de paille protégé par un étui en plastique transparent, les mains dans les poches de son blouson. Un homme d'une soixantaine d'années, ventripotent, son visage barré par une épaisse moustache grise. J'ai pensé aux *Dorados* de Villa, ou aux soldats *cristeros*, d'ailleurs j'ai vu un revolver dans son étui accroché à sa ceinture. Derrière lui, dans une guérite, un fusil antique était appuyé contre le mur.

Je me suis arrêté pour lui parler. Je lui ai offert une cigarette. Il s'appelait Don Santiago. Je lui ai parlé de Lili, « Lili ? Ou bien Liliana ? ». Il me regardait sans sympathie excessive. « Peut-être Liliana. » Je ne voulais pas avoir l'air trop insistant. Santiago tirait sur sa cigarette. Il avait des mains épaisses de paysan, des ongles cassés cernés de noir. J'imaginais que le bourreau du général Cárdenas pouvait lui ressembler.

« Elle travaille ici ? » Santiago avait l'air de réfléchir. Il regardait droit devant lui, la fumée de sa cigarette faisait cligner ses yeux étroits. « Liliana, vous avez dit ? » Il a secoué la tête : « Non, je ne connais personne de ce nom ici. Peut-être un peu plus loin. » Il continuait à faire semblant de réfléchir. J'ai trouvé qu'il jouait bien la comédie. « Mais on vous a dit qu'elle était ici ? » Je n'allais pas lui parler de Garci Lazaro et de l'Emporio. Je lui ai demandé l'autorisation d'entrer dans le jardin. Il m'a fait un petit signe, comme si ça allait de soi. « C'est libre, si vous avez l'âge d'entrer. » Même quand il plaisantait, Santiago ne se déridait pas. « Juste un moment », ai-je dit.

« Allez-y, un moment, ou toute la nuit. Mais il n'y aura plus d'alcool après minuit, demain c'est dimanche. » J'ai dit : « La loi sèche, c'est vrai ? » Il a encore dit : « Mais vous ne trouverez pas de Lili, ou de Liliana ici. » Il s'est détourné, il a continué à regarder la pluie tomber et les voitures rouler et tanguer sur la route, avec leurs phares allumés.

Le jardin Atlas était un ancien verger planté de goyaviers et de manguiers centenaires, qui parlait du charme de la Vallée du temps où la vie était paisible, où la ville était entourée de propriétés rurales. Au fond, sur la gauche, se trouvait une ancienne maison de campagne, avec des arcades en briques chaulées, et un grand toit de tuiles canal en mauvais état dont on avait bouché les trous avec des pans de tôle ondulée.

Sous la varangue éclairée par des néons, un comptoir en jonc faisait office de bar. Certains soirs, quand il ne pleuvait pas, un orchestre devait venir jouer dans le jardin, sur une sorte de socle en ciment, des boléros et des cumbias, avec accordéon, *requinta, guitarrón.* Mais ce soir-là la musique provenait d'une sono surpuissante posée à même le carrelage de la terrasse. Cela diffusait une musique triste, nasillarde, violente, qui faisait vibrer le sol sous mes pieds.

Le jardin était quasiment vide. Juste un couple d'ivrognes assis sous la pluie dans des fauteuils en plastique, près d'un manguier, les pieds dans la boue. Le jardin était baigné par une lumière bleutée diffusée par un spot qui fumait sous les gouttes.

Sous la varangue, des filles étaient assises sur les chaises en plastique, en train de boire avec des hommes. Un grand coffre frigorifique était installé à côté du bar, et puisqu'il n'y avait personne, je me suis servi moi-même une canette de Tecate. Un peu plus tard, un type sans âge, vêtu d'un blouson de mécano, est venu chercher l'argent. Pour des boissons plus consistantes, il fallait s'adresser à la cuisine, à l'autre bout de la terrasse, à côté d'un ancien lavoir.

L'intérieur de la maison était peint en vert. Le seul élément décoratif se trouvait dans le salon, un plafond de *tejamanil*, des lattes de *mezquite* tressées en chevrons entre les poutres. Tout le reste dégageait une impression de crasse et de mélancolie, l'ennui sans fin d'une nuit du samedi au dimanche, quand on attend quelque chose dont on sait que ça n'arrivera jamais.

Au bout de la terrasse, près du boom-box qui braillait, les filles étaient assises en rang d'oignons sur les chaises en plastique. Quand j'étais entré, elles m'avaient regardé, puis elles s'étaient détournées avec indifférence. C'étaient des filles assez jeunes, plutôt laides. Habillées d'un gilet qui boudinait leur poitrine, et d'une mini-jupe en synthétique, certaines avaient leurs jambes lacées dans des sortes de spartiates à hauts talons, d'autres étaient simplement chaussées de sneakers blancs. Je n'ai pas osé demander si l'une d'entre elles avait entendu parler de Lili. Pour elles je n'étais qu'un promeneur, quelqu'un dont elles ne pouvaient pas attendre grand-chose.

Elles riaient un peu, elles buvaient leurs *cubitas*, elles fumaient leurs cigarettes. La lueur bleue du spot se réverbérait sur les murs, sur le carrelage du sol, donnait à leurs visages une expression fantomatique. Elles avaient des bouches trop grandes, trop rouges, leurs orbites étaient des taches sombres, montraient la forme des crânes. Mais elles avaient de beaux cheveux d'Indiennes, lourds et noirs, retenus par des peignes en plastique qui imitaient très bien la nacre.

Le boom-box jouait en continu, enchaînant cumbia sur cumbia, sans que les filles semblent l'écouter. Seuls les deux poivrots s'étaient mis à danser sous la pluie, piétinant l'herbe du jardin, pareils à deux ours dressés.

Je suis allé m'asseoir sur une chaise en plastique, sous la varangue, pour boire une autre bière. L'homme au blouson m'a dit quelque chose, mais je n'ai pas compris. Je suis retourné parler encore un peu avec Santiago, qui s'était mis à l'abri sous les arcades. Je lui ai offert une canette de bière, et il est devenu un peu plus bavard. « Ici, c'était une caserne au temps de la révolution. » Comme il voyait que j'avais l'air intéressé, il a continué. « Un soir les révolutionnaires ont attaqué, ils ont tué tout le monde. C'est ainsi que c'est devenu un salon de fêtes. » Il m'a montré une balle. « Vous voyez ? C'est du trente-trente, c'est le calibre qu'utilisaient les rebelles, les *cristeros*. » Il a mis la balle dans ma main. Elle était lourde, froide, je me demandais si elle avait tué quelqu'un. « Je l'ai enlevée du mur, du côté de la rue. » Il a répété, comme si ça s'était passé hier : « Ils ont tué tout le monde, jusqu'au dernier. On les a enterrés quelque part, dans un champ. »

Un peu plus tard, autour de minuit, une fille est venue me chercher pour danser. Peut-être que c'est Santiago qui lui avait dit de s'occuper un peu de moi. Elle était grande, bien cambrée, avec un visage indifférent. Pour danser le boléro, je la tenais par la taille, je sentais sous mes doigts le tissu empesé de son corsage. Nos jambes se cognaient un peu. Je respirais l'odeur de sa peau, mêlée à son parfum, à la crème blanchissante qu'elle avait passée sur son visage. Nous avons dansé jusqu'au bout du boléro, et sommes allés nous asseoir un peu plus loin sous la varangue. Je lui ai acheté une bière qu'elle a bue en s'essuyant la bouche du revers de la main.

« Qu'est-ce que tu fais ici ? Tu es touriste ou tu fais des affaires ? » Elle a pris une cigarette dans le paquet que je lui tendais, elle l'a tenue entre ses dents. Elle avait une bouche démesurée. Il lui manquait une incisive, ce qui lui donnait l'air un peu simplet. Elle n'était pas laide, mais ses yeux cernés accusaient la fatigue. J'ai pensé qu'elle pouvait avoir vingt ans tout au plus. Son corps était prématurément alourdi par les maternités successives ou les avortements. J'ai pensé qu'elle pouvait ressembler à Lili. Sans espérer vraiment, je lui ai dit ce nom. Elle m'a regardé avec colère. « Pourquoi tu veux savoir mon foutu nom ? Tu as besoin de connaître mon nom pour me foutre dedans ? » (Je traduis de l'espagnol, mais c'était plus grossier.) Nous sommes restés encore un peu à boire et à fumer, puis elle m'a pris par la main et elle m'a emmené à l'intérieur de la maison, dans une alcôve séparée du bar par un simple rideau. Il y avait un lit de fer, une chaise en plastique semblable à celles de la terrasse. Les murs étaient tachés, le plafond en toile déchiré par endroits. Elle s'est déshabillée rapidement, en posant ses habits sur la chaise. Elle avait un corps massif, des seins lourds aux aréoles très noires, mais un ventre plat et lisse. Son pubis était entièrement rasé, sans doute à cause des poux. Sur le lit, elle avait placé un objet bizarre, vert fluo, et tout à coup j'ai compris que c'était un préservatif. Ça ressemblait plutôt à un accessoire pour extraterrestre.

J'avais mal au cœur, la tête qui tournait. « Excuse-moi », ai-je balbutié.

Elle n'a pas eu l'air étonnée. Elle a pris les billets, elle s'est rhabillée. Elle a même eu un sourire. Quand je suis sorti de la chambre, je titubais un peu, elle m'a accompagné jusqu'au bar. Les autres filles ont crié quelque chose, elles se sont mises à rire. Je ne pouvais pas rester, d'ailleurs minuit était passé et il n'y avait plus d'alcool. La fille m'a pris par le bras, elle m'a conduit jusqu'à la porte du jardin. Santiago m'a regardé sortir sans rien dire.

Ma conférence eut lieu lors d'une soirée miraculeusement épargnée par la pluie. Thomas Moises m'attendait à l'entrée de l'Emporio. Quand je suis arrivé il était ému au point de me donner l'accolade. Il m'a montré l'affiche placardée à côté de la porte. Sur un fond de champs et de volcans, le titre était écrit en larges lettres blanches :

PEDOLOGÍA
El retrato de la tierra

Le sous-titre un peu dramatique, « portrait de la terre », était une suggestion de Menendez. Il avait le souci de ne pas effrayer le public déjà mince des soirées du vendredi.

Les gens arrivaient. Des chercheurs de l'équipe, des historiens, sociologues, le *naguatlato* Uacus. Mais pas trace d'un anthropologue. Le sujet de la causerie avait dû leur paraître bien mince, ou il les confortait dans l'idée que la géographie était une discipline inutile.

Peu à peu la cour intérieure de l'Emporio s'est remplie. Les chaises formaient un demi-cercle, en face de ma table. C'était un public convenu. Des femmes de la bourgeoisie de la Vallée, que Menendez saluait avec galanterie. Des messieurs en *guayaberas*, notaires, médecins, employés de banque. Le « portrait de la terre » les avait attirés, car ils étaient tous issus de cette terre, fils, petits-fils de paysans, ex-paysans souvent eux-mêmes. Ils avaient été nourris par cette terre, ils en avaient tiré leurs certitudes et leur pouvoir.

Étaient là aussi quelques ouvriers agricoles, petits fermiers, venus à la ville pour une transaction, ou pour se délasser, et qui étaient entrés par curiosité, ou parce qu'ils n'avaient rien de mieux à faire.

Menendez était exalté. « Tout ce monde, vous voyez, c'est la première fois que l'Emporio reçoit tant de monde, c'est un succès. » Il s'est penché à ma table, feignant d'arranger la carafe d'eau et le verre. « Regardez, au fond, un peu à droite, c'est Aranzas, avec sa femme et sa fille. » Il chuchotait, comme s'il livrait un secret. « Don Aldaberto Aranzas, c'est lui qui possède toutes les terres et les plantations d'avocatiers à l'ouest de la Vallée, jusqu'à Ario. Un homme important, il finance la revue *La Jornada*, c'est un de nos principaux soutiens. » En scrutant l'ombre au fond du patio, j'ai aperçu un homme maigre, sec, vêtu de gris, son visage gris également, dégarni au sommet du crâne. Deux femmes étaient assises de chaque côté, assez jolies et fraîches. Malgré la présence de sa famille à ses côtés, je lui ai trouvé l'air sinistre d'un gangster de cinéma.

J'ai fait le portrait de la terre.

J'ai parlé de cette Vallée, comme si c'était le lieu le plus important du monde.

La poussée des volcans, les coulées de lave, les pluies de cendres pendant des siècles. La place de ce terrain, dans la classification des sols, entre latérite, steppe, sol éolien, toundra. La découverte du géographe russe Dokoutchaïev, son idée de faire le portrait d'une terre toujours en mouvement. Les glissements, les glaciations, le ruissellement des eaux, et au fond de la Vallée, ce creux qui recueillait l'humus des graminées, qui favorisait la fermentation et l'imprégnation des bactéries.

Mes mots résonnaient dans le patio de l'Emporio comme les mots d'une poésie. Les noms scientifiques que j'écorchais dans ma prononciation barbare, dans mes traductions approximatives. Je parlais du chernozem riche, qui contient plus de dix pour cent d'humus, et de l'autre extrême, la steppe et la forêt basse stériles de l'Asie centrale. Je parlais des sols lourds, gélatineux, couleur d'encre noire, mélanges de lœss et d'humus, jusqu'à plus d'un mètre de profondeur. J'ai dit qu'ils étaient noirs comme devait l'être la terre du jardin d'Éden. J'ai dit les vrais noms de la terre d'Éden, les noms qui résonnaient dans la cour de l'Emporio : Chernozem, Kastanozem, Phaeozem.

Je sentais monter en moi l'ivresse (je reconnais que j'avais bu plusieurs *cubitas* avant mon entrée en scène). Je ne pouvais pas détacher mon regard des visages tournés vers moi, ces visages impénétrables, impassibles, aux yeux cachés par l'ombre des orbites, il me semblait qu'il en allait de ma vie, de ma destinée, que je devais maintenir ces esprits sous mon empire, les empêcher de se détacher, de s'oublier, empêcher ces regards de se libérer du mien, ne fût-ce qu'une seule seconde. Je ne parlais plus d'humus, de potasse, de nitrate, ni même de ce qui faisait que la terre de cette Vallée produisait deux récoltes par an, ni de l'argent que les propriétaires en retiraient, les trésors géologiques qui se transformaient en dollars dans leurs comptes en banque.

Je parlais de la naissance de leur pays, des volcans qui avaient vomi leur lave et leur cendre, ces volcans pareils à des dieux, le Nevado de Colima, le Tancitaro, le Patamban, le Xanoato Jucatzio, qui avaient recouvert de leur sang les vallées et les plaines jusqu'à l'océan, les calderas, les plutons, les cônes de cendre qui émergeaient de cette lave, les doubles sources d'eau bouillante et d'eau glacée qui jaillissaient, les geysers qui pulsaient leurs jets de soufre à Ixtlan, je parlais de la grande faille qui cassait le continent et par laquelle coulait le fleuve Tepalcatepec, des tremblements de terre sous la mer, au large de Lázaro-Cárdenas, et des orages magnétiques.

Je leur parlais de la lente descente des glaciers, depuis le Wisconsin au nord des États-Unis, depuis le Saskatchewan au Canada, et qui avaient enserré les volcans après leur mort, et avaient broyé leurs arêtes en une fine poudre noire qui était entrée profondément à l'intérieur de la terre. Puis de la grande forêt de mélèzes et de pins, une forêt si épaisse que les rayons du soleil ne parvenaient pas jusqu'au sol.

Et c'était l'époque où les premiers hommes et les premières femmes étaient arrivés dans cette Vallée, non pas des hommes et des femmes comme ceux d'aujourd'hui, mais des hommes et des femmes comme des cerfs et des biches, comme des loups et des louves, qui dormaient le jour et marchaient la nuit, suivaient les pistes en goûtant les feuilles et en léchant les pierres, qui portaient dans un nid de branches leur dieu en feu, qui voyaient leurs ancêtres dans les rochers et dans l'eau des lacs, dans les grottes au flanc des montagnes, sur le volcan Curutaran, où ils avaient tracé leurs signes à la craie sur la pierre noire. Et quand les glaciers s'étaient retirés vers le nord, les forêts s'étaient embrasées sous la foudre et les flammèches des volcans, avaient brûlé pendant des siècles, la cendre s'était élevée dans le ciel et avait obscurci le soleil. Et sur cette terre brûlée les herbes poussaient librement, et avec elles venaient les troupeaux de buffles et de chevaux sauvages, les antilopes et les paresseux géants, les lions et les éléphants, et les hommes vivaient accrochés aux falaises brûlées, ils dessinaient sur leur corps et sur les rochers les chemins d'étoiles, les scolopendres, les oiseaux tonnerre.

J'ai parlé de ces siècles sans nombre pendant lesquels la Vallée et les plaines alentour formaient un océan de bromes sur lequel le vent polaire soufflait chaque hiver, sur lequel la pluie ruisselait chaque été, et le ciel noir jetait ses trombes, et les lacs apparaissaient, brillaient au soleil tels des miroirs d'argent, puis s'effaçaient, et la vie naissait dans ces eaux noires, entre les racines, imprégnait la terre de bactéries et de spores.

J'ai parlé de l'évapotranspiration, de la rhizosphère, des dépôts minéraux, fer, potasse, nitrate, et du mor, cet humus brut qui pénètre au fond des sols. J'ai parlé du corridor sombre qui parcourt le continent américain du nord au sud, de la terre grise boréale canadienne, de la steppe noire, des rocs rouges de fer jusqu'au sierozem clair du désert californien. Et c'est ce corridor que les hommes et les femmes empruntaient, voilà dix mille ans, en se nourrissant des herbes et des racines, en prélevant leur part sur les carcasses des grands ruminants. Et c'est au long de ce corridor qu'ils inventaient les plantes qui nourrissent le monde aujourd'hui, le maïs, la tomate, le haricot, la courge, la patate douce et la chayote. Ils les semaient et elles avançaient avec eux sur la route de cette terre noire, jusqu'à cette Vallée. Et un jour, après des milliers d'années, des guerres et des conquêtes, des meurtres et des famines, ils avaient semé une herbe nouvelle qui portait des fruits rouges et acides, venue de Chine et de France et d'Allemagne, cette herbe qui mange les doigts des enfants et qui mange la terre sans laisser la place à rien d'autre.

J'ai dit lentement les noms des variétés de fraisiers, ceux pour la plantation, ceux pour les usines de congélation, ceux pour les fabricants de confitures :

Fragaria vesca
Alpina
Alafio
Virginia
Grandiflora
Marshall
Dollar
Klondike
Oregon
Dunlap
Brandy Wine
Jocunda
Chiloensi
Julhke
Hermosa Vienesa
Helvetica

Est-ce que les habitants de la Vallée sont sensibles à la beauté des noms ? Ont-ils appelé ainsi leurs filles, en mémoire de toutes celles qui se hâtent à l'aube pour remplir les cartons ?

J'ai dit les noms des usines de congélation, pour lesquelles la moitié de la population de la Vallée travaille, depuis les jeunes enfants qui font la cueillette jusqu'aux femmes âgées qui emballent les fruits dans des poches en plastique. Et ces noms, dans la cour de l'Emporio, résonnaient en une litanie accusatrice et monotone, ils se substituaient aux noms que je ne pouvais pas prononcer, les noms des propriétaires terriens et des agents commerciaux qui puisaient leur or dans la terre noire, dans la sueur des péons, dans la douleur des petits doigts des enfants que l'acide des fraises ronge jusqu'au sang, jusqu'à faire tomber leurs ongles.

Je me suis arrêté un instant. L'assistance était figée, suspendue à mes paroles. Les visages, les yeux étaient tournés vers moi. Juste quelques secondes, le temps d'entendre le glouglou de la fontaine électrique au milieu du patio (une idée de Menendez pour faire « colonial »), et passant par-dessus les murs et les toits, le grondement des quatre par quatre et des SUV qui continuaient leur ronde autour de la place centrale. Le temps de penser à Lili, prisonnière quelque part dans la Zone, le temps d'imaginer entendre les battements lourds de la sono dans les jardins interdits.

Quand j'ai repris la parole, j'avais la voix plus basse, un peu enrouée. De fatigue, d'émotion, et je sentais trembler mes mains qui tenaient les feuilles de papier de mon discours. Sans m'arrêter presque, sans respirer, j'ai lu jusqu'à la fin :

« Mesdames et messieurs, la terre est notre peau. Comme notre peau, elle change, elle vieillit, elle s'affine ou s'endurcit selon les traitements qu'elle reçoit, elle se craquelle, elle se blesse. Cette terre, la terre noire du jardin d'Éden que vous avez reçue en héritage, vous qui êtes nés dans la Vallée, ou les immigrants venus d'ailleurs, cette terre sur laquelle vous vous êtes arrêtés, dont vous vous nourrissez, qui vous enserre, ne croyez pas qu'elle soit éternelle. La terre noire, le chernozem sont éphémères, leur richesse ne dure qu'un instant. Il a fallu des milliers de siècles pour la fabriquer, pour la recueillir au creux de cette Vallée. Il existe dans le monde d'autres endroits identiques à celui-ci, en Ukraine — le pays qui a donné son nom au chernozem. En Russie près de l'Oural, en Amérique du Nord dans les États de l'Idaho et du Wisconsin. Dans chacun de ces endroits, la fabrication a suivi le même procédé : il a fallu d'abord ces forêts impénétrables, incendiées, détruites jusqu'aux souches, puis les herbages, la poussière des volcans, et la longue sécheresse qui fait pénétrer les minéraux. Aujourd'hui, quand vous regardez cette Vallée, que voyez-vous ? La terre noire est recouverte par des maisons, des rues, des centres commerciaux, et les nouveaux quartiers de la ville rejettent chaque jour des eaux-vannes, des nitrates, du phosphore que cette terre n'a plus le temps de dissoudre.

« Le sol est le "nœud" de l'écosphère, mesdames et messieurs, le sol sur lequel vous marchez, duquel vous mangez, le sol est votre peau, votre vie. Si vous ne le traitez pas bien, vous le perdrez, car un sol dégradé ne se récupère pas. Quand il est détruit, il faut des milliers d'années pour que la terre en invente un nouveau.

« Protégez votre peau, mesdames et messieurs, respectez-la, aérez-la, drainez-la, interdisez l'usage des engrais excessifs, construisez des réservoirs pour l'abreuver, des talus pour la consolider, plantez des arbres aux racines profondes, interdisez de construire et de goudronner, détournez les eaux noires vers des bassins de décantation.

« J'ai fait pour vous, avec mes mots, le portrait de votre Vallée et de sa terre fertile, depuis son émergence de la forêt jusqu'aujourd'hui, à l'ère de la monoculture intensive. En le faisant, il me semblait que je peignais pour vous le corps d'une femme, un corps vivant à la peau sombre, imprégné de la chaleur des volcans et de la tendresse des pluies, un corps de femme indienne plein de force et de jeunesse. Prenez garde à ce que ce corps de femme si beau et si généreux ne devienne, du fait de votre âpreté au gain ou de votre inconscience, le corps desséché et stérile d'une vieille à la peau grise, décharnée, vouée à la mort prochaine. »

Je me suis arrêté, j'ai refermé mon classeur. Un silence profond a suivi mes paroles. C'est Don Thomas qui, pour rompre la gêne, a donné le signal des applaudissements. Je cherchais des yeux Dahlia, mais elle avait dû quitter discrètement le patio pour aller fumer une cigarette dans la rue. L'écologie l'exaspérait.

Dans le brouhaha qui a suivi, j'ai regardé le lent mouvement de retrait de Don Aldaberto Aranzas. Il s'est levé, très raide dans son costume gris. Peut-être a-t-il passé la main sur son crâne dégarni en signe de perplexité. À sa suite, serrées l'une contre l'autre, sa femme et sa fille ont marché vers la sortie. Elles avaient l'air fragile, humain. J'aurais aimé qu'elles se retournent, qu'elles me regardent, même un simple coup d'œil, pour me dire qu'elles m'avaient écouté.

Le reste de l'assistance a fini de s'écouler, dans un mouvement un peu mécanique. Menendez est venu vers moi, il m'a serré les mains avec une chaleur un peu excessive. « Magnifique, fantastique, poétique ! » Il a ajouté, sur un ton où perçait une vague inquiétude : « Il faudra attendre la réaction de *La Jornada*. » Thomas Moises avait les yeux plissés de contentement. Il a conclu d'un air de fausse bonhomie : « Maintenant, nous savons tous ce que c'est que la pédologie. »

Dans la rue, j'ai vu Raphaël. Il avait écouté mon discours, de la porte de l'Emporio, sans oser entrer. Il a touché le bout de mes doigts, il m'a dit : « J'ai presque tout compris. »

Je lui ai demandé : « Qu'est-ce que tu en penses ? » Comme s'il était un curieux, ou un banal interlocuteur. Il a souri. « Je crois que tu as raison. Mais tu as manqué un peu de simplicité. » J'étais assez vaniteux en effet, car j'ai pensé à la phrase de Mozart à propos de ses concerti. Raphaël a vu Dahlia qui m'attendait sur le trottoir. Il m'a dit : « Je te parlerai bientôt. Je vais t'écrire mon histoire, j'ai acheté du papier et un crayon. » Je n'ai pas eu le temps de lui dire merci ni au revoir, il est parti sans se retourner. Je crois que c'est ce soir-là que j'ai pensé pour la première fois à Ourania, au pays que j'avais inventé dans mon enfance.

Le lendemain, de bonne heure, je me suis décidé à aller jusqu'à

Campos

Le bus m'a déposé à Ario, sur la place. J'ai marché jusqu'à ce que je sorte du village. C'était une journée merveilleuse, baignée de la lumière transparente des lendemains de pluie. Les volcans étaient dessinés nettement à l'horizon, libres de nuages, sauf le Patamban qui n'arrive jamais à perdre complètement sa couronne blanche.

Ario semble avoir échappé à l'appétit vorace des promoteurs immobiliers. Peut-être à cause des difficultés d'approvisionnement en eau, parce que le sol est fait de cailloux noirs imperméables.

Ici on ne trouve pas d'exploitations de fraises ou de pois chiches. Ce sont de petits champs rectangulaires de part et d'autre de la route, où les paysans ont planté des haricots et des oignons.

Quand je suis passé, quelques femmes étaient dans les champs en train de bêcher, que j'aurais pu prendre pour des vieilles à cause des hardes dont elles étaient vêtues, et de leurs chapeaux de paille coniques semblables à ceux des Vietnamiennes. Mais l'une d'elles à qui j'ai parlé a relevé la tête et j'ai vu son visage, celui d'une très jeune fille, presque une enfant. « La route de Campos ? » ai-je demandé. Elle n'a pas eu l'air de comprendre. J'ai parlé des ruines, de l'église du père Pro. Elle m'a montré une colline au loin.

En m'approchant, j'ai vu en effet, sortant d'un bosquet d'arbres, la silhouette d'une tour en briques rouges. Une ancienne route pavée, mangée d'herbes, conduisait jusqu'à un haut mur d'enceinte en adobes.

Ici, on avait oublié de protéger les murs avec des tessons. Aucune voiture n'avait emprunté la route depuis longtemps, et l'herbe avait envahi les bas-côtés. Un peu avant d'arriver au mur, une sorte de hangar délabré avait son portail grand ouvert, et un chien aboyait au bout de sa chaîne. Je suis resté un moment immobile au milieu de la voie, puis un homme âgé est apparu sur le seuil, la main en visière devant ses yeux pour me dévisager. Je l'ai salué, mais il est d'abord retourné à l'intérieur sans me répondre. Un instant après il a reparu, à l'ombre de l'auvent. En m'approchant, j'ai aperçu derrière lui un tracteur John Deere en panne, et d'autres objets qui encombraient le fond du hangar, ensevelis sous les toiles d'araignée et la poussière. Des roues de camion, des outils rouillés, de vieux bidons, des panneaux de tôle, une échelle en bois vermoulue.

Avant que je ne renouvelle mon salut, le vieil homme m'a interpellé : « Qu'est-ce que vous cherchez ? » J'ai crié : « Campos. » Il me regardait sans une excessive amabilité : « Campos. Quel Campos ? » Je me suis approché, j'ai parlé des jésuites, de l'église. J'ai mentionné aussi le père Miguel Pro, et j'ai un peu menti en disant que j'étais historien. L'homme s'est radouci. Il a fait mine d'envoyer une pierre à son chien pour le faire taire.

« Les jésuites, ça fait longtemps qu'ils sont partis. — Quand sont-ils partis ? » Maintenant que le chien s'était calmé je pouvais entrer dans le hangar. L'homme était moins vieux que je ne l'avais cru, mais il avait un visage marqué, les yeux enfoncés dans les orbites, ses habits étaient sales et poussiéreux, il était pieds nus dans des sandales en pneu qui montraient ses ongles noircis et cassés. Ses yeux jaunes étaient vifs, ils me surveillaient.

L'homme a émis un petit rire avant de répondre à ma question : « Ou-ouh. Je n'étais pas né quand ils sont partis d'ici. C'était avant la révolution. — Et le père Pro ? — Lui, je l'ai connu, mais j'étais enfant quand ils l'ont tué. Il habitait ici. » Il montrait les ruines de l'autre côté du mur d'adobes. « Je me souviens de lui, c'était un bel homme, très grand avec des cheveux et la barbe très noirs. Plusieurs fois en passant il m'a tapoté la tête. » Il montrait l'arrière de son crâne comme si je pouvais mieux imaginer la scène.

« Ils l'ont fusillé là-bas, sur la place d'Ario, devant le palais municipal. Sur les douze soldats du peloton d'exécution, il n'y en a qu'un seul qui a tiré, à ce qu'on dit, et il lui a mis une balle dans le cœur. Et quelque temps après, on dit que celui qui a tiré sur le père est mort étouffé dans son sommeil, et que c'était la vengeance du père Pro. Tenez, je vais vous montrer quelque chose, puisque vous êtes historien. »

Il est allé fouiller dans le fond du hangar, et j'ai cru qu'il allait me montrer la balle qui avait tué le père Pro. Il est revenu avec quelque chose qui ressemblait à un bout de tuyau. C'était un pommeau en laiton, énorme, complètement vert-de-grisé, d'où pendait une chaîne. Il me l'a tendu.

« Le Père aimait beaucoup les douches, a-t-il commenté. Il avait fait venir celle-ci je ne sais pas d'où, des États-Unis, je crois. Matin et soir il se douchait, il tirait sur la chaîne et l'eau tombait du réservoir qu'il avait fait mettre sur le toit. »

Je lui ai rendu le pommeau. Le vieil homme avait du mal à croire que je ne sois pas captivé par l'histoire de la douche du père Pro. Et en même temps, ça me faisait quelque chose d'avoir tenu dans mes mains cet objet, d'imaginer ce grand bel homme avec ses cheveux et sa barbe noirs, bien vivant, en train de recevoir l'eau froide de la douche. Peut-être qu'il avait tiré sur cette chaîne le matin où les fédéraux étaient venus le chercher pour le fusiller.

« Et maintenant, qui est-ce qui habite ici, à Campos ? » Je montrais le haut mur qui dissimulait des secrets. Le vieil homme a eu un geste d'impatience.

« Pendant des années, c'est resté tel que c'était après la guerre. J'allais jouer dans les ruines, avec d'autres enfants, nous cherchions un trésor, on disait que les jésuites avaient enterré leur or quelque part avant de partir. Mais nous n'avons jamais rien trouvé, même pas un boulon. » Il a réfléchi un instant avant de répondre à ma question.

« Maintenant, ce sont des gens qui vivent là, des étrangers, des hippies (il prononçait *hipiss*, avec une *jota* forte), ils habitent dans les ruines, ils font pousser des légumes, ils ont des vaches, quelquefois ils me donnent un fromage, ou des fruits. Ils paient un loyer au propriétaire qui habite à Ario. »

J'ai sorti un paquet de cigarettes américaines. Nous nous sommes assis sur des chaises en plastique, à l'ombre de l'auvent. Devant nous, je voyais le haut mur d'adobes qui formait la frontière de Campos. Un peu plus loin, à droite, un grand portail en fer rouillé était fermé. Le ciel au-dessus de Campos était d'un bleu éblouissant, les deux montagnes sœurs des Cuates dominaient la Vallée de leurs formes parfaites.

À l'ouest, du côté de l'océan, les volutes des alto-cumulus bourgeonnaient. De temps à autre passaient des vols d'étourneaux qui se dirigeaient vers les grands champs, à l'autre bout de la Vallée. Autour d'une liane de *juanmecate*, enlacée aux montants bancals du hangar, des colibris vrombissaient en poussant leurs petits cris aigres.

Tout à coup je me demandais pourquoi j'étais venu. Dans l'espoir d'entrer à Campos, sans doute, de revoir Raphaël Zacharie, de continuer à lui poser des questions. Mû par la curiosité assurément, pour constater de mes propres yeux ce qu'était ce campement. Quelque chose de mystérieux, de presque angoissant se passait derrière ce mur. J'essayais de capter des bruits de voix humaine, des cris d'enfants, les échos d'une activité, des coups de marteau, des appels. Mais tout restait silencieux.

Le vieux fumait sans parler. Enfin il a grommelé : « J'ai l'idée… » Il cherchait ses mots. « Si vous voulez savoir, ils ne vont pas habiter encore longtemps par ici. » Il était clair que, pour cet homme, les habitants de Campos n'étaient pas légitimes. Ils étaient des intrus, des étrangers. J'allais lui demander pourquoi il pensait cela, mais il s'est remis à parler du père Pro. « Il disait la messe tous les matins à six heures, même pendant la révolution. Il avait une bonne qui sonnait la cloche de l'angélus, je me souviens très bien, cette grosse femme qui tirait sur la corde et la cloche s'agitait en haut de la tour, drinn-drinn, drinn-drinn. Mon père nous disait que nous ne devions pas aller dans l'église, que tout ça finirait mal. Il disait qu'avec sa maudite cloche, un jour, les soldats viendraient l'arrêter. Mais le père Pro était entêté, il voulait continuer à faire sonner la cloche, et quand les soldats sont venus le chercher, il a mis sa robe noire, avec son chapeau de curé, et c'est comme ça qu'ils l'ont fusillé. Il a sa tombe là-bas, dans le cimetière municipal, mais il n'y a rien dans le caveau. La vérité, c'est qu'il a été enterré dans un champ, et personne ne sait où. »

J'ai laissé le vieil homme à ses souvenirs, au fond de sa tanière. J'ai marché le long du mur. Le soleil avait déjà chauffé les briques, les lézards s'accrochaient aux interstices.

Je suis passé devant le grand portail. Sur le métal rouillé, on voyait les traces de coups, peut-être que les fédéraux avaient dû enfoncer la porte avec un madrier. Mais la serrure avait été changée, c'était une pièce en laiton toute neuve.

Au-dessus de la porte une marquise en bois et en tuiles romaines abritait de la pluie ou du soleil, mais je n'ai vu aucun nom, aucune sonnette pour aucun visiteur.

Je suis resté un moment devant la porte, à écouter. Plusieurs fois, j'ai cru entendre quelque chose, des voix de femmes, des cris d'enfants. Je ne sais pourquoi, ces bruits ne m'ont pas rassuré. Ils ont fait naître en moi une angoisse plus grande, comme si j'étais devant un lieu menacé, sur lequel planait la promesse d'une destruction imminente.

Un vent léger s'est levé, a fait trembler les feuilles des arbres de l'autre côté du mur. C'était peut-être ce mouvement que j'avais pris pour la preuve qu'il existait une vie humaine, une vie sociable dans cet endroit. Quand je suis reparti, le vieux était toujours assis sur sa chaise, à l'ombre du hangar, mais il n'a pas répondu à mon salut. Même le chien est resté coi.

Quelque temps après, Raphaël est venu à l'Emporio, une fin d'après-midi, alors que tout dormait dans la ville. À mon intention, il a déposé les premières pages de son cahier, où il avait écrit le titre en français, avec des lettres capitales maladroites,

HISTOIRE DE RAPHAËL

« La porte s'ouvre, j'entre. Cela s'est passé hier, ou il y a très longtemps, je ne m'en souviens pas très bien. J'étais encore un enfant, j'avais erré longtemps, c'était la fin du voyage.

« J'entre dans Campos, je vois les grands arbres, les jardins. Je sens l'odeur des feuilles, de la terre humide, l'odeur des fruits mûrs.

« Je vois un village de terre rouge, les toits de tuiles où marchent les colombes. Je vois une haute tour carrée, rose et dorée dans la lumière du soir. La tour est habitée par des oiseaux, les colombes, les tourterelles, et près du toit les nids des martinets.

« Je suis fatigué. Depuis des mois nous sommes sur les routes, mon père et moi. Je ne peux même plus me rappeler comment c'était, avant que nous partions.

« Le vieil homme est immobile à l'entrée du village, il nous attend. Son visage est éclairé par le soleil, couleur de brique. Il a de longs cheveux noirs mêlés de fils d'argent. Il a un sourire très doux.

« Il dit que nous sommes les bienvenus. Il serre la main de mon père, d'une façon que je n'ai jamais vue. Il touche sa paume d'un geste rapide, c'est ainsi que nous saluons à Campos.

« Je marche derrière le vieil homme, mon père suit en portant son sac de voyage, j'entends sa respiration qui siffle quand il monte la pente, parce qu'il est malade. Je voudrais dormir. Je cherche des yeux un coin pour m'étendre, c'est ainsi que nous avons voyagé, depuis que nous avons quitté Rivière-du-Loup, en dormant dans les jardins publics et les halls de gare.

« Le vieil homme me demande mon nom. À ce moment-là, je ne parle pas la langue de Campos, il me pose la question en anglais. Je réponds : Raphaël Zacharie. Il me dit son nom : Anthony Martin. Son surnom : Jadi. Dans la langue de Campos, cela signifie l'"Antilope".

« Je ne parle pas la langue de Campos. À ce moment-là, je ne parle la langue de personne. Je suis enfermé dans des murs invisibles. Dans les institutions religieuses où le gouvernement m'avait placé, ça n'allait pas. J'ai blessé et battu, j'ai insulté et maudit. En prison, mon père a entendu parler de ce refuge, d'un maître indien, un Choctaw qui guérit la folie. C'est ainsi qu'il a décidé de venir à Campos. C'est le dernier endroit. Mon père doit retourner à Rivière-du-

Loup, pour purger sa peine de prison, et aussi l'alcool qui le ronge.

« Le vieil homme m'a fait un lit dans la chambre de sa maison, une natte de paille et une couverture. Mon père est resté dans la chambre, le dos appuyé contre son sac. Il doit repartir, remonter vers le nord. Il regarde droit devant lui, sans parler, mais sa respiration siffle toujours. Je pense qu'il mourra avant d'atteindre Rivière-du-Loup.

« Après, le vieil homme a soufflé la lampe à pétrole. Cette nuit-là, il est tombé une pluie douce sur les feuilles du toit. L'eau goutte dans le bidon devant la porte. J'écoute la pluie avant de m'endormir. Ça fait un bruit qui calme et berce comme une chanson qui vous endort.

« Le lendemain matin, je suis sorti de la maison dès que j'ai ouvert les yeux. Mon père a décidé de rester quelques jours, avant de repartir vers le nord.

« Je regarde autour de moi. Le soleil n'est pas encore levé, mais le ciel est déjà clair.

« Le vieux Jadi n'est pas là. Déjà tout s'active dans le village.

« La maison où j'ai passé la nuit est en haut du village, près d'un ruisseau presque à sec. Je regarde les rangées de maisons, avec les rues bien dessinées, cela fait des sortes de balcons au-dessus de l'église en ruine. De l'autre côté, au-delà du mur d'enceinte, je vois une vallée brumeuse, et les volcans. Les montagnes font une barrière, certaines sont couvertes d'arbres, d'autres sont pelées, la montagne derrière Campos s'appelle le mont Chauve.

« Une route empierrée conduit au centre du village, vers la grande tour que j'ai aperçue en arrivant. À côté de la tour, il y a une grande maison de terre avec un toit de feuilles, c'est là que se réunissent les habitants. En haut, et sur le côté ensoleillé du village, sont les champs. Du maïs et des haricots, un carré de canne, et les vergers de manguiers et d'orangers. Plus haut, au pied du mont Chauve, je reconnais les étables : de grandes bâtisses sans fenêtres, entourées d'une barrière de pierres sèches. Les vaches sont en train de manger du fourrage. Je n'en ai jamais vu de semblables : elles sont petites, couleur de terre, elles ont une bosse et de grandes cornes. »

« La seule chose qui me préoccupe à cet instant, c'est manger. Avant d'arriver à Campos, la veille, j'ai partagé avec mon père le dernier morceau de pain du voyage. Je me laisse guider par une odeur de fumée qui provient d'une grande maison au milieu du camp. Je vois des gens qui se dirigent vers cette maison qui est la cuisine commune à tous les habitants de Campos. Sur une grande table le repas est servi, et chacun remplit son écuelle de bois et va s'asseoir par terre, ou sur des chaises basses. Je crois que je n'ai rien mangé d'aussi bon depuis longtemps.

Des fruits, des légumes crus, et des sortes de pains de maïs cuits dans une feuille verte, qui sont faits par une femme indienne du nom de Marikua, et qu'on appelle des *curindas*. Langue de Campos. Pour finir, des haricots, du miel mêlé à des morceaux d'alvéoles. C'est alors que j'ai bu pour la première fois l'eau de la plante *nurhité*, dont je te parlerai plus tard. Ils en font aussi de la bouillie qui s'appelle dans leur langue *nurhité kamata*, mais c'est pour certains soirs seulement.

« J'ai mangé à table avec d'autres enfants plus jeunes que moi, car ici, à Campos, les enfants ont le pas sur les adultes et occupent partout les places de choix. Nous étions au centre de la maison commune, à l'abri du toit de feuilles. À chaque bout de la maison se tiennent les adultes, et un peu à l'écart, assis dehors au soleil sur une chaise basse, j'ai vu Anthony Martin, celui qu'on appelle le Conseiller.

« À Campos, beaucoup d'enfants n'ont pas de parents, soit qu'ils aient été mis là en pension, soit qu'ils aient été abandonnés, et certains ont même été sortis de prison et ont trouvé ici un refuge. D'autres sont là avec leur mère, comme Yazzie et Mara, ou bien les jumelles (Bala, Krishna). Mais à Campos il n'y a pas de parents, cela je l'ai appris ensuite. Ce sont les enfants qui choisissent la maison où ils dorment, pour retrouver leurs amis, ou pour en changer. Les adultes ne sont que les gardiens, pour les protéger et les aider, mais ils ne peuvent exercer aucune autorité. Les frères et les sœurs aînés sont les vrais parents, qui les accompagnent partout, les conseillent, les réprimandent en cas de besoin. Et les adultes ne cessent pas d'apprendre, ils doivent aussi participer à l'enseignement. Comme je te l'ai déjà expliqué, il n'y a pas d'école à Campos, c'est le village tout entier qui est une grande école.

« Au cours de mon premier repas à Campos, j'ai parlé avec un garçon de mon âge qui s'appelle Oodham. C'est son surnom, car ici personne ne vous appelle par votre vrai nom. Avec lui je peux parler, car la plupart des habitants de Campos parlent une langue particulière, où plusieurs langues se mélangent. Personne ne sait la langue de mon père, la langue innue. Oodham parle un peu le français, et aussi l'espagnol, avec un fort accent (cependant pas plus fort que le mien). Il m'explique l'emploi du temps à Campos, il me dit qu'il doit s'occuper de moi. Il me dit qu'il sera mon tuteur — car ici à Campos, un enfant peut être le tuteur d'un autre enfant, et même, si le cas se présente, d'un adulte.

« "Là-haut, me dit-il en me montrant les champs, c'est l'enseignement du matin. Et là-bas, dit-il en désignant la tour en briques rouges, c'est l'enseignement du soir.

« — L'enseignement du soir ? Mais qu'y enseigne-t-on le soir ?

112

« — La vie, on y enseigne la vie. À Campos on n'enseigne rien d'autre que la vie."

« Je n'ai pas le temps de poser d'autres questions. Sans le moindre signal, son de cloche ou claquement des doigts, tous les enfants se lèvent, ramassent les écuelles et vont les laver à la pompe, à tour de rôle. Les adultes se dirigent vers les plantations. »

« À Campos il n'y a pas de travail. Il n'y a pas de loisirs non plus.

« L'enseignement ne se fait pas dans une maison fermée, comme à Rivière-du-Loup. Il n'y a pas non plus un maître d'école debout sur une estrade qui parle en latin, ou qui écrit des chiffres sur un tableau noir. Ici, on enseigne en conversant, en écoutant des histoires, ou même en rêvant, en regardant passer les nuages.

« Chacun enseigne ce qu'il sait. Certains enfants deviennent des maîtres. Ils enseignent ce qu'on sait encore quand on est un enfant, et qu'on oublie en grandissant. Les petits ne voient pas les choses de la même façon. Ils ne pensent pas de la même façon. Ils ne sont pas occupés par les mêmes soucis. Pour eux la journée est longue comme une année, et le village de Campos est grand comme un pays. Ils sont des fourmis, c'est Jadi qui nous explique cela. Il les appelle ses fourmis, ses abeilles, ses colibris. Il dit que nous devons tous apprendre à être petits pour devenir des humains. »

« Tout le monde ne fait pas le même travail. Les hommes et les femmes ne font pas les mêmes travaux. Les hommes font les travaux de force, ils coupent le bois, ils épierrent les champs. Quand je suis arrivé, le maïs venait d'être coupé, les hommes égrènent les épis avec leurs mains, les femmes nettoient les feuilles pour faire cuire les *curindas* et des gâteaux de maïs sucré qu'on appelle *uchepos*. Langue de Campos. »

« Je suis resté toute la première journée avec Oodham. Au début, je ne voulais pas qu'il soit mon tuteur. Je le repoussais, nous nous battions, et il fallait qu'un adulte vienne nous séparer. Ensuite il est devenu mon ami. Je l'accompagne dans le champ. Une partie du champ a brûlé, nous devons nettoyer la terre et enlever les pierres. Le soleil brûle ma nuque et mon visage, je ne peux aller jusqu'au bout. Je suis fatigué, mes yeux me font mal. Je m'assois sur une pierre et je me repose en regardant les hommes courbés à travailler. Pour la première fois je me sens libre.

« Vers le milieu du jour nous allons à nouveau sous le grand toit de feuilles au milieu du village. Les femmes et les jeunes filles viennent d'un autre côté et elles nous retrouvent sous le toit. Nous avons mangé des *curindas* et des *uchepos*, des haricots, et de la confiture de fraises. C'est Marikua qui a préparé la confiture, avec les filles.

« À Campos on ne mange jamais de viande, seulement des œufs. Les habitants disent que la viande n'est pas une bonne nourriture. Avec le lait des vaches, ils préparent du fromage frais qu'ils enveloppent dans des feuilles de maïs. Quand il y a un surplus, le fromage frais est vendu au village voisin, aux boulangeries et au marché. L'argent sert à acheter l'huile pour les lampes, du savon, des outils. Une ferme de champignons blancs est installée en haut du terrain, près des étables. Ce sont les femmes qui s'en occupent, Marikua, Adhara, et d'autres femmes. Les enfants ne peuvent pas entrer dans la ferme, de crainte des microbes qu'ils pourraient apporter.

« Le soir, au coucher du soleil, chacun a choisi sa maison pour dormir. Oodham m'a offert de passer la nuit avec lui, et j'ai hésité parce que je n'ai jamais dormi chez quelqu'un, et pendant le voyage j'ai pris l'habitude de coucher par terre, là où je suis. Je prends la natte de paille et la couverture que le Conseiller m'a données, et je vais chez Oodham, dans sa maison près du ruisseau. Sa maison est plus propre et plus fraîche que celle où j'ai dormi avec mon père la première nuit. Oodham habite là avec d'autres garçons qui ont travaillé dans les champs.

« Dans la maison qui est tout en haut du village vit un couple, un homme nommé Christian et une femme très belle, avec de longs cheveux noirs. Oodham m'a dit son nom, c'est la première fois que je l'entends : Hoatu. Ils sont arrivés à Campos en même temps que le Conseiller. Oodham me dit que ce sont eux qui doivent diriger le camp, lorsque Jadi sera trop vieux.

« Je suis passé devant leur maison pour aller me laver au ruisseau, Hoatu était assise sur le rebord en bois de sa maison. Elle s'assoit d'une manière que je n'ai jamais vue. Elle noue sa longue robe entre ses jambes, elle a le pied gauche posé sur la cuisse droite, son corps à moitié allongé, appuyé sur son coude. Elle me regarde en souriant. Je sens une impression que je ne connais pas, quelque chose de chaud qui m'entoure et m'apaise.

« Cette nuit, je me suis endormi en rêvant à Hoatu. Je pense aussi à toutes les choses nouvelles que j'ai apprises au long de cette première journée à Campos. »

La lecture de ces feuillets m'a laissé dans un état étrange, proche de la rêverie.

La saison sèche était revenue, avec elle approchait la date de mon départ pour la vallée du Tepalcatepec, et pourtant j'avais du mal à m'éloigner de la Vallée. C'est alors que j'ai fait la connaissance d'

Orandino

Dahlia était revenue de Mexico totalement dépressive. Elle avait passé quinze jours avec son fils Fabio, dans l'appartement de Xochimilco où Hector cohabitait avec d'anciens révolutionnaires salvadoriens du Bloc. Ils avaient beaucoup parlé, beaucoup fumé, beaucoup bu, beaucoup chanté. Elle ne me l'a pas dit, mais j'ai compris qu'elle avait cédé et fait l'amour avec Hector. Elle avait passé l'essentiel du temps à serrer Fabio dans ses bras, à le caresser et à pleurer.

Je ne pouvais pas lui dire tout le mal que je pensais de son ex-mari et de ces soi-disant révolutionnaires dépassés par le temps, qui refaisaient le monde à l'abri de leur asile doré, proclamaient des anathèmes contre ceux qui étaient restés au pays, signaient des ordres d'expurgation, mais qui étaient incapables de s'occuper de leur propre famille. Ils manquaient de lucidité et de compassion. Je lui ai seulement dit :

« Pourquoi tu n'as pas ramené Fabio avec toi ? »

Je n'avais pas songé aux conséquences de ma question. Dahlia a d'abord pleuré, puis elle s'est mise à rire. Elle me serrait dans ses bras, elle m'embrassait, je sentais contre moi son corps, son haleine avinée, je goûtais à ses larmes, je mordais ses lèvres et ses seins. Elle était un animal très vivant, plein d'instincts et de passion, douée d'une force exceptionnelle. Elle me serrait entre ses cuisses puissantes, je touchais les tendons de son dos, de chaque côté de la colonne vertébrale, le treillis des muscles de son ventre. Elle frissonnait.

Nous sommes restés une partie de l'après-midi couchés sur le matelas dans le salon, nos corps trempés de sueur. Quand le soir est enfin arrivé, alors que la ronde des véhicules entamait sa giration autour de la place, nous nous sommes habillés pour marcher un peu.

Il faisait doux, le ciel fourmillait d'étoiles. Nous sommes allés au Ciné Chaplin, loin du centre-ville. On jouait un film russe, je n'ai pas bien compris, cela se passait dans la neige avec des chevaux, c'était de Parajanov. Nous sommes sortis avant la fin. Dahlia voulait rester, mais j'avais la nausée.

Nous avons marché jusqu'à la place. À un petit poste roulant, j'ai acheté des tacos et des jus de pastèque. Fumé assis sur un banc. Dahlia appuyait sa tête contre mon épaule. Elle m'a dit, à un moment : « Tu n'es pas comme lui, toi tu es gentil. Tu t'occuperais bien de mon fils. » Je n'étais pas sûr de ce qu'elle voulait que je réponde. « Oui, oui, mais c'est pour toi, pour lui et pour toi, il a besoin de toi autant que tu as besoin de lui. » Ça ne voulait rien dire, mais elle n'écoutait pas. Elle entendait ce qu'elle imaginait.

« Tu sais, Daniel. » Elle avait la voix un peu assourdie, comme si elle faisait une confidence précieuse. « Si je pouvais avoir Fabio avec moi, si je pouvais l'avoir pour moi toute seule. » Elle regardait devant elle, avec une certaine lenteur dans son regard. « Je sais bien ce que je ferais. J'irais chez nous à San Juan, dans mon quartier de Loíza, et je ne reviendrais jamais ici. » Elle restait un moment silencieuse, elle reprenait de sa voix enrouée. « Je l'élèverais toute seule, je n'aurais besoin de personne, ce serait ma vie, tu comprends, mon assignation pour la vie. »

Elle a dit cela avec une gravité triste qui m'a mis des larmes dans les yeux. Et en même temps, je savais qu'à cause de son goût pour l'alcool elle ne parviendrait sans doute jamais à réaliser son projet, elle continuerait à être ballottée entre les hommes, à se noyer dans son désespoir.

Elle parlait toute seule, je crois que je ne l'écoutais plus vraiment. Elle parlait de la grande maison de Loíza, une maison en bois près du canal. Elle parlait des enfants des sidéens, certains déjà contaminés, sans cheveux et maigres à faire peur, des petits fantômes. Elle irait là-bas, avec Fabio, elle leur raconterait des histoires pour les faire rire, elle leur chanterait des chansons. Elle rêvait tout haut. Je l'ai ramenée à l'appartement, je l'ai couchée sur le matelas. Au mois de mai, les pièces sont des fours. Je me suis couché à même le carrelage, avec une serviette roulée en guise d'oreiller. Je savais bien que tout cela ne pouvait pas durer. Nous avions accompli ensemble un bout du voyage, et nous allions partir chacun de notre côté.

Et cela n'a pas manqué d'arriver. Un jour, à la fin mai je crois, elle m'a annoncé :

« Daniel, je ne peux plus rester avec toi. » Je ne lui ai rien demandé, elle a dit : « Tu vas être en colère, tu vas m'en vouloir. » Je n'ai pas osé répondre que rien de ce qu'elle faisait ne pouvait me mettre en colère. J'ai pensé qu'elle ne comprendrait pas, qu'elle prendrait cela pour de l'indifférence, du je-m'en-foutisme. Pourtant c'était tout le contraire, car je l'aimais.

Cela se passait l'après-midi, je travaillais à la bibliothèque de l'Emporio sur un relevé pédologique de la Vallée. Quand il faisait chaud, il n'y avait personne à l'Emporio, j'avais l'impression d'être le seul chercheur. Je suis resté, le crayon suspendu au-dessus de la carte.

« Qu'est-ce qu'il se passe ? — C'est Hector. Thomas Moises l'a invité à l'Emporio, pour qu'il témoigne de la situation au Salvador, pour qu'il parle de Monseigneur Romero, de tous les prêtres assassinés. » Elle a ajouté, parce que dans son esprit ça devait justifier le reste : « Fabio sera là, je pourrai rester tout le temps avec lui. »

D'un seul coup, j'ai été étonné de ressentir de l'impatience, de la colère, de la jalousie presque. J'entendais un sifflement dans mes oreilles. J'avais l'impression d'une chute vertigineuse.

Je ne pouvais rien dire. Je n'avais rien à dire. C'était entendu dès le commencement que nous n'avions aucun droit l'un sur l'autre. Que nous avions été réunis par le hasard. Que Dahlia n'était pas amoureuse de moi, qu'elle était toujours unie à Hector, malgré le divorce, malgré les tromperies, malgré tout le mal qu'ils s'étaient fait. Et ce garçon de trois ans, Fabio, dont elle m'avait montré cent fois la photo, ce garçon qui lui ressemblait, les mêmes grands yeux noirs, les mêmes cheveux bouclés, cuivrés. Un jour, pour rire, je lui avais dit que Fabio, c'était le Niño Avilés, l'enfant prophète qui guide les marrons dans le roman d'Edgardo Rodríguez Juliá. Dahlia s'était mise en colère : « Je t'interdis, tu entends ? Je t'interdis absolument de parler de mon fils en quoi que ce soit ! » Sa voix sifflait, ses yeux brasillaient comme ceux d'une chatte furieuse. « Je t'interdis de prononcer son nom, seulement son nom ! Il n'y a que moi qui ai le droit, tu comprends ? »

Soudain j'étais devenu son ennemi. Je me souvenais de la réaction d'Ariana Luz quand j'avais attaqué Garci Lazaro, à la colline des anthropologues.

Peut-être que c'est cela qui sifflait dans mes oreilles et me donnait le vertige. Ma solitude. Le sentiment du vide, du très grand vide de mon existence.

J'ai rencontré Lili.

Je n'étais pas retourné à la Zone. On pouvait très bien vivre dans la Vallée sans se soucier de ce no man's land du vice et de la pauvreté. Moi j'ai toujours détesté le tourisme voyeur, ces incursions des petits-bourgeois des beaux quartiers dans les bidonvilles et les allées à putes des zones de misère. Les gosses du Texas et de la Californie qui vomissent chaque printemps leur dernière année de lycée dans les bars de Juárez, de Nogales, de Tijuana. Les touristes quinquagénaires venus d'Italie, de France, de Suisse pour tenter leur chance dans les pays imaginaires où ils espèrent que leur fric pourra leur permettre d'acheter la petite fille ou le jeune garçon qu'ils ont rêvé de violer dans leur ville.

Ou simplement ces écrivains qui croient qu'un verre de bière bu sur la table crasseuse d'un tripot, dans l'air alourdi, dans le fracas des autocars déglingués, et la musique éraillée d'un juke-box à Cuba, à Manille, à Tegucigalpa, c'est ça, *la vie*.

Par Ariana Luz j'ai su où elle habitait.

J'étais toujours à la bibliothèque de l'Emporio, en train de feuilleter le *Boletín de la Cuenca del Tepalcatepec* pour recopier les cartes. Nous avons parlé de choses et d'autres, elle a tenu à m'apporter une précision : « Tu sais que Leon Saramago a laissé tomber l'enquête sur la Zone ? » J'ai dit sans conviction : « Ah ? Et pourquoi ? » Ariana me regardait de ses yeux méchants. « C'est toi qui le demandes ? Après ta sortie contre eux ? » J'étais étonné qu'elle puisse croire que j'aie eu la moindre influence. « Je ne te crois pas », ai-je dit. Ariana a haussé les épaules : « L'hypocrite ! » Puis elle a raconté brièvement, à voix basse, comme si c'était un secret : « C'est Saramago, il est tombé sur un os, tu vois, avec Garci il voulait enquêter dans le quartier où vit cette fille, Lili, et ils sont allés là-bas deux ou trois fois, chez les Parachutistes à Orandino, quelqu'un a dû en parler, c'est arrivé à l'oreille de l'avocat Aranzas, il a dû avoir peur, il a dû se sentir menacé, et c'est Thomas Moises lui-même qui a dit que ça suffisait, que ça devenait, que ça pouvait avoir des conséquences politiques, il a dit à Garci Lazaro et à Leon Saramago que l'Emporio n'avait pas les moyens de se faire des ennemis, surtout Aranzas, et ils ont laissé tomber l'enquête, voilà, il n'y a plus de zone rouge, plus de Liliana, le Terrible est intouchable. »

Je ne pouvais pas dire que la nouvelle me faisait énormément de peine.

J'ai demandé à Ariana : « Tu as l'adresse de cette fille, Lili ? »

Elle m'a regardé d'un air ironique : « Pourquoi, toi aussi tu veux la rencontrer ? »

J'ai fait semblant de ne pas comprendre l'allusion, j'ai dit : « Moi, je ne suis pas aux ordres d'Aranzas, je ne fais pas partie de l'Emporio. Je suis quelqu'un de passage, ça n'a pas d'importance. »

Ariana a semblé apprécier l'argument. J'ai même cru percevoir une lueur d'amusement sur son visage sévère. « Après tout, ça n'est un secret pour personne. »

Elle m'a expliqué. Elle y était allée une fois, pour accompagner Garci. C'est au bord du canal, à côté de l'unique épicerie du coin. « Elle habite là. Une cabane plutôt sordide. — Elle vit avec un homme ? — Quand j'y suis allée, elle était avec une vieille femme, Doña Tilla, qu'elle appelle sa grand-mère, c'est tout ce que je peux dire. »

Ariana continuait à me regarder d'un air dubitatif.

« Tu vas vraiment y aller ? Tu sais, ce sont des gens dangereux, le quartier aussi. Peut-être que tu devrais demander à quelqu'un de t'accompagner. À Dahlia Roig, par exemple. » J'ai constaté que dans cette petite ville tout se savait. Un bref instant, cette pensée m'a irrité, et l'instant d'après je m'en foutais.

J'ai ricané : « Ça serait une descente de police, moi ça n'est pas pour écrire un article que j'ai envie de voir cette fille. » Ariana a répliqué : « Ah bon, et c'est pour quoi ? » Elle s'est reprise aussitôt : « Excuse-moi, je dis des idioties. Toi tu n'es pas comme ça. » Je ne savais pas si de sa part c'était flatteur, ou condescendant.

Ariana a fouillé dans son sac, elle en a tiré une photocopie pliée en quatre. J'ai vu une fille en petite tenue, serrée dans les bras d'un homme plus âgé, coiffé d'un chapeau texan, son visage dur marqué par l'acné. Lili avec le Terrible. Elle m'a dit : « Tiens, garde-la, je n'en ai plus besoin. »

Quand Ariana est partie, je suis resté seul devant les cartes et les revues, et je me suis demandé pourquoi je voulais tant rencontrer cette Lili, pourquoi j'étais allé un soir au jardin Atlas me tourner en ridicule devant toutes ces filles. J'inventais quelque chose de secret, de ténébreux dans ce jardin éclairé au néon, avec la musique des cumbias, les lumières rouges et jaunes qui luisaient entre les arbres et creusaient les orbites des filles en tête de mort et faisaient de leurs bouches des blessures.

Lili, Lili de la lagune, Lili au visage lisse d'enfant, aux seins boudinés dans son corsage trop étroit, Lili au regard en gouttes d'obsidienne, Lili venue du fond des montagnes, de Yalalag, d'Oaxaca, Lili que j'ai rencontrée devant la hutte de briques sans mortier au toit de tôles, au bord de la lagune d'Orandino, j'ai imaginé qu'elle m'attendait, qu'elle savait que je devais venir.

Quand j'arrive, au bout de la route de terre, je la vois. Elle est assise devant la porte de la maison, habillée d'un pantalon trop large et d'un T-shirt sur lequel est écrit *Euzkadi radial*, un nom pour camionneur.

Pas beaucoup plus grande que les enfants qui jouent aux *quemados* dans la rue, en frappant avec des bâtons sur des boîtes de conserve en guise de battes et de balles. Lili a un visage bien rond, une bouche épaisse, des cheveux très noirs peignés avec application, et une frange qui couvre son front jusqu'à la racine du nez, et lui mange les sourcils. Je la reconnais tout de suite, grâce à la photo que m'a donnée Ariana, mais aussi parce que j'ai rêvé d'elle. C'est son regard que je reconnais, un regard direct, lisse, avec cette étoile de lumière qui brille dans ses iris profonds.

Je lui parle sans savoir ce que j'ai envie de lui dire. Je crois qu'à cet instant je n'ai rien à lui dire. Je dis : Mademoiselle, avec votre permission, je voudrais. Mais je ne continue pas, et elle me regarde sans étonnement. Je ne veux rien d'autre que rester debout dans son soleil, et qu'elle regarde mon ombre.

Je ne suis pas venu pour lui parler, pour échanger des noms, des adresses, des questions et des réponses. Elle ne semble pas attendre quoi que ce soit, sauf que je m'écarte de son soleil, ce que je fais, et je m'assois sur mes talons à côté d'elle, et je lui offre une cigarette. Je voudrais lui demander pardon, pardon pour tout ce que les hommes lui ont fait, pardon pour les humiliations, les rires de mépris. Pardon pour l'avoir arrachée à son pays natal, pour l'avoir livrée aux bourreaux. Pour l'inceste, le viol, la destruction. Pour avoir fait de son corps un objet à vendre. Et pardon pour en avoir fait un objet d'étude, d'avoir été complice du regard indécent des étudiants et des chercheurs, des anthropologues comme on dirait les anthropophages. Leurs mains qui sortent de leur poche le petit carnet, le petit crayon, qui déclenchent furtivement le magnétophone dissimulé dans leur sac à bandoulière. Les rires qui fusent dans la salle de garde, quand ils écoutent l'enregistrement de sa voix claire, un peu nasillarde, un peu chantante, une voix de fille de la montagne. Sa voix qui répond à leurs questions piégées, avec des mots simples, des mots innocents. Pardon pour Trigo le notaire, l'âme damnée de l'avocat Aranzas, qui tient le quartier des Parachutistes à la gorge, et qui les menace d'expulsion, de les jeter en prison, elle et sa grand-mère. Et pardon pour le Terrible, peut-être le moins terrible de tous, parce que lui ne ment pas, ne cache pas ce qu'il est, sa vraie nature, et parle d'argent sans faire de fausses promesses.

Je n'ai rien pu lui dire. Lili fume en silence, et quand elle a fini, elle écrase la cigarette du bout de sa chaussure et elle se lève pour recevoir les cadeaux que j'ai apportés pour sa grand-mère (une boîte de biscuits aux *marshmallows*, un litre et demi de soda, une tablette de chocolat Carlos Quinto achetés chez Don Jorge, à l'entrée du quartier des Parachutistes). Elle va au fond de la maison chercher une deuxième chaise, une toute petite chaise en bois comme celles dont se servent les Indiens, et nous restons assis au soleil.

Nous sommes plus étrangers l'un à l'autre que si nous étions nés sur des planètes différentes. Pourtant je me sens bien avec elle. Elle a commencé à me répondre, elle a une voix légère, une voix fraîche et jeune, un peu moqueuse. Elle me parle de sa grand-mère qui ne sort jamais de chez elle, qui dort le jour au fond de son alcôve, elle parle des enfants du quartier, qui travaillent à la décharge ou dans les champs de fraisiers, et que les camions viennent prendre chaque matin avant l'aube.

Je n'ose pas lui parler de la Zone, de la vie dure qu'elle connaît. Je la regarde par moments, j'essaie de lire sur son visage les traces de la violence, sur son front, dans ses yeux. Les rendez-vous avec les notables de la Vallée dans les chambres minables, les sommiers tachés, un lavabo, un miroir ébréché, une chaise en plastique où les hommes posent leur chemise et leur pantalon.

Mais c'est illisible. Le mal a glissé sur elle comme une eau sale, sans laisser de trace. Des hommes ont tenu ses hanches, se sont appuyés contre elle, des hommes ordinaires, ni pires ni meilleurs que d'autres, des hommes mariés, avec des enfants, qui vivent dans les nouvelles villas de la Glorieta, de la Media Luna, du Paraíso. Des agriculteurs, des boutiquiers. Peut-être Don Chuy que j'ai rencontré pour mon étude des sols, qui a le monopole des machines à récolter les pois chiches, l'air d'un cacique, grand et fort, la peau presque noire à force d'être resté au soleil. Trigo le notaire, l'homme à tout faire d'Aranzas, grand et maigre, avec une moustache en bataille, et qui se pique d'être le poète de la Vallée. Lili, elle, est pareille à une fleur, une fleur indienne, la fleur de mai par exemple, avec ses pétales veloutés, son parfum de vanille et de poivre, une fleur éclatante de jeunesse et de vie. Ces hommes l'ont touchée, l'ont respirée, se sont oubliés en elle. Ils lui ont pris à chaque fois un peu de sa vie et de sa jeunesse. Et elle a gardé son regard lisse, sa voix légère, son rire, son corps de femme et son visage d'enfant, son parfum de terre.

Elle s'arrête de parler, et moi je pense tout à coup que je suis pareil à ces hommes.

Je t'ai cherchée, je suis venu jusque chez toi, à cette maison qui est ton seul refuge. Je me suis assis sur une chaise à côté de toi. Je t'ai apporté des cadeaux, que tu as donnés à la vieille femme qui se cache au fond de ta maison, et que tu appelles ta grand-mère, même si chacun sait qu'elle est ton *alcahueta*, qu'elle t'a recueillie quand tu as fui ton père, et qu'elle t'a vendue au Terrible. Et moi j'ai été pareil à tous ces hommes, j'ai voulu respirer ton parfum, me nourrir de ta vie.

Elle m'apporte un peu de Coca dans une tasse. Je bois à petites gorgées. Des gens passent sur la route, ils nous espionnent sans nous regarder. Des gosses se sont embusqués derrière un mur. Ils crient des obscénités, et Lili leur jette des cailloux.

Puis elle s'assoit à côté de moi, les mains serrées entre ses genoux. Soudain elle me pose une question qui me fait tressaillir, elle dit seulement : « Et maintenant ? » Je ne sais pas quoi répondre. Elle me confie qu'elle va bientôt partir, qu'elle va passer de l'autre côté, aux

États-Unis. Je t'imagine, Lili de la lagune, dans les rues de Los Angeles, ou dans la banlieue de Chicago, habillée en survêtement, tes cheveux coupés court et permanentés, travaillant dans un restaurant de chili con carne, ou dans une boutique de téléphones. Je t'imagine, Lili, mariée à un militaire, vivant à Denver, dans le pavillon propret d'une base. C'est assez comique.

Mais tout est mieux que ta vie présente. Je voudrais te dire : pars, j'irai avec toi. Je te suivrai là où tu iras. Nous passerons ensemble la frontière à Palomas-Colombus, en coupant à travers le désert, la nuit. Tu connais les racines qui donnent à boire et à manger, le mezcal, les baies sauvages. Moi je connais les villes, les routes, les endroits où dormir. Nous prendrons les Greyhounds, nous irons vers le nord, peut-être jusqu'au Canada.

Elle soupire, elle dit : « Peut-être qu'on me tuera avant. » Elle dit cela sans changer de voix, sans excès dramatique. Cela sonne plus vrai. Je lui dis : « Personne ne te tuera là-bas. » Je voudrais ajouter, mais je n'ose pas : parce que tu es immortelle. Elle n'aurait pas compris.

Nous restons assis sur nos chaises, sans nous toucher, sans parler. Les camions reviennent des champs, dans des nuages de poussière. Ils débarquent les enfants, les femmes aux visages masqués par des foulards. Ils me regardent, ils doivent croire que je suis un de ces hommes qui volent les enfants et enlèvent les jeunes filles pour les vendre en esclavage.

Lili me protège. Elle maintient le monde dans sa nouveauté, avec son regard.

Lili, tu ne m'as pas interrogé, tu ne m'as pas demandé ce que je cherchais, pourquoi j'étais venu. Tu as dit seulement : « Et maintenant ? » Tu as l'âge du basalte des temples, tu es une racine impérissable. Tu es douce et vivante, tu as connu le mal et tu es restée nouvelle. Tu repousses la frange d'ordures au bord du canal, tu filtres l'eau noire de la lagune d'Orandino, tu fais briller les murs et les toits des maisons des Parachutistes.

Elle est entrée dans la maison. Doña Tilla l'appelle, pour un verre d'eau, une assiette de soupe. J'ai glissé dans mon rêve. J'ai laissé Lili, je suis parti sans me retourner, j'ai dépassé la boutique de Don Jorge où les enfants se pressent pour acheter leurs *chiclés*, leurs sacs de sodas. Le soleil tombe vers les collines, du côté de Campos. Les passereaux traversent le ciel vide dans la direction des grands eucalyptus, au bord de la route de Los Reyes. J'entre dans la Vallée qui gronde, les autos et les camions des fraisiers vont entamer leur ronde, les lueurs vertes et rouges vont s'allumer dans les jardins de la Zone, pour devancer minuit.

Hector s'est installé dans la villa d'un histo-rien de l'Emporio, nommé Monsivas, porté sur l'alcool et qu'on a surnommé, pour cette raison, Don Chivas.

C'était dans le quartier chic de la Vallée, le quartier des Huertas, manguiers et goyaviers centenaires, rues pavées à l'ancienne, ombra-gées de flamboyants. Le quartier était séparé de la zone des Parachutistes par un canal d'irriga-tion. Mais de temps à autre les pauvres construi-saient des ponts dans la nuit pour tenter une invasion. C'était une bataille de chaque instant. Les gardiens des Huertas, pour la plupart d'anciens flics au chômage engagés par les propriétaires, faisaient des rondes à travers les lotissements, chassaient les intrus à coups de matraque, ou sous la menace de leurs chiens-loups. Ils s'acharnaient aussi sur les ponts de planches, qui étaient reconstruits le lendemain.

C'est Dahlia qui m'a invité. Elle devait res-sentir une vague culpabilité envers moi, ou bien elle voulait croire que sa vie avait repris un sens, et elle tenait à le manifester. À moins que ce ne fût par une sorte de malice, pour le plaisir de réunir son ex-mari et son ex-amant.

En y réfléchissant, il me semblait que j'étais une des causes annexes de sa dépression. Ma froideur, mon égoïsme, mon scepticisme quand elle me parlait de révolution. Pour elle, il n'y avait que cela qui comptait, hormis son fils : la révolution à venir, la lutte de Porto Rico contre l'impérialisme yankee. Elle cultivait l'image saint-sulpicienne du Che, non pas la photo romantique d'Alberto Díaz Gutiérrez, alias Korda, qu'on trouve sur tous les T-shirts du monde, mais le Che dans la *selva* bolivienne, quelques semaines avant sa mort, le visage fiévreux, mangé de barbe, les habits froissés, l'air d'avoir dormi sur un banc de gare. Déjà marqué par son destin.

Rien à voir avec l'absurde autocélébration des anthropologues sur leur colline caillouteuse. Hector était un militant de la révolution universelle.

En attendant, il campait dans le vaste living-room de Don Chivas. Assise à côté de lui j'ai reconnu Bertha, la femme de Don Chivas, une Suissesse-Allemande spécialiste de l'histoire ancienne que Don Thomas avait engagée à l'Emporio pour le luxe d'entretenir une authentique latiniste, dans un pays où cette langue était encore plus exotique que la langue des Tarasques. Les deux filles de Bertha, Athena et Aphrodite, cette dernière aussi laide et massive que sa mère.

Hector était habillé d'une sorte de tenue de combat, pantalon de toile et chemise kaki multipoche. Très brun, l'air d'un conquistador plutôt que d'un guérillero. Avec lui, un jeune garçon, plutôt un jeune homme de dix-huit à vingt ans, très indien, visage doux inexpressif, des yeux noirs en amande, et une bouche qui montrait une denture parfaite dont le blanc éblouissant ressortait sur son visage sombre. Curieusement, c'est Dahlia qui jouait la maîtresse de maison, versant le jus d'orange dans les verres, faisant circuler le plat d'amuse-gueules au cheddar et au jambon.

J'ai demandé des nouvelles de Fabio. Dahlia a mis un doigt sur ses lèvres. « Il dort, tu veux le voir ? » Elle montrait la chambre attenante au living-room, dont la porte était entrebâillée. Je n'ai pas osé. « Plus tard, peut-être, s'il ne se réveille pas. »

La conversation avait repris, roulant autour de la révolution au Salvador, des assassinats de prêtres, du massacre de Chalatenango. « Et aujourd'hui ? a demandé Don Chivas. Maintenant que tout ça est passé, qui va continuer la lutte ? »

Hector était debout, comme à la tribune. Ses yeux brillaient, il pétillait d'éloquence. Il devait avoir l'habitude de parler dans les salons. « Après la déclaration franco-mexicaine de 80, le monde a jugé Reagan et sa clique, sa prétendue coalition des bonnes volontés d'Amérique latine, tous vendus au pouvoir corrompu, à l'oncle Sam, vendus pour des armes, des prêts bancaires, des pourboires en dollars qu'ils mettent à l'abri à Cayman, à Antigua. C'est ça maintenant la lutte, il faut balayer cette boue, mais je peux te dire, *compañero*, que ça ne sera pas facile. » Il a parlé avec emportement de Cayetano, qu'il avait rencontré dans la forêt du côté de Chalatenango, un vrai révolutionnaire, pur et dur, formé au combat de rue, indifférent aux honneurs, à l'argent, à la mort.

« Pour nous », a commencé Don Chivas de sa voix un peu feutrée, et je me demandais si ce « nous » incluait les gens ici présents ou signifiait les spécialistes de l'histoire contemporaine dont il prétendait être un exemple éminent. « Pour nous, c'est un peu difficile de comprendre l'alliance du Front Farabundo Martí et de Salvador Cayetano, qui représentent la tendance marxiste au Salvador, avec l'Église catholique. » Il a tiré une bouffée de son cigarillo. « Et je vais te dire, il est encore plus difficile de comprendre l'alliance des catholiques, si progressistes soient-ils, avec l'armée révolutionnaire, qui n'a pas d'autre solution que la violence. Tout ça nous semble, comment dire ? un peu monstrueux, contre nature, non ? » Il s'est tourné vers moi et vers Dahlia, à la recherche d'une approbation. Il a terminé, avec componction, fier de sa comparaison : « Enfin, c'est vrai qu'il y a des exemples d'alliances bizarres, je pense à la révolution russe, l'Église n'est pas forcément du côté des puissants. » C'est là que la douce voix d'Angel, l'Indien, s'est fait entendre : « Ami, est-ce que ce n'est pas quand l'Église n'est pas du côté des pauvres et des révoltés que c'est difficile à comprendre ? »

S'est ensuivi un assez long silence. Hector s'était assis pour grignoter les petits-fours. Il affichait une moue de dédain. Angel restait toujours aussi impassible, il ne mangeait pas, mais il buvait du punch. À cet instant j'ai pensé au piège dans lequel Dahlia s'était fait prendre. Elle était de ces filles qui passent leur vie à se tromper sur les sentiments des autres, ceux qu'elles imaginent, ceux qu'elles croient inspirer. Mais sans doute ne savait-elle pas vivre autrement.

Quant à Hector, il était visible qu'il méprisait ces gens chez qui il transitait. Don Chivas, Bertha, ce couple d'intellectuels petits-bourgeois qui vivaient comme des princes dans leur villa dallée de marbre, à deux pas des taudis des Parachutistes, des bicoques où les prostituées des Jardins se réfugiaient pour échapper à leurs souteneurs.

Mais il n'en dirait rien. Sa vengeance, en quelque sorte, c'était d'avoir fait inviter avec lui, à l'Emporio, cet Indien, Angel de Chalatenango, taciturne et souriant, qui nous regardait l'un après l'autre et qui pouvait nous égorger très doucement, comme on ouvre des fruits.

J'ai voulu parler de Lili, de la lagune d'Orandino, des camions qui emmènent chaque matin les enfants des Parachutistes pour les faire travailler aux champs, des femmes qui besognent chaque jour à l'usine de congélation et d'empaquetage, pour enrichir la Mac Cormick, la Strawberry Lake.

J'ai dit à Hector : « Est-ce que tu es venu porter ici la lame de la révolution ? » Hector a souri de la solennité de la question. Il a paru réfléchir en aspirant une bouffée : « Ami, tu dois savoir que la révolution ne se fait pas avec des sentiments, même si ce sont de bons sentiments. »

Don Chivas a cru bon venir à son aide. Il a ajouté à mon intention : « Tu sais, ici, nous avons l'expérience, la révolution, la lutte armée, la réforme agraire, les nationalisations, et même le soulèvement indigène au Chiapas, nous avons tout fait. Nous avons largement un siècle d'avance. »

Hector a grimacé, la fumée de son cigare lui piquait les yeux. « Un siècle, c'est vite passé. Un jour on se réveille et on a un siècle de retard. »

L'alcool circulait, de petits verres de tequila, ceux qui portent une croix au cul, *hasta no verte Jesus*. Après cet échange, Hector était fatigué. Il a changé de style. Don Chivas a apporté sa guitare, et ils se sont mis à jouer à tour de rôle, des rondos, des airs espagnols. Hector jouait bien, les filles de Bertha se sont assises sur des coussins pour l'écouter, serrées l'une contre l'autre. La lumière de la fin d'après-midi était chaude et jaune comme la tequila dans les verres, elle filtrait à travers les vitraux des fenêtres. Hector a

commencé à chanter, des ritournelles mélanco-
liques, amoureuses, ses yeux bruns luisaient
d'émotion sous l'ombre de ses sourcils épais.

Tout cela était bien romantique. Je pouvais
imaginer que c'était avec ces chansons qu'il
avait séduit Dahlia, qu'il l'avait prise au piège,
tour à tour dur et cassant quand il exposait ses
théories sur la guérilla, et tendre et nostalgique
quand il interprétait les romances d'Agustín
Lara, ou *La Sandunga* chère à Frida Kahlo.

J'en ai conclu qu'un géographe français ne
pouvait rien comprendre à l'histoire récente de
l'Amérique latine, ce mélange de comédiens et
de tragédiens, et sans doute encore moins à
l'histoire d'amour entre Hector et Dahlia —
quand de la chambre adjacente est sorti Fabio,
pareil à un petit prince doré. Je ne le connaissais
que par ses photos. Il semblait vraiment né d'un
livre d'images, les cheveux emmêlés de sommeil
et les yeux encore embués de rêves.

Il s'est blotti dans le giron de Dahlia, pour
écouter la musique. Il avait la grâce, la couleur
de peau et les cheveux de sa mère, et les grands
yeux humides et sombres de son père.

Il nous a observés l'un après l'autre avec la
gravité des enfants, et chacun lui a souri. Angel
n'a pas semblé ému. Il était pareil à Fabio, avec
un regard à la fois intimidé et insistant.

J'ai ressenti un frisson que j'ai du mal à expliquer, comme si tout ce que nous avions dit,
toutes ces belles phrases à propos de la révolu-

tion et de la religion, cette évocation des accords passés entre Mitterrand et Portillo, les atermoiements précautionneux de Reagan qui ne voulait pas désavouer les militaires de la répression en Amérique latine, de peur de voir s'étendre la maladie contagieuse de la rébellion, tout cela était balayé par le regard de ce petit garçon et celui de l'Indien de Chalatenango, par la force juvénile de ceux qui n'avaient pas besoin de mots. Une force qui débordait de l'histoire comme la lave d'un cratère, avançait avec lenteur, avec majesté, une force pareille à la vie.

J'ai laissé Don Chivas et Hector à leurs chansons. J'ai embrassé Dahlia, et Fabio. Je n'étais pas sûr de les revoir un jour. J'avais l'impression d'être sur une sorte de radeau qui dérivait le long d'une côte brumeuse.

Si j'avais pu, si j'avais osé, j'aurais traversé le canal sur un des ponts de planches pour entrer dans le quartier des Parachutistes, jusqu'à la lagune d'Orandino. Pour chercher Lili, pour me plonger dans son regard, entendre sa voix. Pour l'observer en train de préparer le souper de la vieille qu'elle appelait sa grand-mère, avant de monter dans la voiture du Terrible, qui l'emmenait gagner sa vie dans les Jardins.

Mais je suis retourné à l'appartement vide. Quand je me suis allongé sur le matelas, les autos reprenaient leur ronde du soir à travers les rues étroites et embouteillées, lançant à coups de klaxon les premières notes de *La Cucaracha*, de *La Raspa*, de *La Bamba*.

Raphaël est venu à l'Emporio. Quand il est entré dans la bibliothèque, je ne l'ai pas reconnu. Il m'a paru plus grand, plus fort. Ses cheveux avaient poussé très dru sur son crâne rond, il avait l'air d'un esquimau.

Il a regardé mes cartes, mes notes. « À quoi ça sert ? »

J'ai tenté de me justifier : « Je prépare un voyage d'étude dans la vallée du Tepalcatepec, ai-je dit. Je dois choisir ma route. » Il a pris une des feuilles pour l'examiner, un peu de travers. « C'est le chemin que tu vas suivre ? » Il montrait la ligne du fleuve, les affluents, les courbes de niveau.

« Je dois essayer d'aller en ligne droite, pour faire une coupe. »

Il ne comprenait toujours pas : « À quoi ça sert d'aller tout droit ? »

J'ai dit : « C'est une reconnaissance. »

Raphaël n'a pas relevé le mot, même si ça ne devait pas signifier grand-chose pour lui. Il a remarqué : « Mais si tu vas tout droit, tu ne pourras pas rencontrer des gens ? »

J'ai secoué la tête : « Non, je ne rencontrerai personne. C'est une étude de la terre, je n'ai pas besoin de rencontrer des gens. » Il m'a regardé avec étonnement : « Mais comment tu peux étudier la terre si tu ne rencontres pas ceux qui habitent dessus ? » C'était plutôt logique, mais j'ai préféré changer de conversation.

Il était trois heures après midi, l'heure creuse. Il n'y avait personne dans la bibliothèque, à part Tina, une étudiante chargée de surveiller, et qui semblait plongée dans la lecture d'un roman-photo.

J'ai emmené Raphaël dans l'orangeraie. Il examinait tout avec la même curiosité : le bassin d'azulejos, la fontaine arrêtée. Les arbres dans leurs pots, les tables en fer décorées de réclames pour une marque de bière, les parasols. Il a voulu voir les cubicules qui ressemblent à des alvéoles (Don Thomas aime à comparer les chercheurs à des abeilles).

Je lui ai fait visiter les bureaux désertés à l'heure du déjeuner. Ce qui l'a le plus impressionné, ce ne sont ni les ordinateurs ni les photocopieuses, ni même le projecteur avec son écran. C'est un cadran solaire du siècle passé, scellé dans le mur de briques au fond du patio. Il a lu la formule en latin gravée sur un écusson en plâtre : *In horas non mutatur*. Il m'a demandé ce que cela signifiait, et quand je le lui ai dit, il

142

s'est exclamé : « Mais ça n'a pas de sens ! Pourquoi avoir écrit un tel mensonge ? » J'allais lui expliquer la vanité des anciens propriétaires de la demeure, les *hacendados* Verdolaga, qui se piquaient de connaître leurs humanités comme Pickwick, mais Raphaël a continué sur son idée : « Tu connais deux heures qui sont identiques ? Tu as déjà vécu des jours qui ont duré des mois, d'autres qui passaient en un instant ? » Je lui ai fait observer qu'il portait sa belle montre à son poignet, depuis son voyage au Pacifique. Il m'a dit : « Mais ce n'est pas pour moi, c'est pour mon travail, mon patron veut que je sois à l'heure. » J'étais surpris de la nouvelle : « Tu travailles maintenant ? Qu'est-ce que tu fais ? » Il a été un peu évasif. « Je travaille au marché, dans un magasin qui vend des grains. » Il s'est un peu reculé pour admirer le cadran solaire. « Ta phrase est idiote, a-t-il conclu, mais l'objet est utile, je pourrai en fabriquer un pour Campos, et le placer sur la grande tour d'observation des étoiles. »

Nous sommes allés nous asseoir à l'ombre d'un parasol. J'ai préparé deux cafés au percolateur. Raphaël a pris le sien avec beaucoup de sucre. Il regardait la cassonade couler de sa cuillère avec un amusement enfantin. Puis il m'a raconté : « Je ne vis plus à Campos. Je travaille pour mettre de l'argent de côté et continuer à voyager. À mon âge, il faut tout essayer, j'ai beaucoup à apprendre. Tu ne crois pas ? » J'ai dit : « Et

143

tes amis ? Le Conseiller, comment s'appelle-t-il ?
— Anthony. Jadi. C'est lui qui nous le demande. Il
veut que nous soyons prêts à partir. Il a dit que
nous devons nous préparer à vivre ailleurs. Un
garçon est déjà parti, il est allé à Mexico, il nous a
écrit pour prévenir qu'il allait se marier avec une
fille de là-bas. »

Je l'ai regardé sans savoir quoi dire. J'éprou-
vais une sorte d'inquiétude à penser que
Raphaël avait quitté la protection des hauts
murs de Campos, qu'il s'était jeté dans la Vallée.

Raphaël a peut-être deviné mon sentiment,
parce qu'il a parlé d'autre chose.

« Est-ce que je t'ai déjà dit comment mon
père et ma mère se sont connus ? »

Je restais silencieux à le regarder, alors il a
continué :

« Mon père est de la nation innue, du lac
Saint-Jean, au nord du Québec, une région où il
n'y a pas de routes, seulement des forêts et des
rivières. Quand il avait vingt ans, mon père est
parti pendant l'hiver chasser avec mon oncle
dans la forêt. Ils ont marché pendant des jours,
sans trouver de gibier, puis ils ont été pris par
une tempête de neige et ils se sont perdus. Alors
qu'ils avançaient pour retrouver leur chemin,
mon père est tombé dans un piège à élan et il
s'est cassé la jambe. Il ne pouvait plus marcher,
alors mon oncle lui a construit un abri, il lui a
laissé les vivres et l'huile pour allumer du feu et

il est parti à la recherche de secours. Il a continué vers le sud jusqu'à ce qu'il trouve une voie ferrée, et il a grimpé dans le premier train qui transportait du bois vers l'ouest. Le train a roulé pendant une nuit, jusqu'à ce qu'il passe près d'un petit village dans la forêt, alors mon oncle a sauté du train et il est allé frapper à la porte d'une maison. Un homme a accepté d'aller chercher mon père avec son traîneau. Ils l'ont ramené au village et ils l'ont soigné, ils lui ont mis des attelles et des bandages, parce qu'il n'y avait pas de médecin dans le village. Là où il était soigné, mon père a fait la connaissance d'une jeune fille très belle, avec des cheveux blonds et des yeux bleus, et il est tout de suite tombé amoureux d'elle, et elle aussi était amoureuse de lui. Quand il a été guéri, il est reparti vers Saint-Jean, mais il a promis de revenir et ils se sont mariés. La jeune fille s'appelait Marthe et c'était ma mère. Ils sont allés vivre à Rivière-du-Loup, où mon père a travaillé dans la scierie, et c'est là que je suis né. »

Raphaël avait raconté cette histoire simplement, sans élever la voix, cela ressemblait à un conte de fées. Or la fin de son histoire était plus triste : « Maintenant, ma mère est morte. Elle avait une maladie de cœur, elle est morte quand j'avais dix ans. Mon père n'a pas supporté, il s'est mis à boire, il a quitté son travail. Un soir il s'est battu, il a blessé quelqu'un et on l'a enfermé en prison. Le juge m'a fait interner chez les Pères, mais je me suis sauvé plusieurs fois, et chaque fois la police me rattrapait et me ramenait au pensionnat. Alors mon père a décidé de s'enfuir, un jour pendant que les prisonniers travaillaient dans la campagne, il a pris une voiture et nous sommes partis vers le sud, jusqu'ici. Voilà, c'est mon histoire. »

Nous sommes restés un long moment sans parler, dans la chaleur de l'après-midi. La ville était en suspens. C'était l'heure douce où Don Thomas aimait s'enfoncer dans sa sieste. Il avait à cet effet installé un lit de camp dans son bureau, à l'autre bout de l'Emporio, dans une ancienne chambre de service. Quand j'ai su son habitude, je lui ai raconté l'histoire de Saint-Pol Roux, et cela lui a tellement plu qu'avant de somnoler il accrochait à sa porte un écriteau sur lequel était inscrit : « Le directeur travaille. »

Bientôt la soirée commencerait, les voitures se remettraient en marche. Sur le même ton avec lequel il avait raconté l'histoire d'amour de son père et de sa mère, Raphaël a dit :

« Tu m'as demandé de t'écrire l'histoire de Campos. Je vais le faire parce que déjà Campos n'existe plus. C'est le Conseiller qui l'a dit. Il a reçu une lettre recommandée du propriétaire du terrain, nous avons quarante-cinq jours pour partir ailleurs. »

La nouvelle m'a étonné. Je savais qu'une menace planait, et les rumeurs circulaient sur la colonie de Campos. J'ignorais que ce fût imminent. J'ai voulu dire à Raphaël que tout n'était pas perdu, que je pouvais essayer de mobiliser les gens de l'Emporio, les anthropologues, que nous pourrions parler à Aranzas.

Mais Raphaël n'écoutait pas. Il s'exaltait un peu : « Le Conseiller nous avait prévenus que nous vivions sur un volcan, qu'un jour le volcan se réveillerait et tout serait terminé. Nous ne connaissons ni le jour ni l'heure. C'est pour cela que nous devons partir aujourd'hui. Nous devons recommencer ailleurs. »

Il avait une voix jeune et fraîche, il me semblait que j'écoutais Lili en train de parler de son départ vers la frontière. En même temps, je pouvais ressentir son inquiétude. Campos, c'était son village. Quand il était arrivé, il était encore un enfant révolté qui ne parlait à personne. Maintenant, il était devenu un homme.

« Où est-ce que vous irez ? » J'ai posé la question en sachant que j'enfreignais une règle de Campos, de ne jamais parler au futur.

Raphaël m'a répondu néanmoins : « Nous irons au sud. Je ne connais pas l'endroit, personne ne le connaît. Jadi a rêvé d'un endroit, au sud, dans la mer. Peut-être que c'est là que nous vivrons. Nous verrons bien. »

J'avais envie d'en savoir plus. J'aurais parlé de détails, d'argent, de passeports. J'ai compris que ça ne servirait à rien. J'aurais pu aussi bien demander une carte, des itinéraires, des horaires de car.

Raphaël avait l'air rêveur. Puis il a dit : « Une chose que je regrette, Jadi est vieux. Je ne sais pas s'il peut voyager maintenant. Il parle de nous laisser, et de retourner chez lui, près de sa famille. Mais nous avons besoin de lui. »

Avant de partir, Raphaël m'a montré une chose étrange. De l'intérieur de sa chemise, il a tiré une feuille de papier qu'il a dépliée, et sur laquelle était inscrit le dessin que je reproduis ici :

« Tu vois, m'a-t-il dit pour répondre à mon inquiétude, moi aussi je voyage avec une carte. Ce n'est pas une carte de la terre, c'est un morceau de ciel que j'ai choisi, et que j'ai dessiné pour toi. »

Ensuite il a relevé la manche de sa chemise pour me montrer son poignet gauche. J'ai vu sur la peau brune sept brûlures qui représentaient le même dessin. « Je l'ai fait avec un clou chauffé au rouge. Pour ne pas me perdre. »

Il y avait dans son regard une fureur tranquille. Je me souviens qu'à cet instant j'ai ressenti un vide, et mes oreilles ont tinté, parce que je venais de comprendre la folie des habitants de Campos et de leur Conseiller, tout ce qui les condamnait aux yeux des gens ordinaires et qui les chassait de la Vallée.

Je reviens à Orandino comme à l'endroit le plus vivant de la Vallée.

La lagune n'est pas très grande. En hiver, à la saison sèche, l'eau est d'un bleu profond. Le soir, les hirondelles volent si bas que leurs ailes frôlent la surface en faisant naître des frissons. Elles cueillent au passage une gorgée d'eau, peut-être un insecte.

Au début, les Parachutistes s'étaient installés au bord de la lagune, sur toute la rive, pour profiter de l'eau et aller un peu à la pêche aux grenouilles. Et puis un jour, j'ai remarqué une palissade sur la rive sud. Quelque temps après les bulldozers sont venus détruire une cinquantaine de masures, et araser le terrain. Il paraît que c'est un projet financé par les nombreuses banques de la Vallée, pour créer un lotissement de luxe, avec des jardins, une piscine à ciel ouvert et un parcours de golf. Ça s'appellera Orandino, tout simplement.

Le *naguatlato* Uacus qui habite non loin m'a expliqué le montage de l'affaire : ce sont les avocats et les notaires de la Vallée qui se sont associés pour emprunter aux banques. L'avocat Aranzas a apporté sa caution : les Parachutistes sont pour la plupart à son service. Il est probable qu'ils ne se sont pas installés au bord du lac par hasard. Le terrain appartenait à la dernière survivante d'une des grandes familles de la Vallée, une vieille fille du nom d'Antonina Escalante. En les envoyant sur ces terres, Aranzas préparait l'ordre d'expropriation, en vertu des lois révolutionnaires qui octroient les lopins inoccupés aux paysans sans terre. Il ne restait plus qu'à racheter leurs lots, contre un petit pécule qu'ils ne pouvaient pas refuser.

De l'autre côté du lac, la situation restait inchangée. La cabane de la grand-mère de Lili était toujours là. J'ai frappé à la porte ouverte, et je suis entré. Dans la cuisine, j'ai aperçu la forme noire de Doña Tilla, assise sur sa petite chaise d'enfant, pareille à une sorcière.

Elle n'a pas bronché quand je suis entré. Sur son visage couleur de vieux cuir, ses yeux faisaient deux taches vitreuses. Comme souvent les aveugles, la vieille n'a peur de rien. Elle a senti ma présence, mais elle n'a pas fait un geste.

À un moment, elle a crié d'une voix désagréable : « Qui est-ce ? » Puis : « Allez-vous-en ! »

J'aurais dû essayer de l'amadouer, lui apporter une bouteille de soda, des gaufrettes. J'aurais attendu Lili.

Mais Lili ne viendra pas aujourd'hui. Beto, un des gosses qui m'espionne chaque fois que je rends visite à Lili, un garçon indien au visage ingrat en lame de couteau, me dit que le Terrible l'a emmenée dans son auto hier soir. Chez Jorge, je lui achète des bonbons pour qu'il les partage avec les autres gosses du quartier. Peut-être qu'il va plutôt les cacher quelque part, dans un coin, en hauteur pour que les chiens ne les emportent pas.

La ville des Parachutistes s'étend sur plusieurs kilomètres, le long du canal d'irrigation. Personne ne s'y aventure, pas même un anthropologue en quête d'un sujet. Ces gens n'existent pas vraiment. Ce sont des fantômes.

Dans la journée, je n'y croise presque personne. Les chemins de terre sont bombardés, la boue n'y sèche pas, même lorsqu'il ne pleut pas. L'eau du canal s'infiltre dans la terre noirâtre, l'imprègne de son odeur.

J'ai fait connaissance avec quelques gosses du canal, Firmin qui habite la maison voisine de celle de Doña Tilla. Beto, Fulo, et quelques autres dont j'ai oublié les noms. Ils sont agressifs et méchants, mais ils se sont habitués à me voir, ou peut-être à recevoir des bonbons et des *chiclés*.

Ici, la plupart des enfants travaillent. Les camions les ramassent avec les femmes, au petit matin, et les emmènent aux champs de fraisiers. Pendant la saison de la cueillette, beaucoup accompagnent leur mère aux usines d'emballage et de congélation, à la sortie de la ville, sur la route de Carapan, de Yurecuaro. Les usines ont des noms qui résonnent bien. J'aurais pu les mentionner dans ma conférence. Elles s'appellent El Duero, Azteca, Rio Frio, Cornucopia Co. Elles font partie de l'ARCEF, l'Association Régionale de Congélation et d'Exportation de Fraises.

De grands châteaux de ciment gris, entourés de parkings où gire en permanence un ballet de semi-remorques, et qu'un des économistes de l'Emporio a comparés aimablement à des ruches. En effet, les usines vrombissent à cause des compresseurs qui fabriquent nuit et jour de la glace.

J'ai voulu visiter une des usines, mais je n'ai pas pu. Un gardien armé, vêtu d'un uniforme gris, m'a expliqué que c'était interdit pour des raisons d'hygiène. Il m'a raconté les sas munis de souffleries pour écarter les mouches, les rayons ultraviolets pour tuer les microbes. En même temps, je pensais aux gamins en guenilles qui franchissent chaque matin ces portes. Les douche-t-on avant de les envoyer équeuter les fraises ? J'ai eu l'impression que le gardien se moquait de moi. Je devais en effet ressembler à une grosse mouche curieuse qui allait bombiner aux oreilles des administrateurs. Peut-être qu'ils avaient lu *El Imperialismo fresa* d'Ernest Feder, et qu'ils n'avaient pas aimé.

Dans la boutique de Don Jorge, j'attends le retour des camions.

Don Jorge, l'épicier, est un homme d'une cinquantaine d'années qui bavarde volontiers. Il m'a déjà raconté plusieurs fois sa vie de l'autre côté, quand il était cheminot à Detroit, État du Michigan. Il boîte, parce qu'un rail lui est tombé sur le pied et lui a sectionné quatre orteils. Mais il considère que cet accident a été une bénédiction du ciel, car la compagnie de chemin de fer lui verse depuis ce jour une petite pension, avec laquelle il a pu acheter son épicerie. Il m'a montré sa carte *mica*, sa carte de sécurité sociale, et son permis de conduire. Sur la photo plastifiée, il n'est pas « Don » Jorge. Il est sombre, le visage barré par une épaisse moustache, il a l'air de n'importe quel immigrant venu du Sud. J'ai pu lire sa date de naissance, octobre 1938. Il avait cinq ans quand le volcan Paricutín a poussé dans un champ, du côté d'Angahuan. Mais il ne se souvient de rien.

Vers trois heures de l'après-midi, les camions arrivent. La route du canal est défoncée, étroite, les camions n'entrent pas. Ils font demi-tour sur un terre-plein, à l'entrée du lotissement des Huertas, devant la *tortillería*.

D'un seul coup le quartier se remplit. Des groupes de femmes, habillées de haillons poussiéreux, pantalons et sneakers sous les jupes informes, têtes enveloppées dans de vieux linges. Elles parlent fort, elles rient. Derrière elles marchent des enfants, en haillons aussi, visages brûlés par le soleil. Ils portent des sacs en plastique qui contiennent des fraises grappillées dans les champs. Ils ne rient pas, ne parlent pas. Le soleil qui a brûlé leurs visages a aussi brûlé leurs langues.

C'est l'heure où Don Jorge fait des affaires.

Je suis un peu en retrait, dans un angle de la boutique, en train de boire mon soda à petites gorgées, je regarde les femmes qui défilent. Des vieilles drapées dans leurs châles bleus poussiéreux, des jeunes accompagnées d'enfants pieds nus dans des galoches, ou chaussés de baskets trop grandes lacées avec des ficelles. Elles achètent pour deux sous de bonbons, de biscuits, des cigarettes à l'unité. Jorge leur sert à la louche du *Kulay* (du Cool-Aid) rosâtre dans des sacs en plastique qu'elles vont téter dehors.

Je fume une cigarette au soleil, devant la boutique, quand je suis abordé par deux petits enfants, un garçon et une fille, âgés de cinq et sept ans, tout sales, morveux, en guenilles. Ils s'appellent Adam et Ève. Ils ont des visages non pas indiens comme les autres gosses du quartier des Parachutistes, mais clairs, avec des cheveux blonds et des yeux verts. Ils viennent des *Altos* du Jalisco, de Teocaltiche. Ils mendient, la petite fille a une voix geignarde.

Je les connais. Je les ai déjà vus chez Don Chivas, un dimanche après-midi. Nous bavardions, je crois que Dahlia était là elle aussi. On a sonné à la porte, la bonne est allée ouvrir, et tout à coup se sont présentés devant nous ces deux petits pauvres, serrés l'un contre l'autre, avec leurs tignasses emmêlées, leurs yeux enrhumés, ils grimaçaient au soleil en se haussant sur la pointe des pieds pour regarder à l'intérieur de ce palais. La fillette tirait son petit frère par la manche de sa chemise, et lui d'une main essayait de retenir son pantalon qui tombait sur ses fesses.

« Qu'est-ce qu'ils veulent ? » a demandé Don Chivas.

Et la fillette avec la même voix nasillarde qu'une élève en train de réciter sa leçon : « … si vous pouvez nous donner des fruits pour l'amour de Dieu… »

Elle avait sans doute aperçu la corbeille de fruits restée sur la table, encore pleine de pommes rouges et de raisin autour desquels bourdonnaient des guêpes. Don Chivas s'est détourné d'un air ennuyé, il a dit à la bonne : « Donne-leur un sac en plastique pour qu'ils ramassent les goyaves et les mangues tombées par terre dans le jardin, et donne-leur aussi le pain rassis. »

Je n'ai pas oublié cette anecdote.

À présent Adam et Ève étaient arrêtés devant la boutique de Don Jorge, la petite psalmodiait quelque chose d'inintelligible, sans même tendre la main. Des sous, de quoi manger.

Je suis allé dans la boutique acheter quelques chewing-gums du « Tigre », des marshmallows rances, que Don Jorge a mis dans un sac. Quand j'ai donné le tout à Ève, elle n'était pas sûre de pouvoir le garder, même le sac en plastique rose l'intimidait. Puis elle a tourné les talons, elle est partie en serrant le sac sur sa poitrine, elle marchait trop vite et Adam la suivait en geignardant, en trottinant, avec son pantalon qui dégringolait.

J'ai attendu encore un peu. J'espérais que malgré tout Lili reviendrait pour voir sa grand-mère. Ma Lili au visage d'enfant, au corps de femme, à la vie perdue.

Je pensais à son portrait avec le Terrible, elle et son regard extatique, comme si elle avait bu et fumé, et le maquereau coiffé d'un chapeau de cow-boy, avec sa peau grêlée, et son air de général d'opérette, dans le jardin Atlas où autrefois les soldats du Christ-Roi avaient fusillé les fédéraux.

Dans les cahutes, le long du canal, jusqu'au mur d'Orandino, les femmes préparaient le repas, et les fumées qui montaient des braseros répandaient une odeur mélangée de cuisine et de pétrole. Le soleil éclairait les toits de tôle. Cela avait un air de fête et en même temps de solitude, je ressentais le poids du temps, comme si la terre était en train de basculer et poussait tout ce qui existait vers l'abîme de l'horizon bordé de volcans. Je ne sais pas pourquoi, je me suis souvenu de ce que Raphaël avait dit, dans la bibliothèque : Nous ne connaissons ni le jour ni l'heure.

J'ai marché jusqu'au pont de planches qui traverse le canal, la frontière des riches des Huertas, et j'ai pénétré dans le lotissement par une brèche dans le grillage, là où étaient passés Adam et Ève.

Dahlia était à l'orangeraie de l'Emporio pour le café de midi. Elle était assise timidement à un bout de la table rectangulaire, les yeux baissés. Depuis qu'elle habitait avec Hector et Fabio chez Don Chivas, je ne la voyais plus. Elle avait l'air malheureux. Elle était pâle, Mexico et sa chape de soufre avaient terni l'éclat de sa créolitude. À côté de Bertha et de son mari, elle paraissait une enfant.

S'étaient retrouvés là les historiens et sociologues, et même le *naguatlato* Juan Uacus, pour célébrer Thomas Moises. Les anthropologues s'étaient abstenus. Le bruit courait qu'ils étaient en train de comploter pour prendre le pouvoir à l'Emporio.

Seuls de leur équipe, Ariana Luz était là, avec Garci Lazaro. Le bruit courait aussi qu'Ariana était le point faible de Thomas Moises, qu'il s'était amouraché d'elle, et qu'elle le suivait comme son ombre pour mieux le trahir. Elle était l'« oreille » de la faction des anthropologues, elle leur rapportait tout ce qui était susceptible de nourrir leur funeste projet.

La présence à l'Emporio du révolutionnaire Hector Gomez devait être pour eux une aubaine. Quand Don Thomas avait officiellement invité le Salvadorien à participer à un séminaire d'histoire contemporaine, Guillermo et sa bande avaient compris que le moment était venu d'agir. Ils avaient écrit un rapport au ministère de l'Éducation, et monté un dossier secret, avec l'appui des notables.

Hector était assis à côté de Thomas Moises, avec l'Indien Angel un peu en retrait derrière lui. Il fumait son cigare d'un air détaché, les yeux mi-clos, sans écouter ce qui se disait. Don Thomas a annoncé la conférence du vendredi, qui s'intitulerait simplement : « Révolutions ». Sans perdre son expression d'indifférence, Hector a parlé de ce qu'il avait vécu au Salvador, de la mort de Monseigneur Romero, des révoltes étudiantes et de la répression.

Quand il a eu fini de parler, c'est Garci qui a lancé son attaque. De sa voix grinçante, avec son accent un peu maniéré de Castillan, mais ses yeux bleu-vert globuleux jetant un éclat venimeux :

« Hector, je t'ai entendu parler de Monseigneur Romero. Est-ce qu'il n'était pas un terroriste ? » Il a dit cela doucement, dans un instant où la conversation était en suspens, où chacun avait le nez dans sa tasse de café.

Tous les regards étaient tournés vers Hector, même Don Thomas restait coi, la tasse à mi-chemin de la bouche. J'ai vu dans les yeux de Dahlia une étincelle fiévreuse, indignée. J'ai remarqué que ses lèvres tremblaient.

« Tu dois avoir honte de ce que tu viens de dire, Garci. »

Elle s'est levée, les mains à plat sur la table, pour mieux parler. Elle s'adressait à Garci, à lui seul. Elle a continué :

« Je ne sais pas si tu dis cela parce que tu es ignorant de l'histoire du Salvador, ou si c'est pour avoir l'air intelligent en te faisant l'écho de ceux qui ont assassiné l'évêque Oscar Arnulfo Romero, la voix des sans-voix, l'homme qui parlait pour ceux que l'Église aurait dû protéger. Les oubliés, ceux que les riches et les puissants traitent en ennemis. »

Elle s'est interrompue, dans un silence impressionnant, et chacun de nous restait en arrêt, en attendant la réplique qui allait venir. Dahlia était debout, tous les regards braqués sur elle. Elle était très belle à cet instant, dramatique, une actrice sur la scène.

« Voilà plus de dix ans que Monseigneur Romero a été assassiné pendant qu'il disait une messe pour les cancéreux dans l'église de la Médaille-Miraculeuse, et ceux qui l'ont tué sont les mêmes qui accusaient le Christ, ce sont les militaires, les émissaires de la CIA envoyés par Ronald Reagan. Et ce que tu dis quand tu parles de terroriste, tu dois savoir que Monseigneur Romero avait pardonné à ses assassins avant même qu'ils le tuent, et chaque dimanche dans la cathédrale de San Salvador les gens venaient l'écouter parce qu'il était leur lumière, à travers le monde entier les médias transmettaient ses paroles, et le gouvernement devait chaque fois le contredire, et nous n'avons pas besoin de chercher ceux qui l'ont tué, ceux qui ont été les auteurs intellectuels de ce crime, parce qu'ils l'ont dit et répété, si Monseigneur Romero continuait à prêcher, ils ne pourraient plus garantir sa sécurité. Et dans l'église des cancéreux, il l'a dit à ceux qui voulaient le tuer, nous sommes un même peuple, les pauvres sont nos frères et nos sœurs, il leur a rappelé la parole de Dieu, tu ne tueras pas, le soldat doit désobéir aux ordres et déposer les armes, il a dit ses derniers mots ce jour-là, au nom de Dieu, au nom du peuple qui souffre et qui en appelle au ciel, je vous demande, je vous supplie, je vous ordonne, cessez la répression ! »

Dahlia s'est arrêtée, les yeux brillants, les cheveux bouclés en bataille, et tout d'un coup, dans le silence qui s'est ensuivi, il s'est passé cette chose incroyable, dans l'orangeraie de l'Emporio, dans la chaleur de midi, les applaudissements ont fusé, Hector et l'Indien d'abord, puis tout le monde, à l'exception de Garci et d'Ariana, et Dahlia est restée debout, son visage empourpré, belle comme une icône.

Et nous avions l'impression que Monseigneur Romero était présent parmi nous, qu'il avait parlé pour eux aussi, pour les Parachutistes du canal, pour les femmes et les enfants courbés chaque jour sur les champs de fraisiers, enfermés dans les usines de congélation.

Je crois qu'à cet instant tous, à un degré plus ou moins grand, nous étions amoureux de Dahlia. Même Garci devait être troublé, parce qu'il a été le premier à se lever en toussant et à s'en aller, et Ariana ne l'a pas suivi. Don Thomas est resté avec Dahlia. C'était la première fois qu'il la voyait réellement, non plus l'étudiante un peu fofolle dont tous les garçons parlaient entre eux, cette jolie créole aux yeux de velours, mais une vraie femme, intelligente, passionnée, qui savait tenir tête, qui avait quelque chose à dire.

Quand je me suis approché, j'ai entendu qu'il la questionnait sur Porto Rico, elle lui parlait des problèmes sociaux, des femmes battues et abandonnées, de la drogue, du sida qui faisait des ravages dans les quartiers populaires de San Juan. J'ai cru comprendre que Don Thomas voulait l'intégrer dans l'équipe des chercheurs, lui offrait de faire une conférence du vendredi sur son pays. Il disait une banalité, du genre : « ... personne ne sait ce que c'est que Porto

Rico, ils croient que c'est une île où on boit du rhum et où on danse la salsa. »

Dahlia était au centre d'un petit groupe, Menendez, Rosa la secrétaire, Hector et Angel, et bien sûr Don Chivas et Bertha que son discours avait enthousiasmés.

Elle riait, elle était radieuse, elle avait oublié toute la noirceur de sa vie. Je me suis dit qu'elle avait peut-être enfin trouvé sa place.

Don Thomas se tenait un peu à l'écart, les mains dans les poches de sa *guayabera* bleu ciel, la tête penchée de côté, un sourire paternel sur son visage, avec son ventre rond, ses cheveux noirs à mèches grises qui lui donnaient l'air d'un pandit débonnaire.

L'Emporio connaissait ce bref répit dans la bataille pour le pouvoir. Don Thomas l'ignorait, ou ne voulait pas le savoir : il était trahi par la plupart de ceux qui l'entouraient, comme l'avait été Monseigneur Romero. Il savourait sans doute ses derniers instants de paix, le bonheur d'un échange intellectuel, quand un révolutionnaire, son homme de main et son ex-femme pasionaria pouvaient se rencontrer librement dans l'entrepôt de la pensée et du savoir, au cœur d'un des États les plus traditionalistes de l'Union mexicaine.

Pourtant, j'ai ressenti une vague nausée, un malaise, à l'idée que tout cela n'était qu'un jeu, une pantomime sans plus de conséquence que les discussions d'étudiants, le soir, dans les cafés de la ville, et les rencontres mondaines dans la tour de Menendez à la colline des anthropologues.

J'attendais la soirée. Dans quelques minutes, quelques heures, les quatre par quatre et les SUV des planteurs de fraisiers allaient sortir de terre, un long serpent de métal qui enserrerait la ville au bruit de ses moteurs et de ses klaxons, aux coups de ses basses décuplées par les haut-parleurs, dont un des appendices avancerait le long des jardins de la Zone, et l'autre glisserait pour se perdre sur la route des volcans. Sans personne pour penser aux filles, à Lili de la lagune, prisonnières de leurs tauliers. C'était irrésistible.

J'ai laissé l'Emporio et je me suis plongé dans la ville encore endormie au soleil.

Je passe mes jours et une partie de mes nuits dans le quartier d'Orandino. Au fur et à mesure qu'approche la date du départ pour le Tepalcatepec, mon impatience grandit. Il me semble que c'est là-bas, dans cette ligne droite imaginaire que j'ai tracée à travers les montagnes et les vallées que je trouverai la raison de ma venue dans ce pays. La solution d'une énigme, aussi difficile à saisir que les secrets inavouables qui se cachent derrière les hauts murs des jardins de la Zone de tolérance, où Lili est séquestrée par le Terrible. J'ai pensé porter plainte à la police, écrire un article pour *La Jornada*. Je n'en ai pas eu le courage. Je suis un étranger.

Chaque matin, à l'aube, je suis sur la route de terre que parcourent les camions des planteurs de fraisiers. Sur les plates-formes débâchées, j'entrevois les formes humaines, enveloppées dans des toiles à sac pour s'abriter du froid et de la poussière.

Chaque matin, je vais rendre visite à Doña Tilla. J'espère contre toute vraisemblance que Lili sera de retour. Battue, humiliée, mais libre. Prête pour son grand départ.

La maison est sombre et froide.

Doña Tilla est recroquevillée au fond de son alcôve, à côté du lit. J'ai l'impression qu'elle ne dort jamais. Elle ressemble à une vieille araignée, rendue lente et inoffensive par le froid.

J'entre sans faire de bruit, mais elle devine ma présence, elle sent ma chaleur, mon odeur. Elle crie de sa voix hargneuse : « Qui est-ce ? » Je n'ai jamais dit mon nom, j'imagine qu'elle ne s'en souviendrait pas. Je dis : « L'ami de Liliana. » Je dépose mes offrandes sur ses genoux, les biscuits à la guimauve qu'elle aime, du pain sucré, du chocolat noir. Doña Tilla ne remercie pas. Elle ne dit pas un mot, elle ne me demande jamais pourquoi je viens, ce que je cherche. Elle reste assise sur sa petite chaise, ses vieilles mains noircies posées sur son giron, pour retenir mes cadeaux dans son tablier. Ses jambes sont striées de veines noueuses, ses pieds aux ongles en griffes sont à moitié enfilés dans des tongs.

Je lui parle un peu, d'une voix monotone, je ne suis pas sûr qu'elle comprenne ma langue. Je lui parle de Lili, de sa vie quand elle était petite, à Oaxaca, de son père qui la battait, de son espoir d'aller vivre ailleurs, dans un endroit où elle serait libre.

Quand je m'éloigne, et que je reste devant la maison à fumer, je l'entends qui grommelle entre ses dents, une litanie d'insultes, *chingada, chingada vaina, hembra, perra*. Ou bien je l'entends se lever, fourrager dans la cuisine. Elle utilise un seau pour ses besoins, derrière un rideau. Elle grignote quelques biscuits, qu'elle trempe dans un verre avant de les écraser entre ses gencives édentées. Parfois elle marche jusqu'à la porte de la maison en tirant sa chaise. Elle fait quelques pas dehors au soleil, en s'appuyant sur un manche à balai en guise de canne. À la lumière, ses cheveux très longs, gris, épais, luisent comme une crinière. Elle ressemble à une très ancienne statue sortie de la chambre d'un temple.

Elle s'assoit, toute petite et très droite, les yeux fermés à cause de la lumière, sans lâcher son manche à balai. Indifférente, hautaine.

C'est elle qui a recueilli Lili quand elle fuyait son père. C'était il y a longtemps. Puis les Para-

chutistes sont arrivés, ont pris possession
d'Orandino. Et Doña Tilla a sombré petit à petit
dans la folie sénile. De temps à autre, elle
entrouvre les paupières et je rencontre son
regard troublé par la cataracte. Il me semble
qu'elle veut me dire quelque chose que je ne
comprends pas.

À Orandino tous la craignent et la respectent,
sauf les enfants qui entrent dans sa cabane pour
lui chiper des biscuits. Les femmes du quartier
lui apportent à manger chaque soir, du riz et du
bouillon. Lili paye une petite fille voisine pour
qu'elle balaye le matin et vide son seau dans le
canal. Il paraît qu'un jour une femme a apporté
son enfant tombé du haut d'un arbre, déjà raidi
par la mort, et Doña Tilla a massé sa fontanelle,
a soufflé sur sa bouche, et l'enfant est ressuscité
et a pleuré.

Je monte vers la décharge. C'est à la sortie de
la Vallée, passé la colline des anthropologues,
sur la route des volcans. C'est le domaine des
enfants des Parachutistes.

Les gens de la Vallée qui vont passer un week-
end au bord de mer, ou pique-niquer dans le
parc naturel des volcans avec leurs enfants, roulent devant la montagne de détritus sans s'arrêter. Sauf, parfois, pour jeter un sac-poubelle,
ou lâcher un objet encombrant dont les bennes
des éboueurs n'ont pas voulu. Même dans ce
cas, ils ne s'arrêtent pas. Leurs camionnettes

ralentissent sur le bas-côté, ils poussent l'objet au pied de la montagne, puis ils s'en vont à toute vitesse en remontant les glaces, à cause de l'odeur et des mouches.

Beto, au visage d'Indien. C'est lui qui m'a emmené la première fois au dépotoir. Il y va chaque jour, à la recherche de quelque chose qu'il pourra revendre. Au bas de la route, dans un tournant, un marché s'est installé, tenu par un vieux qui ressemble à un soldat de la révolution, somnolant sous un toit de tôle. C'est lui qui achète et qui vend. Les gosses lui apportent un pneu de camion déjanté, une plaque de fer rouillé, des bidons de plastique, des pots de verre ébréchés, du fil électrique, des robinets, de vieux cartons.

Il me regarde passer sans surprise. Depuis longtemps, le monde se résume pour lui à ce tournant de la route où il s'est arrêté, aux camions qui montent en s'essoufflant la côte des volcans, à la montagne d'immondices dont le méthane brûle jour et nuit. Au-delà, peut-être que pour lui il n'y a rien, seulement un grand fossé circulaire où tombent les humains après leur mort.

Beto est loin devant. Il a commencé à escalader la décharge. Au-dessus de nous, le ciel est bleu vif. Le vent froid chasse la fumée, mais elle tourbillonne et revient, elle souffle une haleine empestée. Au bout du chemin que les bennes des éboueurs ont tracé, les détritus récents forment une sorte de barrage, une moraine. C'est là que la plupart des gosses s'activent. Ils sont une vingtaine, peut-être davantage, semblables à de petits insectes noirs. Ils cherchent des restes de nourriture, des tortillas séchées, des paquets de pain Bimbo moisi, pour revendre aux por-cheries. D'autres sont plus haut, pour découvrir un pneu abandonné, du carton ou du cuivre. Ils fouillent à mains nues, ou bien avec un bâton à clous qui forme crochet.

Autour d'eux la montagne fume. Non pas d'une seule gueule à la façon d'un volcan, mais comme si un incendie l'avait parcourue, et que la braise par moments se rallumait. Des colonnes de fumée légère, âcre, jaune, qui s'enroulent dans le ciel clair.

L'air est silencieux, le soleil brûle. Il n'y a pas d'oiseaux, pas d'insectes, seulement ces mouches plates qui se plaquent sur le visage, sur les mains. J'ai perdu de vue Beto. Je reste au bord de la moraine, au bout du chemin que les bennes ont creusé dans les ordures. De l'autre côté, là où le vieux soldat a installé son étal, les sacs volants se sont accrochés aux branches des arbres, aux bras des cactus.

Ce soir-là, quand je suis allé à la bibliothèque de l'Emporio, l'étudiante Tina m'a donné une grande enveloppe sur laquelle j'ai reconnu l'écriture en caractère d'imprimerie de Raphaël Zacharie. Elle contenait plusieurs feuillets, qui racontaient la suite de l'

HISTOIRE DE RAPHAËL

« J'ai aimé tout de suite Campos, même si au début c'était difficile.

« J'avais tellement de choses à apprendre sur ma nouvelle vie. Je devais oublier tout ce que j'avais connu à Rivière-du-Loup, l'école des pères, les prières avant la classe, la messe de six heures, la confession obligatoire. Après la mort de ma mère, mon père a commencé à boire, et moi j'étais toujours en colère, je n'écoutais personne, je refusais les règles. Quand mon père a décidé de m'emmener au Mexique, je pensais que je ne reviendrais jamais. Ma grand-mère m'a aidé à préparer une valise, elle m'a accompagné jusqu'à la station wagon et elle a fait des signes avec son mouchoir quand la voiture a démarré, je me souviens de la route qui défilait en arrière, en emportant les petites maisons blanches, les arbres rougis par l'automne. Nous avons roulé pendant des jours, et puis l'auto est tombée en panne quelque part, dans un pays où il neigeait. Nous avons laissé la voiture au bord de la route, et nous avons continué vers le sud, à travers des plaines. Nous avons passé la frontière du Mexique dans un petit village, je me souviens du nom, Palomas, parce que mon père m'a dit que ça voulait dire les Colombes. Nous avons voyagé dans les cars, nous dormions dans les gares, ou dans les jardins publics, il faisait toujours beau. Quand nous sommes arrivés à Campos, les souvenirs de ma vie s'effaçaient déjà. C'est ça que mon père voulait, que j'oublie ma mère, son visage couleur de cire sur l'oreiller de l'hôpital, ses mains glacées. Que j'oublie ma grand-mère innue et tous ceux de ma famille, qu'ils deviennent étrangers. Mon père lui-même était devenu un étranger. »

« À Campos, nous sommes occupés tout le temps. Oodham m'a montré ce qu'il faut faire, ne pas faire. Au début, je ne l'écoutais pas, je ne le regardais pas. Ensuite j'ai accepté qu'il soit mon tuteur.

« À Campos, tout est différent.

« Par exemple, il n'y a pas de W-C modernes. Les garçons urinent dans les champs, les filles vont dans des abris de branches. Pour chier, c'est le soir, quand la nuit vient. Les garçons font cela à plusieurs, dans une tranchée qu'ils recouvrent ensuite avec un peu de terre. Après, tu te laves avec de l'eau du puits, ou tu te torches avec une poignée de feuilles de cotonnier. Ce sont de grands arbres qui poussent au bord du ruisseau. C'est là que tu te baignes le soir, dans l'eau froide du ruisseau. Et quand le ruisseau est à sec, en hiver, tu te laves à la pompe du réservoir. Les filles ont un endroit plus haut, au pied de la colline, un grand bassin en pierre au milieu des arbres.

« Au début, je ne savais pas comment faire avec les filles. C'est Oodham qui m'a montré. Un soir, après le travail, il m'a emmené près du bassin des filles, et nous nous sommes approchés sans faire de bruit. Elles étaient en train de se baigner. Une douzaine de filles, certaines grandes, d'autres encore des bébés. Le ciel était clair, même sans la lune, on voyait leurs corps lisses et luisants. Elles s'étaient accroupies dans l'eau, là où le ruisseau cascade dans le bassin, elles s'aspergeaient en riant, elles plongeaient leurs cheveux dans l'eau. Elles avaient posé leurs habits en tas sur la berge.

« Oodham s'est mis à ramper dans les broussailles, et je l'ai suivi de même. Nous étions vautrés dans la terre, les branches des arbustes griffaient nos jambes et nos visages, mais nous ne sentions rien. Nous retenions notre respiration, pour ne pas faire de bruit. À un moment, une des filles nous a entendus, elle a dit quelque chose et les autres se sont mises à rire. Oodham est amoureux d'une des filles, une grande de quinze ans avec des cheveux blonds qui s'appelle Yazzie. Elle a une sœur un peu plus jeune, très brune, qui s'appelle Mara. Le Conseiller les appelle ses filleules, parce que c'est sa mère qui les lui a confiées. Yazzie s'est doutée de quelque chose. Elle est sortie du bain, elle a marché dans notre direction pour essayer de nous apercevoir. Dans la nuit son corps brillait d'une lumière bleue, je voyais pour la première fois une fille nue, ses seins, l'ombre sur son pubis, les arcs de ses côtes saillantes. J'ai eu peur qu'elle nous découvre, et je suis parti en courant à travers les broussailles. J'ai entendu Yazzie qui criait, elle nous lançait des pierres au hasard.

« J'avais le cœur qui battait parce que je croyais que c'était mal. À l'école des pères ils faisaient toujours la chasse aux magazines qui montraient des photos de femmes nues. Oodham est arrivé, il n'était pas content que je me sois enfui. Il m'a dit qu'à Campos rien n'est interdit. Que c'est la vie, les garçons épient les filles quand elles vont au ruisseau, et les filles se laissent regarder, c'est un jeu. Il m'a dit que ça n'est pas mal de faire quelque chose d'agréable.

« Il m'a demandé si je savais comment on fait l'amour. Je lui ai répondu avec les mots grossiers que j'ai entendus à l'école, alors il m'a dit qu'il me montrerait un soir des gens qui font l'amour. Pas des trucs sales ou qui font rire. Pas les trucs des magazines ou des films X.

« Une nuit, je dormais dans la même maison que lui, il m'a réveillé. Nous avons marché jusqu'en haut du village, là où vivent Hoatu et son amant Christian. Nous avancions sans faire

172

de bruit, sauf les chiens errants qui rôdent la nuit, qui se sont mis à hurler. Mais les gens du village sont habitués à entendre les chiens.

« Dans la maison de Hoatu, des fillettes dormaient dans l'entrée, enroulées dans la même couverture. C'étaient les jumelles Bala et Krishna. Nous les avons enjambées sans les réveiller, et nous avons écarté le rideau de la chambre. Je me souviens, mon cœur battait très fort, je tremblais un peu. Je pensais que j'allais voir quelque chose d'interdit.

« Je regardais à l'intérieur de la chambre, et quand mes yeux se sont accoutumés à l'obscurité, j'ai distingué deux formes sous la moustiquaire. Il faisait chaud et lourd. À un moment, Hoatu a relevé la moustiquaire et j'ai vu son épaule et son dos très blancs, et j'ai vu un corps à la peau sombre serré contre elle et les bras qui l'entouraient. J'ai deviné que c'était Christian, mais je n'ai pas compris tout de suite qu'ils étaient en train de s'aimer.

« Cela a duré longtemps, j'écoutais le bruit de leur respiration, comme un effort, comme une douleur, je sentais l'odeur de leur sueur. Je me souviens de ce que j'ai ressenti alors, de mon sexe qui durcissait. En regardant Oodham, j'ai vu que lui aussi ressentait le même trouble, il était appuyé sur les coudes, il ne détachait pas son regard de la chambre. Il a pris ma main et l'a posée sur son bas-ventre, et j'ai senti son sexe bandé. À un moment, Hoatu a gémi, mais pas de douleur, plutôt comme un soupir contenu, et au même instant Oodham a respiré plus fort, et il a émis un liquide chaud. À Rivière-du-Loup, cela m'est arrivé plusieurs fois, le matin quand je rêvais à moitié, et un jour le père Borg qui surveillait les dortoirs est entré brusquement, il a arraché mon drap et il m'a chassé vers la salle des douches. Et par la suite, quand j'étais allé à la confession, il m'avait parlé sévèrement, il avait dit que les jeunes garçons ne doivent pas rester couchés de tout leur long dans leur lit sans dormir, que je devais rester propre et pour cela laver mes parties en tirant bien sur la peau pour qu'il ne reste rien qui puisse sentir mauvais.

« Après l'amour, Christian et Hoatu se sont endormis en se tenant enlacés. Oodham est parti furtivement, mais moi je suis resté longtemps dans la maison, sur le seuil de la chambre, à écouter le bruit tranquille de leurs respirations.

« C'est cette nuit que j'ai commencé à aimer Hoatu. Non pas comme un homme aime une femme, pour être couché contre elle et sentir la chaleur de son corps, mais beaucoup plus grand, comme la nuit et les étoiles, le jour qui se lève, les nuages et les montagnes, les fleurs sur la colline, l'eau du ruisseau où se baignent les filles.

« C'était la première fois que je ressentais cela. Je ne l'ai pas dit à Oodham, je crois qu'il se serait moqué de moi.

« Après cette nuit, nous ne sommes pas retournés dans la maison de Hoatu et Christian. Nous n'en avons jamais parlé. C'était comme si rien n'était arrivé. »

« À Campos, nous travaillons beaucoup. À l'aube, nous sommes dans les champs à sarcler, épierrer, désherber. À tour de rôle, nous nous occupons de l'étable, nous trayons, nettoyons. Nous travaillons à la laiterie, pour la fabrique des fromages frais. Ou bien nous allons au silo, pour égrener les épis de maïs. Nous avons toujours de quoi faire.

« Nous travaillons du lever du soleil jusqu'à midi, garçons et filles, et adultes aussi, par équipes de dix à douze personnes. Mais nous alternons les travaux difficiles qui se font dehors, dans les champs, et les travaux qui se font à l'intérieur, la poterie, le tricot, le tissage, l'égrenage des épis, la mouture.

« L'après-midi est réservée à l'étude et au dialogue. Nous échangeons nos idées, ce que nous avons appris, nous nous exerçons à parler elmen, la langue de Campos. Marikua, qui est née dans ce pays, nous enseigne les mots de sa langue, parce que Jadi voudrait qu'elle fasse partie de la langue d'Elmen.

« Nous disons *tiriap kamata, awanda, tinakua, tsipekua,* pour dire l'atole de maïs, le ciel, l'abeille, la vie.

« Au début, il me semblait que c'étaient des vacances, de très grandes vacances. Je croyais qu'un jour un maître allait nous emmener, nous enfermer tous dans une salle comme à Rivière-du-Loup, pour nous obliger à lire, écrire, calculer. Et petit à petit, j'ai compris que le travail aux champs, la laiterie, et les discussions de l'après-midi, le dessin ou les histoires que nous écrivions, tout cela était notre école. J'ai compris que c'était un jeu. Que nous étions tous, des plus grands aux plus petits, des élèves. Et que nous étions aussi, chacun à son tour, des maîtres.

« Même mon père, qui a les mains endurcies d'avoir travaillé dans les scieries, et l'esprit endurci par l'alcool, était devenu ici pareil à un enfant qui doit tout apprendre. Il me l'a dit, un soir, avant de repartir, alors que je l'avais rejoint dans la maison commune pour le repas. Il avait travaillé au creusement d'un puits, dans la partie basse du camp, près de la tour. Le soleil avait brûlé son visage, ses habits étaient usés et couverts de poussière, mais il ne ressemblait plus à un prisonnier qui s'est évadé. Il m'a parlé de son travail, et de la pompe à oscillation inventée par les jésuites, qu'il avait réparée. Il m'a demandé : « Es-tu heureux ? » Je ne savais pas quoi répondre, il m'a dit : « Si tu hésites, c'est que tu es heureux. » Il a dit aussi : « Je ne savais pas qu'il existait un endroit où on pouvait être soi-même. » Je n'ai pas bien compris sur le moment ce qu'il voulait dire. Mais j'ai senti qu'il était devenu plus proche de moi, même si nous ne pouvions plus vivre ensemble. Nous avions oublié le temps d'avant, la mort de ma mère, la fuite sur les routes. C'est le lendemain qu'il est reparti vers le nord, pour finir son temps de prison. Je ne l'ai pas revu. »

J'ai mis les feuilles de Raphaël au secret dans le classeur où je range tous les documents concernant le Tepalcatepec. Il me semble que cela fait maintenant partie de ma vie, de ce que je suis venu chercher dans cette Vallée.

Quelque temps plus tard, j'ai trouvé dans ma boîte à l'Emporio d'autres feuilles, enroulées et serrées par une petite ficelle. En haut de la première page, à gauche, Raphaël avait écrit son nom, et le titre,

HISTOIRE DE JADI

« C'est lui qui est venu pour la première fois à Campos, c'est lui qui a créé notre communauté. Sans lui, rien de ce qui se trouve ici n'existerait. Sans doute nous-mêmes ne serions pas devenus ce que nous sommes. C'est pour cela qu'il est notre Conseiller.

« Quelqu'un l'a raconté à mon père, et lui me l'a raconté ensuite. Comment Jadi était né à Konawa, chez les Indiens choctaws, près de la Canadian River. Sa mère était de la nation diné, et son père français, et c'est pourquoi il s'appelait Anthony Martin. Quand il était enfant, son père a abandonné sa mère, il est retourné vivre en France avec une autre femme, dans la ville de Bordeaux. Anthony a été élevé par sa mère dans la réserve, à Gallup, en Arizona. Et parce qu'il courait vite, sa mère l'avait surnommé Jadi, ce qui veut dire antilope dans la langue diné. Plus tard, sa mère est retournée à Konawa, mais lui a décidé de voir le monde. Il a travaillé un peu partout, dans les plantations d'orangers en Californie, dans les mines d'uranium en Arizona. En même temps, il se saoulait et vivait avec des femmes, et la famille de sa mère l'a renié à cause de sa mauvaise conduite.

« Quand il a eu dix-huit ans, les États-Unis étaient en guerre contre le Japon, et Jadi s'est engagé dans l'infanterie de marine. Il s'est battu dans l'océan Pacifique, sur toutes les îles, à Guam, à Wake, à Okinawa. Puis il est resté plusieurs mois sur une île déserte à Hahashima, il s'était caché là sans savoir que la guerre était finie.

« Il était devenu fou. L'armée l'a enfermé dans un hôpital militaire, avec d'autres hommes que la guerre avait cassés. Certains avaient perdu leurs jambes ou leurs bras, d'autres comme Jadi avaient perdu la tête. Toutes les nuits il voyait les ennemis qu'il avait tués, les corps brûlés dans les grottes, les cadavres des hommes et des femmes que les oiseaux de mer mangeaient sur les plages. Au Japon, deux avions de l'armée américaine avaient laissé tomber des bombes, et dans les villes des milliers de gens étaient morts, hommes, femmes et enfants, et d'autres mouraient lentement à cause du poison que contenaient les bombes. Quand il avait appris cela, Jadi avait pleuré. Les médecins lui donnaient des médicaments pour le faire dormir et Jadi a compris qu'il allait mourir. Il a jeté les pilules et il s'est échappé, il est allé se cacher dans la montagne, où il n'y a que la nature et les bêtes sauvages.

Mon père dit qu'au nord, près de la frontière avec le Canada, les parcs sont si grands qu'on peut marcher pendant des jours sans rencontrer une personne. Jadi a vécu dans les montagnes pendant une année entière. Il dormait dans des grottes, il prenait les lapins au piège, il chassait les cerfs avec un épieu pendant des jours sans s'arrêter, jusqu'à ce que l'animal se couche de fatigue et attende la mort. Au bout d'une année de vie dans la montagne, Jadi a reçu une vision. Dieu lui est apparu dans un rêve et lui a dit : Maintenant, tu peux rentrer chez toi. Alors il a pris le chemin de Konawa, il s'est marié, et il a travaillé chez un agent d'assurances. Il a eu des enfants, il a mené une vie tranquille. Il a construit sa maison dans la campagne, il a élevé des abeilles, et sa femme vendait le miel dans les magasins. C'est ainsi qu'il a appris à parler aux abeilles. Il a étudié aussi l'astronomie, les mathématiques, et toutes ces choses qu'il nous montre ici sur la vie et sur l'univers. Et puis il y a eu un drame, sa femme est morte dans un accident d'auto. Il a dit adieu à sa famille, il a dit qu'il reviendrait un jour. Il a dit qu'il devait accomplir d'autres tâches avant de mourir. Il a dit qu'il avait d'autres enfants dans le monde, et qu'il devait s'en occuper, et tout le monde a cru que c'était sa folie qui revenait. Mais il est parti quand même, vers le sud, et il s'est arrêté ici, parce que l'endroit lui a plu, et qu'il pouvait louer un grand terrain pour construire un village. C'est ainsi qu'il a créé Campos, pour accueillir les gens qui se sont perdus. Mais il dit qu'un jour il retournera à Konawa là où sa femme est enterrée. Il dit qu'il retournera là-bas pour mourir. Voilà, c'est l'histoire d'Anthony Martin, notre Conseiller. Et maintenant nous savons que le moment où il doit partir est proche. Nous ne savons pas ce que nous devons faire. Peut-être que nous devons partir, nous aussi, chacun doit retourner vers le lieu d'où il est venu.

« Il nous l'a dit, rien ne peut durer. Il n'y a que les étoiles qui restent les mêmes. Nous devons penser à notre départ. Campos n'est pas à nous, il n'appartient à personne. Il nous l'a dit aussi : "Un jour vous ouvrirez la porte en grand et vous partirez sur les routes."

« Au début, je ne comprenais pas. Je pensais qu'il était notre maître. Un jour, je lui ai dit : "Maître", comme aux pères de Rivière-du-Loup. Il m'a regardé avec colère, je n'avais jamais vu cette expression sur son visage. Il m'a dit : "Ne m'appelle plus jamais Maître."

« Il a pris une vieille casserole et un maillet de bois, et il m'a conduit jusqu'en haut du camp, là où se trouvent les ruches. Il est monté sur un rocher et il a commencé à tambouriner sur la casserole avec le maillet, en tournant lentement sur lui-même.

« Et j'ai vu une chose que je n'avais jamais vue, une chose à laquelle je ne pouvais pas croire.

181

De tous les coins, les abeilles sont venues, elles formaient des rivières noires qui coulaient du haut de la montagne. Elles ont tourné autour de Jadi, et lui frappait sur la casserole, il faisait un roulement très doux. Les abeilles tournaient, j'entendais le bruissement de leurs milliers d'ailes, un bourdonnement aigu qui me faisait frissonner. Je regardais sans oser bouger. Les abeilles se sont posées sur lui, les unes après les autres, sur ses épaules, sur sa poitrine, sur ses mains, pendant qu'il continuait à tambouriner sur la casserole, plus lentement, comme s'il les enchantait. À la fin elles l'ont recouvert entièrement, et il a cessé de frapper sur la casserole, mais j'ai entendu qu'il bourdonnait lui aussi, avec sa gorge, il leur parlait, il disait a-hmm, a-hmm, et il ressemblait à un arbre avec son écorce sombre, sa peau bougeait sous le mouvement des milliers de pattes et d'ailes, un arbre avec ses bras étendus. Et il a jeté au loin la casserole et le maillet, et les abeilles marchaient sur son visage, sur ses paupières, sur sa bouche. Il est resté longtemps immobile, et je le regardais. Puis les abeilles sont reparties, lentement, par petits paquets, comme une fumée qui s'échappe. Quand les dernières sont parties, Jadi est descendu du rocher. Je devais avoir l'air stupide, parce qu'il m'a regardé en riant. Il m'a montré son secret, la reine des abeilles qu'il avait cachée dans la poche de sa chemise. Nous sommes redescendus vers le village. Après cela, j'ai compris qu'il ne fallait pas croire seulement ses yeux. Et qu'il n'y avait pas de maître, même pour les abeilles. »

« Il est notre Conseiller. Mais il ne veut pas nous enseigner. Il ne veut pas nous montrer le chemin avec des mots. Il veut que nous comprenions de nous-mêmes, par l'exemple de la vie.

« C'est lui qui nous dit de regarder le ciel. Quand il n'y a pas de nuages, il nous demande de veiller avec lui pour regarder les étoiles. »

« La première fois que j'ai regardé le ciel, c'était à mon arrivée à Campos. Il faisait froid, le vent avait nettoyé le ciel, c'était la lune noire. Ici, on ne prévoit rien. Ce n'est pas comme pour les gens de la ville, un soir c'est la fête et le lendemain on travaille. À Campos, quand le ciel est clair, on sait que ce sera pour ce soir. On le dit de l'un à l'autre : c'est cette nuit, pour regarder les étoiles.

« Mon père marchait à côté de moi, mais c'est Jadi qui me tenait par la main. Nous sommes allés en haut du village, là où se trouve le réservoir. Nous sommes arrivés à la place, devant la maison commune, et dans la pénombre j'ai vu tous les enfants déjà assis par terre, certains avec leurs parents.

« Au début, on entend du bruit, des rires, des voix. Puis, petit à petit, au fur et à mesure que la nuit arrive, le silence se fait. Tous les feux sont éteints, toutes les lampes. Il n'y a pas une lumière, sauf du côté de la ville, une grande tache rose qui est en suspens.

« Il fait froid, parce qu'il n'y a rien entre la terre et le ciel. J'entends le moindre bruit, les cigales qui crissent dans les cotonniers, l'eau du ruisseau, le vent, le souffle des respirations. Mon père et Jadi sont assis, et moi je suis couché face au ciel. Personne ne parle. De temps à autre, un chuchotement, un enfant qui interroge, mais plutôt une chanson brève et ça s'arrête. Je crois que c'est la première fois que je regarde le ciel. Je me souviens, à Rivière-du-Loup, en été, avec d'autres garçons, nous restions couchés dans un pré à guetter les étoiles filantes. Mon père ne m'a jamais parlé des étoiles. Je n'ai jamais vraiment regardé le ciel avant ce soir. Je suis allongé sur la terre, les yeux grands ouverts, je bois la nuit.

« Jadi nous explique le ciel. Il dit que notre peau est pareille à la pellicule des appareils photo, et que si nous pouvions rester assez longtemps immobiles, les dessins des étoiles se marqueraient sur nos corps et nos visages et qu'ils ne s'effaceraient jamais. Il dit que les anciens, autrefois, peignaient sur leur visage les chemins d'étoiles, et que les garçons portaient tatouées sur leur poignet les sept étoiles de la Poussinière, qu'on appelle aussi les Pléiades.

« Il nous dit aussi que ce sont les étoiles les plus importantes, et chaque année, au mois de décembre, nous restons éveillés une partie de la nuit pour les voir passer au zénith et redescendre vers l'ouest.

« La première fois que je les ai regardées, j'étais fier parce que j'avais pu voir les sept points, et que le Conseiller m'avait dit que très peu de gens parvenaient à voir la septième étoile, et c'est pourquoi les Arabes l'avaient appelée l'Épreuve. Il m'avait dit le nom des autres : "La plus brillante, en haut, à gauche, c'est Atlas, le père. Les autres sont ses filles, Alcyone, Astérope, Célaeno, Électra, Maia, Mérope. Mais tu ne peux pas voir Électra, il faut un télescope." J'avais scruté longtemps le ciel en imaginant que je pourrais voir Électra. À la fin j'avais la tête qui tournait. Jadi m'a consolé : "Moi aussi, quand j'avais ton âge, je pouvais les apercevoir toutes. Maintenant je porte un nuage dans mes yeux, c'est à peine si je peux distinguer la tache claire qu'elles font dans le ciel, et même pour cela je dois regarder avec le côté de l'œil."

« Personne ne m'avait parlé ainsi du ciel. Maintenant, chaque fois que le ciel est dégagé, et la lune noire, j'attends la nuit avec impatience pour me coucher sur la terre et me laisser aller dans les astres.

« Le ciel bouge tout le temps, il n'est jamais semblable d'une nuit à l'autre. Nous regardons marcher les étoiles. Près de la longue trace de la Galaxie, à l'endroit où, vers le nord, elle forme un creux, je guette d'un côté Polaris, de l'autre

Algol, le loup. La famille des sept filles remonte le long du serpent d'étoiles, en fuyant Aldébaran, elle glisse sur un radeau le long de la rive, au large d'une voile en triangle. En septembre, après les pluies, nous attendons l'arrivée des étoiles filantes. Et le grand cerf-volant qui traverse lentement la Voie lactée, en route sur le vent du nord.

« Je voulais en savoir plus. J'espérais les nuits d'observation. J'allais voir Jadi, je lui disais : "Est-ce pour ce soir ?" Il souriait de mon empressement. Il disait : "Le ciel est pour nous aussi important que la terre, mais il ne doit pas être plus important." Sans doute pensait-il que je pouvais m'isoler dans cette contemplation, perdre tout contact avec le réel. Le ciel est une récompense pour celui qui donne ses forces à la terre, non seulement à la terre, mais à toutes les créatures. Jadi voyait que je n'avais pas assez de relations avec les autres habitants de Campos, avec les garçons de mon âge. Je ne parlais plus à Oodham. Cette façon qu'il avait d'espionner les filles à leur bain, son obsession pour Yazzie, que le Conseiller appelle Coton-maïs à cause de la couleur de ses cheveux. Tout cela me paraissait puéril, inutile.

« Jadi me voyait partir le matin travailler aux champs avec ma bêche, pour planter le maïs, pour épierrer. J'allais dans la partie la plus haute, à l'écart des autres. J'étais renfermé, je prenais mes repas seul, non loin de la colline, assis sur une pierre, à manger mon pain. Un jour, alors que je passais devant lui, il m'a arrêté et il a soulevé la manche de ma chemise, et il a vu sur mon poignet le dessin des sept étoiles que j'ai fait avec un clou chauffé au rouge. Il m'a grondé : "Tu ne dois pas prendre pour une vérité ce que je t'ai raconté, c'est une histoire d'un autre temps, d'un autre peuple." Il a fabriqué une pâte avec de l'argile et il l'a étendue sur les brûlures. Mais les marques ne sont pas parties.

« C'est la seule fois que j'ai vu Jadi en colère. Après, il n'a plus voulu me parler des étoiles. Les nuits claires, quand tout le monde allait regarder le ciel, il se retirait dans sa maison en haut du village. C'est Hoatu qui a pris sa place.

« Pour me punir, les jours qui précédaient, il me donnait à accomplir des tâches particulièrement fatigantes, nettoyer les chemins et la place à la machette, laver au ruisseau les instruments de cuisine. Et le soir, je m'endormais avant même que les étoiles n'apparaissent.

« Un jour, il m'a expliqué : "Tu tires de la vanité à connaître le ciel, et tu ne te connais pas toi-même. Tu peux voir les sept étoiles de la Poussinière, tu les marques sur ton poignet. Sais-tu qu'il y en a plus de quatre cents visibles avec une simple lunette, et des milliers avec un bon télescope ? Elles te paraissent liées comme une famille, mais sais-tu qu'elles sont à des centaines d'années-lumière les unes des autres, et que si tu pouvais vivre plus longtemps qu'une vie humaine, la vie d'un arbre, par exemple, tu les verrais se séparer, changer de place, changer de figure ? Ce n'est pas le savoir que tu dois chercher, mais tout au contraire l'oubli."

« Une autre fois, Jadi s'est moqué de moi : "Tu es un enfant, Raphaël. Tu regardes le ciel, tu cherches les étoiles et tu ne vois pas la nuit." Je ne comprenais pas, alors il a dit : "Même si tu pouvais distinguer des milliers, des millions d'étoiles avec un télescope, ce qui est le plus grand, le plus vrai dans le ciel, c'est le noir, le vide."

« Pourtant, un peu après, Jadi m'a apporté un grand papier tel que je n'en avais jamais vu, souple et léger où on voyait les fibres en transparence, chaque feuille cousue à l'autre pour former une nappe blanche. Il l'a étalée sur la terre, en la calant avec des pierres pour que le vent ne l'emporte pas. Sur la feuille étaient marqués au crayon des points noirs, reliés par des lignes droites, ou par des paraboles. Par endroits, je voyais des inscriptions dans une écriture que je ne connaissais pas. Il m'a dit : "C'est la carte du ciel au-dessus de nous, à Campos, du début à la fin de l'année." Jadi m'a donné un crayon de charpentier. Il a dit : "J'ai commencé cette carte il y a longtemps, quand je suis arrivé ici. Maintenant, mes yeux sont faibles, et c'est à toi que je demande de continuer." J'ai montré les caractères étranges qui figuraient à côté des dessins des constellations. "Je ne sais pas ce que cela signifie." Jadi a eu un sourire. Il a dit : "C'est elmen, l'écriture des astres. Je te l'enseignerai."

« C'est ainsi que je suis devenu le dessinateur du ciel.

« Pour toi j'écris le nom de notre langue :

$$\curlyvee \Omega \wedge \forall \forall \forall$$

« Je te dirai davantage sur ce sujet plus tard. À présent, je voudrais te parler de

NOTRE JARDIN

« Quand Anthony Martin, notre Conseiller, s'est installé à Campos, il n'y avait rien qu'une montagne de cailloux et de grands terrains couverts de ronces et d'herbes, là où les jésuites avaient autrefois leurs plantations de maïs. Il y avait aussi les grands arbres, les goyaviers, les manguiers, et des grenadiers, des papayers redevenus sauvages. Jadi ne connaissait rien aux plantes, aux herbes médicinales, aux parfums. Il m'a dit un jour : "Je suis né chasseur, je ne connais que le désert, les plaines d'herbes où courent les antilopes. Je n'ai pas reçu à ma naissance les secrets des racines, des écorces et des fleurs. Les hommes de mon peuple se croyaient éternels."

« C'est une Indienne de la montagne, appelée Marikua, qui a fait notre jardin, avec un homme d'Haïti nommé Sangor, de son vrai nom Gibson Sanglé. Avant de venir ici, Sangor était médecin au dispensaire de la Croix-Rouge dans la Vallée. Il devait être envoyé dans un autre pays, mais il a préféré rester, il s'est installé à Campos avec Marikua. Ce sont eux qui ont apporté toutes les plantes qui nous soignent. »

« Ils ont choisi la pente qui se trouve en bas du village, près de la tour d'observation. Ils ont préparé la terre avec du fumier de cheval, ils ont planté dans la partie basse les légumes, les haricots, les tomates. Au milieu ils ont mis les plantes à décoction et à parfum, le thym, l'anis, la sauge, la citronnelle, et en haut, près du mur en ruine de l'église, ils ont fait pousser les espèces rares, les ipomées, les digitales, les sensitives. Dans l'ombre des ruines, les plantes timides, la menthe, la gentiane, le datura, les plantes à teinture, les orchidées et les cattleyas qui se vendent au marché. Un peu plus loin, sur les pierres, l'escabiosa pour les yeux, l'épinard amer, la quinine créole pour la fièvre. Sangor connaît les plantes qui guérissent les morsures de serpent et les piqûres de scorpion, le gaïac, le bois de vie pour calmer les rhumatismes, la liane aux fleurs blanches pour baigner le corps, la mère du cacao pour sécher les démangeaisons, la coriandre pour rafraîchir les enfants fiévreux, le tamarin pour purger. Marikua connaît d'autres médecines, la véronique, la casse puante, le basilic, le calebassier pour les jointures, le gingembre doré, la fibre de coco pour tuer le nerf des dents malades, la papaye pour les maux d'estomac, l'achiote pour calmer les piqûres

191

d'insectes, les feuilles de patchouli pour parfumer son corps avant l'amour. »

« C'est Marikua qui nous a apporté Nurhité[1]. Je t'ai déjà parlé d'elle. Sangor l'appelle Notre Déesse, parce qu'elle est la plante qui nous réconforte et nous fait vivre. Quand Jadi et Sangor sont arrivés à Campos, ils l'ont goûtée pour la première fois. Marikua leur a fait connaître Nurhité, c'est un secret des Indiens de la montagne. Ce sont des feuilles vert sombre, un peu dentelées, qu'ils cueillent dans des ravins, là où personne ne marche.

« Nurhité est sauvage, on ne peut pas la planter ni la semer. Elle pousse librement, là où elle veut, et si on essaye de la déplacer elle meurt. Chaque semaine, les jeunes gens des villages indiens vont la cueillir dans la montagne. Lorsque Marikua s'est installée à Campos avec Sangor, elle a montré aux jeunes garçons et aux jeunes filles les endroits secrets, du côté de La Cantera, de Tarecuato, au pied d'une montagne qui s'appelle Tzintzunhuato, la montagne des colibris. Ils vont cueillir les feuilles surtout en hiver, après les pluies, quand la plante est belle et forte et qu'elle peut donner ses branches. Je suis allé avec eux.

« Nous prenons l'autocar pour Los Reyes, nous descendons au grand virage, à l'endroit où on voit le pic du Tancitaro enneigé au-dessus de

1. Nurhité, *Clinopodium laevigatum.* (Note du géographe.)

la forêt de pins. Nous marchons pendant une demi-journée, jusqu'à midi, et nous campons au pied de la montagne des colibris, sous les pins, sans faire de feu pour ne pas attirer l'attention. C'est une région dangereuse, les habitants des villages indiens nous ont prévenus que les trafiquants de drogue circulent dans la montagne.

« Au lever du jour, nous allons chacun de notre côté dans les ravins pour cueillir les feuilles, remplir nos sacs. Nous allons très loin dans la montagne. Nous avons appris à reconnaître tous les endroits, et aussi les oiseaux, les perdrix, les geais bleus, les aigles et les vautours. Toute la journée nous cueillons les feuilles, et le soir nous dormons serrés les uns contre les autres pour ne pas sentir le froid. Chaque nuit nous entendons crier une chouette et nous avons peur. Mais nous n'avons jamais vu d'oiseaux-mouches, seulement de grands papillons noir et jaune qui s'accrochent aux pins.

« Une fois, nous avons entendu les porteurs de drogue. Ce sont les geais bleus qui ont donné l'alerte. Nous nous sommes cachés dans les buissons, sans bouger. Ils sont passés tout près, j'ai vu leurs fusils, et les sacs de corde dans lesquels ils portent la cocaïne. Ils viennent des Terres chaudes, ils apportent la drogue à la Vallée, et plus loin, à Guadalajara, à Mexico. Marikua dit qu'ils tuent tous ceux qu'ils rencontrent, et qu'ils violent les femmes. Quand nous avons peur, ou quand nous sommes fatigués, nous mettons des guirlandes de feuilles de nurhité sur nos têtes, et nous sentons que la déesse nous protège.

« Au retour à Campos, c'est la fête. Tout le monde nous attend. Marikua nous prépare le *kamata nurhité*, l'atole de nurhité, avec le maïs en poudre, c'est à la fois doux et amer, c'est fort comme la montagne où vit la plante. Nous buvons et nous nous allongeons à l'ombre dans les maisons pour dormir jusqu'au soir. »

Raphaël a ajouté un post-scriptum, une page sur laquelle il avait marqué

ELMEN

« Au début, notre langue n'existait pas. Elle s'est faite petit à petit, avec les nouveaux arrivants. Tous ceux qui viennent à Campos sont au bout de la route, ils n'ont pas d'autre endroit où aller. Même Efrain savait qu'ici la police ne pourrait pas le retrouver. Seuls Sangor et Marikua habitaient dans la Vallée avant même que Jadi ne vienne. Au commencement, chacun parlait sa langue, l'espagnol, l'anglais, ou le français. C'est étrange, parce que, dès qu'ils entrent dans Campos, ils apprennent à parler la langue des autres, et ils oublient la leur. C'est comme cela qu'elmen est apparu. Je ne sais pas qui a trouvé ce nom. On m'a raconté qu'autrefois, au temps des jésuites, vivait à Campos un homme qui avait nommé l'endroit Armen, ou Almen, ce qui signifiait pierre dans sa langue, parce qu'il n'y avait que des pierres ici. Et le nom est resté.

« Dans elmen, chacun parle comme il veut, comme cela lui vient, en changeant les mots, ou bien en se servant des mots des autres. Ce qui est particulier, c'est que cette langue ne sert pas seulement à parler, mais à chanter, à crier, ou à jouer avec les sons. Parfois tu as simplement envie de faire des sons, pour rire, pour imiter. Tu changes l'ordre des mots, tu transformes les sons, tu ajoutes des parcelles d'autres mots à l'intérieur, ou tu imites les accents, mais aussi le bruit de la pluie, du vent, du tonnerre, le cri des oiseaux, la voix des chiens qui chantent la nuit. Quelquefois aussi tu cherches à renverser les phrases, ou bien tu mets ensemble tous les sons qui se ressemblent, ou encore tu retournes les mots, et l'autre cherche à deviner ce que tu as dit. C'est un jeu. Quand nous sortons de Campos, nous parlons elmen entre nous, nous savons que personne ne peut comprendre. Dans la Vallée, les gens nous entendent, ils croient que nous sommes fous. Un jour, j'étais au marché avec Oodham, quelqu'un nous a arrêtés et nous a dit : "Je parlais comme vous quand j'étais un bébé."

« C'est cela la langue de Campos. »

« L'ÉGARÉ »

c'est le nom que Jadi avait donné à Efrain
Corvo, quand il est arrivé à Campos, je n'ai
jamais vraiment compris pourquoi, peut-être à
cause de *The Estranged One*, un livre qu'il avait
aimé. Il est arrivé quand l'étoile Sirius, le chien
de chasse, était encore caché par le soleil, et
qu'il ajoutait sa fièvre à la chaleur, avant les
pluies. Pour cela j'ai pensé qu'il était un chasseur.

« Il était un fugitif, affamé et épuisé, et le
Conseiller l'a accueilli et lui a dit qu'il pouvait
rester pour reprendre des forces avant de continuer sa route. Il venait du Brésil, il avait marché
sur les routes, et traversé les marécages et les
forêts, sans papiers, sans argent, en mangeant
comme il pouvait, en couchant dehors. Il était
grand et maigre, la peau brûlée par le soleil, ses
habits en lambeaux, et Jadi lui a donné des
vêtements propres et des sandales. Il ne parlait
pas notre langue, seulement le portugais, qu'il
mélangeait à l'anglais et à l'espagnol. Il s'est ins-

tallé à Campos, comme s'il ne devait plus en partir.

« Au début, j'aimais bien lui parler. Il me rappelait quand nous avions fui vers le sud, mon père et moi. Il racontait que les Indiens de la forêt l'avaient hébergé pendant des mois, sur une rivière appelée Chucunaque. Il avait cherché de l'or et des *huacas*. Il avait travaillé dans une scierie, comme mon père. Il avait chassé le jaguar pour vendre les peaux. Il nous racontait tout cela en mimant, et il terminait toujours par les mêmes mots, moitié portugais, moitié espagnol : *a barcosh, a caballosh*, pour dire qu'il s'était enfui. La police le recherchait, mais il ne donnait pas la raison. Il disait qu'il y avait une récompense, mille dollars pour sa tête.

« Nous aimions bien l'écouter. Il nous a appris à fumer des cigarettes, même si cela ne plaisait pas au Conseiller. Il avait un couteau, il nous a appris à le lancer contre les arbres. Il se moquait de nous quand nous partions pour l'enseignement, dans la maison commune. Il se vantait de choses extraordinaires, qu'avant de partir de Campos il ferait une grande fête, il achèterait un bœuf entier pour le rôtir de la tête à la queue. Il ne croyait pas aux végétariens.

« Il parlait des filles aussi. Il voulait savoir quelles étaient les filles libres, ou si nous avions une fiancée. Il se moquait d'Oodham à cause de Yazzie, il disait qu'elle était prête, qu'il devait s'en occuper. Moi, je n'aimais pas la façon dont il regardait Hoatu. Il la suivait des yeux quand elle passait, en sifflotant entre ses dents, mais il n'a jamais fait de commentaire.

« Pour rester à Campos, il travaillait un peu dans les champs, il coupait l'herbe à la machette. Mais ça se voyait qu'il n'aimait pas le faire. Quand il n'y avait personne pour le surveiller, il s'installait à l'ombre d'un arbre, en haut du terrain, et il fumait sans rien faire. Mais nous, comme nous étions jeunes, nous venions le retrouver le soir, avant la nuit, pour écouter ses histoires, et aussi ses chansons.

« Parfois il empruntait la guitare de Sheliak, et il chantait des chansons de son pays en jouant une musique douce. Il nous donnait envie de voyager. C'est à cette époque-là qu'il a rencontré Adhara. Elle est arrivée à Campos, et nous ne savions rien d'elle, sauf qu'elle était malade. Elle était pâle et fatiguée, elle aussi était égarée, mais pas comme Efrain. Elle s'était enfuie d'une clinique où ses parents l'avaient fait enfermer, parce qu'elle voulait mourir. Elle avait des cheveux d'un blond très pâle, des yeux d'un bleu presque transparent. Personne ne savait son nom, sauf le Conseiller et Hoatu qui avaient vu ses papiers, et ce sont eux qui l'ont appelée Adhara, parce qu'elle avait l'air d'une vierge. Hoatu l'avait prise sous sa protection, elle couchait dans sa maison, elle ne la quittait pas.

« Et puis elle a parlé avec Efrain. C'est peut-être à cause des chansons, de ses histoires. Il la faisait rire. Elle est devenue son amie, la nuit elle allait le rejoindre dans la maison qu'il partageait avec des jeunes. Oodham m'a raconté qu'ils allaient ensemble dans la montagne, au-dessus des champs, qu'ils passaient les nuits à la belle étoile.

« Le Conseiller ne le savait pas. Et nous, nous n'en parlions pas, parce que nous pensions que cela n'avait pas d'importance. Adhara était amoureuse, elle recommençait à vivre. Hoatu a essayé de la prévenir, elle lui a dit que le Brésilien n'était pas un homme pour elle, qu'il s'en irait un jour, qu'il l'abandonnerait. Elle n'avait pas confiance en lui. Mais Adhara ne l'écoutait pas. Un jour elle s'est mise en colère, et elle est allée habiter dans la maison d'Efrain. C'est ainsi que cela a commencé. À ce moment-là, j'ai deviné le danger. J'ai compris qu'Efrain n'était pas venu ici par hasard, mais qu'il avait décidé de s'installer parmi nous, de nous influencer, de nous changer. J'ai voulu en parler à Jadi, j'ai mentionné Sirius le chasseur, mais il m'a répondu : "Les étoiles n'ont rien à voir avec les affaires humaines. Si nous ne pouvons pas accepter cet homme, en faire notre frère, c'est que notre communauté ne vaut rien." »

HOATU

« Je t'ai raconté la nuit où Oodham m'a entraîné en haut du village, et nous avons regardé Hoatu faire l'amour avec Christian, nous avons écouté leur souffle, respiré l'odeur de leur sueur.

« Je rêvais d'elle. C'était le commencement de l'été, l'oiseau-lyre était bien visible dans le ciel, avec ses ailes ouvertes, Véga au zénith, et près de lui à sa gauche, l'œil brillant de l'oiseau, Altaïr. J'avais dessiné pour Jadi la Voie lactée qui coule vers le sud, et le croc d'Akrab, le scorpion, planté dans son corps très blanc. Sous la carapace bat l'étoile rose que les Grecs appellent Antarès, et les Arabes Kalb, le cœur. Je parle des étoiles qui brillaient dans le ciel à ce moment-là, parce que c'est d'elles qu'est né mon désir.

« Je surveille Hoatu, quand je travaille dans les champs de maïs. Elle est vêtue de sa robe blanche, et pour s'abriter du soleil elle porte le châle bleu des Indiennes, qui se confond avec sa chevelure noire. La première fois que je l'ai aperçue, j'ai cru qu'elle était grande. Mais quand je l'ai approchée, j'ai vu qu'elle était plus petite que moi. Elle est mince et souple, elle a des gestes qui donnent l'impression qu'elle flotte au-dessus de la terre.

« Elle m'a parlé dans la langue de sa mère (c'est ainsi qu'on doit faire dans elmen). Une langue étrange, avec des sons doux, des *r* et des *l*, des syllabes longues, et une façon de s'arrêter au bout de la phrase avec une aspiration que je ne peux pas imiter. Puis elle m'a parlé en français : "Tu es du nord, du Canada, un pays où on ne voit pas le soleil en hiver." Elle ne m'a pas posé de question, elle a seulement dit qu'elle vient d'une île du Pacifique, qui s'appelle Raiatea, que son père était militaire, qu'il l'a emmenée avec lui en Californie et qu'elle a travaillé dans un salon de coiffure. Elle a passé la main sur mes cheveux qui étaient coupés très court et ça l'a fait rire : "Tu as une tête toute ronde comme un poussin", m'a-t-elle dit. C'est le surnom que Jadi m'a donné, je crois te l'avoir déjà écrit, à cause des étoiles de la Poussinière que j'ai brûlées sur mon poignet. Hoatu a des yeux verts, j'imagine ainsi la couleur de la mer dans l'île où elle est née. Je suis tombé amoureux d'elle le premier jour, pour la vie. Peut-être qu'elle le sait. Pour elle, l'amour n'est pas un sentiment exclusif ni tragique. Elle dit que c'est une chose de tous les jours, qui change, se transforme, revient. Elle dit qu'on peut être amoureux de plusieurs personnes en même temps, d'un homme, d'une femme, même d'un animal ou d'une plante. Elle dit que c'est facile, et que c'est parfois sans issue, que c'est réel mais aussi dans les rêves, que c'est doux et que ça fait mal. Lorsqu'elle m'a parlé, la première fois, en haut du village, elle m'a dit : "Tu sais qu'il n'y a pas de mystère ?" Et sûrement j'avais l'air étonné, parce qu'elle a répété : "Tu le sais bien. Il n'y a pas de secret." C'était difficile pour moi, parce que j'ai toujours cru, au contraire, que le monde était plein de secrets. Qu'on entend un mot, une parole, et mille autres restent cachées. Que les êtres humains se servent du langage principalement pour mentir.

« C'est elle qui m'a ouvert l'esprit. Je lui ai alors raconté comment je l'avais épiée, dans la maison, un soir, pendant qu'elle faisait l'amour avec Christian. Je lui ai dit cela en tremblant, parce que j'ai eu peur qu'elle refuse de me parler davantage. Elle n'a pas ri, elle ne s'est pas fâchée. Elle m'a seulement demandé si j'étais seul, et j'ai dit que non, mais je n'ai pas mentionné mon camarade Oodham. Peut-être qu'elle sait la vérité, de toute façon.

« Christian n'est pas comme elle. Il est de la ville de Mexico. Il était étudiant à l'Université Autonome, il a tout quitté pour vivre avec Hoatu.

« Il est jaloux. Quand il a su que j'allais en haut du village pour rencontrer Hoatu, il m'a parlé durement, il m'a donné des bourrades. Mais ça fait rire Hoatu, qu'un homme soit jaloux d'un garçon de quinze ans. C'est ce qu'elle lui a dit, mais il est devenu encore plus sombre.

« C'est l'arrivée au village d'Efrain le Brésilien qui a tout changé. Il sort souvent de Campos. Il dit qu'il va au marché, ou bien qu'il doit rencontrer des amis. Mais Hoatu sait qu'il va dans la Zone, pour boire et coucher avec les filles. Peut-être qu'elle est jalouse à cause d'Adhara.

« Un soir, Hoatu était seule. Christian était sorti encore une fois avec Efrain et des garçons. Ils allaient à Guadalajara acheter du matériel.

« Hoatu m'a conduit dans la montagne. Elle avait sa robe blanche brodée et son châle bleu, mais elle était pieds nus. Hoatu n'aime pas les chaussures, elle va partout pieds nus, même dans les rochers. Elle peut escalader et sauter sans se blesser ou se piquer aux buissons d'épines.

« Je me souviens de la chaleur. Les roches noires brûlaient encore. Le ciel était clair, jaune mêlé au bleu de la nuit qui arrivait. Hoatu m'a pris par la main pour me montrer le coucher du soleil sur les volcans. "Regarde, poussin !"

« Elle s'est assise dans un creux, à un endroit où l'herbe avait poussé malgré la sécheresse. Cela sentait une odeur âcre et douce, et quand je me suis assis à côté d'elle, j'ai senti son odeur à elle, et je me suis mis à trembler. J'ai eu peur qu'elle me voie trembler, j'ai caché mes mains sous moi. Elle s'est moquée de moi : "Tu as peur ? Je suis si terrible ?" Je n'ai pas osé lui avouer que c'était parce que j'étais amoureux d'elle. Elle m'a parlé de Christian, elle m'a dit qu'il était violent, qu'il était influencé par Efrain, qui est le diable. Elle a dit aussi des choses très douces, sur l'amour. Je croyais qu'elle parlait de Christian, et malgré tout ce qu'elle m'avait expliqué, je ressentais du dépit. Elle parlait de la jalousie, elle a dit : "Tu vois, les sentiments sont quelquefois de l'herbe sèche." Et en même temps elle a arraché une poignée d'herbe dure à côté d'elle. L'herbe sèche, c'est juste bon à donner à manger aux vaches et aux chèvres. Je ne comprenais pas très bien ce qu'elle voulait dire.

« Je me rappelle, c'est l'heure douce. L'air est sec, et les nuages au-dessus des volcans font une couleur vive et violente. Mais c'est l'heure violette. C'est la première fois que je vois cette couleur, cela remplit les yeux et entre dans nos corps. C'est pour cette couleur que Hoatu m'a conduit jusqu'ici. Je la regarde sans oser bouger, et Hoatu passe sa main sur mes cheveux, sur ma joue. "Tu as la barbe douce, tu es vraiment un *pipichu* !" (Elle dit poussin en langage d'elmen, et de n'importe qui d'autre, cela m'aurait fâché.) Je me penche et j'appuie ma tête contre sa hanche et elle continue à me caresser avec le dessus de ses doigts, très doucement. Je ressens sa chaleur, elle se mélange à la chaleur des pierres noires, à la lumière violette dans le ciel.

Tout à coup je ne tremble plus. Nous restons serrés l'un contre l'autre, jusqu'à la nuit.

« À un moment, je m'approche de son visage, les yeux fermés, guidé par la chaleur de son souffle. Dans l'obscurité, je vois avec mes mains, son corps, ses seins, son ventre, et elle guide mon sexe et elle m'enseigne à faire l'amour, lentement, elle s'est couchée sur l'herbe sèche et les cailloux, et je suis à genoux devant elle, lentement, la tête en arrière pour voir la nuit, dans la lueur de la lune qui arrive au bord des volcans, puis plus vite, respirant, buvant son souffle, la bouche pleine de ses cheveux et les yeux contre ses yeux clairs en cherchant jusqu'au fond d'elle.

« Quand nous avons fini de faire l'amour, nous sommes descendus vers Campos. La lumière de la lune cachait les étoiles. Au loin, la Vallée s'était éclairée, et cela ressemblait au ciel avec les constellations. Je voyais les lumières jaunes le long de la voie ferrée, les rubans rouges des voitures sur les routes, le grand globe laiteux qui flottait au-dessus des immeubles des banques et des assurances. Hoatu marchait vite malgré l'obscurité, et j'avais du mal à la suivre, je titubais dans les rochers. À Campos, tout était endormi. Seule brillait la lampe de Jadi, au travail dans la tour d'observation.

« Avant de retourner chez elle, Hoatu a mis sa main sur mes lèvres. Elle m'a dit : "Tu dois partir, Raphaël. Tu dois chercher l'aventure."

« Je ne suis plus retourné avec elle dans la montagne. Depuis ce jour, Hoatu n'est jamais seule, elle travaille dans les champs, ou bien elle s'occupe des enfants. Quelquefois, je la vois passer avec Christian. Elle me sourit, mais elle ne m'adresse pas la parole.

« Au début, cela m'a fait mal, comme une trahison. Je ne pouvais pas comprendre. Quand j'apercevais Hoatu, même au loin, mon cœur battait vite. Je n'en ai parlé à personne, tu es le premier à qui je dis la vérité. Hoatu m'a montré l'herbe de la jalousie. C'est cela que j'avais dans le cœur, dans la gorge.

« Quand j'ai eu seize ans, j'ai quitté Campos, pour connaître le monde, et j'ai guéri de l'herbe qui m'étouffait. Il n'est resté que l'amour de Hoatu.

« C'est alors que je t'ai rencontré, ami Daniel. »

Moi aussi j'ai repris mon cahier de notes, sur lequel j'ai prévu d'écrire le compte rendu de ma route hypothétique à travers le Tepalcatepec. Mais au lieu de ces choses sérieuses, j'ai marqué :

Lili de la lagune

quel chemin as-tu suivi depuis que tu t'es enfuie de cette Vallée égoïste et endurcie, cette ville de pouvoir et d'argent sur laquelle règnent les rois de la fraise et les propriétaires des usines de congélation ? Tous ces descendants des *hacendados* devenus politiciens, docteurs, notaires, notables, hommes de loi ou de religion. Ce sont eux qui te dévoraient, chaque jour, chaque nuit, ils mangeaient ta pauvreté, ils rongeaient ton cœur, ils buvaient ton sang, ton souffle. C'est ce qu'ils font depuis des siècles, aux filles des montagnes, aux enfants des banlieues de la mégapole, sans se lasser, sans se repentir. Ils n'en ont jamais assez, il leur faut toujours du sang neuf, de la chair fraîche.

Et moi j'ai été pareil à eux, même si je ne l'ai fait qu'en rêve. Je me joignais à eux, non pas en riant ou en braillant des chansons à boire, mais en me glissant par la pensée au plus près de toi, dans le secret de ta vie. Pas même dans une chambre d'hôtel, mais au jardin Atlas, dans l'alcôve crasseuse aux murs peints en vert, à l'abri d'un rideau mille fois tiré, accroché au mur par un fil de fer entortillé autour de deux clous rouillés, le rideau que les planteurs de pois chiches et d'oignons ont écarté à chaque fois et qui s'est imprégné de leur odeur. Toi tu attendais assise sur le lit, tu fumais, tu avais bu. Sur tes lèvres j'ai senti l'odeur de l'alcool mêlée à l'odeur de ta peau, ce parfum de savonnette *Dial* que tu utilises, et qui me trouble comme l'odeur d'un bébé.

Ton corps, dont je rêve maintenant qu'il est trop tard, maintenant que tu as disparu. Ton corps aux formes indécises, empâtées encore par l'enfance, mais déjà usé à force d'avoir été vu, touché, connu. Ta peau, la couleur de ta peau, le grain très lisse et doux sur tes épaules, sur tes cuisses, ton ventre tendre un peu gonflé au-dessous du nombril, et le bouton du nombril un peu saillant, comme chez les enfants pauvres, attirant, pareil à un œil au centre de ton corps, et les marques sur ton ventre, les cicatrices, les plis, mais rien qui révèle l'histoire de ta vie, la violence de ton père, les incursions, les violations, les maladies aussi, l'avortement fait à la hâte par la vieille *curandera* que tu appelles ta grand-mère, la racine très amère qui a vidé ton ventre, qui a creusé un trou dans ton corps et tu as manqué mourir. Tes mains, non pas des mains de jeune fille longues et élégantes, mais tes mains de femme, endurcies par le travail, usées par la main de mortier qui broie le maïs sur la pierre de lave, tes paumes qui claquent chaque matin la pâte pour former les tortillas bleues. Et ton corps courbé sur l'âtre, ton dos large et sombre tel que sur les tableaux de Diego Rivera, fendu dans toute la longueur par l'épine dorsale, un trait sombre qui part de l'implantation de tes cheveux sur la nuque et descend jusqu'aux reins, et de chaque côté des fesses, les poinçons, et la marque, le nuage rouge qui dit que tu es indienne, que tu le resteras, et après toi tes enfants et tes petits-enfants si Dieu t'en donne la chance. C'est cette marque que tu avais voulu cacher, en te faisant faire ce tatouage du lapin célèbre, dont s'étaient moqués Saramago et Garci Lazaro.

Je crois que je n'ai jamais haï personne autant que cet Iban surnommé le Terrible (un surnom bien littéraire, dont je soupçonne le notaire Trigo d'être l'auteur). Maquereau, geôlier, tortionnaire, dont l'empire s'étend sur toute la Zone. Je le hais, même si je ne l'ai jamais vu autrement que sur la photo qu'Ariana m'a donnée, prise par Garci au jardin Atlas. Iban, son chapeau de cow-boy rejeté en arrière, sa figure épaisse de paysan enrichi, ses cheveux bouclés collés sur son front par la sueur, ses petits yeux et son gros nez, son menton, son sourire sûr de lui et dominateur.

Ce que je vois de lui surtout, c'est sa main, une main large, sombre, aux doigts boudinés, l'index portant une bague en onyx, cette main qui s'appuie sur le bras de Lili et la maintient à sa merci. Son bras gauche posé en travers du ventre de Lili, sous ses seins, portant au poignet une montre que j'imagine en or, dont le cadran reflète la lumière au point que je ne puis distinguer l'heure. Il la tient, elle ne peut pas s'échapper.

Elle s'est déjetée un peu en arrière, assise sur le bord de la chaise en plastique. Son corps est pareil à une offrande, à un animal de sacrifice. Son ventre, ses cuisses, la ridicule jupe en plastique argentée, si courte qu'elle laisse voir la pointe de sa culotte. Son torse serré dans un boléro, sa poitrine douce. Elle a les deux mains jointes sur le côté, appuyées sur le rebord d'une table, et pour ne pas glisser elle a calé ses pieds sur la barre basse de la chaise en les bloquant par les talons de ses sandales à lanières.

Mais c'est son visage que j'interroge. Son visage surgi de la nuit, vaguement extatique, ses beaux yeux en amande qui regardent ailleurs, au-delà de l'objectif, à travers le réel. Ses yeux d'agate et d'onyx, l'arc parfait de ses sourcils mangés par la frange de ses cheveux noirs. Je reconnais ce visage, ce regard. C'est celui de Liliana que j'ai croisée au bord de la lagune, à qui j'ai parlé. À Orandino, elle était une autre personne. Non plus une poupée, mais une jeune femme libre, qui a planifié sa vie, qui a décidé de rompre avec son passé. J'étais sûr qu'elle réussirait, qu'elle s'en sortirait. Et maintenant que je l'ai perdue, c'est le visage de la prisonnière qui m'obsède, comme si, à force de regarder cette photo, j'allais pouvoir entrer dans son histoire, retrouver sa trace.

Sur la route pavée qui longe la Zone, j'ai erré comme un ivrogne. Les pluies ont cessé depuis des mois, mais les flaques de boue ne parviennent pas à sécher. La seule nouveauté, ce sont les grandes bougainvillées qui débordent du mur de briques et déversent une cascade de bractées mauves, roses, écarlates. Juste avant le retour de l'hiver, le printemps éclate. La fin de l'après-midi est glorieuse. Le soleil brûle dans le ciel jusqu'à l'ultime seconde, accroche des étincelles aux pierres, aux brins d'herbe, aux tessons. Dans les fissures de la muraille, de gros lézards bleu et rouge restent tournés vers l'astre, la bouche ouverte, leur gorge pulsant. Ensuite le soleil plonge du côté d'Ario, derrière le mont Chauve de Campos, et la nuit tombe d'un seul coup. Je vois les volcans suspendus au-dessus de la brume de la Vallée, les Cuates, le Patamban, le Tancitaro, leurs sommets encore éclairés par le soleil. Et ils disparaissent à leur tour.

C'est une solitude extrême. Tout se calme, sur l'eau de la lagune, sur les champs et les routes, autour de la ville. Puis les ampoules électriques s'allument, presque au même moment, les lampadaires jaunes le long de la rue pavée qui aboutit aux Jardins. Les moustiques jaillissent comme si on ouvrait de grands sacs noirs, dans le ciel les chauves-souris vacillent, et dans les rues adjacentes les autos et les camionnettes roulent et tanguent sur les nids-de-poule, leurs phares allumés trouant la poussière.

Au jardin Atlas, comme chaque soir, elles sont là au grand complet, Chabela, Beti, Leti, Lola, Celi, Mina, Chata. Quand j'entre dans le jardin, elles ont un petit ricanement, une mine moqueuse. Don Santiago me salue. Il est toujours aussi sombre, indifférent. Au fond de la guérite, son fusil est à sa place contre le mur. Santiago est vraiment un survivant du temps où les *cristeros* ont fusillé les fédéraux dans la caserne, en tuant tout, même les chiens et les poules dans la cour. Bien entendu, il est trop jeune pour avoir participé à la tuerie, mais j'imagine sa mère le conduisant à la fenêtre, pour qu'il voie passer la charrette à mules qui emporte les cadavres vers les champs, où ils seront jetés dans une tranchée remplie de chaux vive.

Les filles sont alignées contre le mur, sous la varangue, elles attendent. Certaines sont debout, d'autres assises sur les chaises en plastique. Elles bavardent un peu, elles fument, elles boivent de la bière au goulot. Elles sont laides. Leurs yeux sont noircis au rimmel, leurs bouches agrandies par le rouge couleur de fraise, couleur de sang. Leurs habits sont démodés, robes noires décolletées, chemisiers transparents, soutiens-gorge aux lourdes armatures, mauves, roses, noirs.

Elles sont sanglées par des ceintures dorées, elles portent excessivement bijoux de pacotille, croix en pendant, boucles d'oreilles, colliers. Une avec un haut de bikini dont les lanières se nouent derrière son cou. Une autre en chemisier noir, sans jupe, les jambes serrées pour cacher sa culotte. Une autre encore, masquée par des lunettes de soleil extravagantes en forme de papillon, cerclées de blanc, pareille à un des frères Rapetou.

Je les connais. Je les ai vues lorsque je suis venu à la recherche de Liliana. Elles ont la clef de mon mystère, sans doute, elles connaissent l'histoire de ma Lili. Elles savent où le Terrible l'a enfermée. Peut-être même qu'elles l'envient, parce qu'il l'a choisie et qu'elles restent prises dans leur gangue. Peut-être qu'elles imaginent que Lili est partie avec lui pour un nouveau monde, une ville du Nord, pleine de lumières et de luxe.

Elles sont figées, elles regardent devant elles. Leurs yeux sont tachés d'une taie. Leurs visages sont marqués de traits amers qui tirent leurs joues, abaissent les commissures de leurs lèvres, les bords externes de leurs paupières. Dans la lumière des néons, dans cette sorte de vertige qui me prend, elles ressemblent à des noyées.

J'ai bu plus que de raison. J'essaie de parler aux filles, mais elles se moquent de moi, me jettent des lazzis. Avec l'une d'entre elles, petite,

forte, des cheveux roux épais et durs, une per-
ruque peut-être, j'essaie de danser un boléro.
Dans le jardin, au milieu des lampions allumés,
un couple tourne à contre-rythme, s'alanguit.
Tout à fait au bout de la varangue, près de
l'ancien lavoir, je crois voir Lili. Elle est assise
dans la pénombre, avec un gros type qui ressemble à un boucher, un buste énorme, qui
gonfle sa chemise blanche à manches courtes,
ouverte sur son ventre. La fille est en jupe
courte, corsage noir, ses jambes lacées de spartiates. Je vois briller ses ongles de pied rose
bonbon. Elle doit avoir seize ans au plus.

Quand je m'approche, elle relève la tête et
me dévisage. Ce n'est pas Lili, mais elle lui ressemble. Elle a un visage triste de fille sage, une
frange au ras de son regard vide. Contre elle, je
vois le visage du boucher, ses yeux pareils à des
billes. Il a posé sa main aux doigts courts sur la
poitrine de la fille, comme s'il cherchait son
cœur. Elle est penchée sur l'homme, et en
même temps elle appuie une main sur ses
genoux serrés pour se rejeter en arrière. Il me
semble que je n'ai jamais rien vu d'aussi men-
songer, d'aussi dénaturé.

Je me souviens à peine de ce qui s'est passé
ensuite. J'ai crié, avec colère : Où est-elle, ou
l'avez-vous emmenée ? D'abord ma danseuse
m'a tiré par la main, elle m'a attiré vers le rideau
de l'alcôve, et j'ai cru qu'elle allait me montrer
le corps sans vie de Lili, son visage noirci par la

strangulation. Dans la chambre il y a une fille que je ne connais pas. J'entends les autres rire sous la varangue, je répète avec une voix d'ivrogne : Menteurs, voleurs, assassins ! Je crie le nom du Terrible. Je voudrais le provoquer, le frapper comme il frappe ses filles. Santiago est à côté de moi. Son visage n'exprime aucune colère. Seulement, il me saisit les poignets et il me fait marcher à reculons jusqu'à la porte. Il me dit : Il n'y a pas de Terrible ici. Le propriétaire s'appelle Juan Dominguez. L'alcool rend parfois lucide, je me souviens à cet instant du refrain que j'ai entendu à l'Emporio, dans la bouche d'un anthropologue : *No es lo mismo Juan Dominguez y no me chingues.* D'un seul coup ma colère est tombée, je suis pris d'un rire bêta, enfantin.

Santiago a une voix presque douce. Il parle à celui que je suis, le fils de bourgeois, l'enfant gâté qui ne connaît rien des bas-fonds, l'étudiant qui a appris la vie dans les livres, et qui fera un jour un bon maître d'école, un bon mari, peut-être même un bon écrivain.

Dans la rue, il me pousse dans la direction de la voie ferrée, vers la lumière. Je sais que je ne reviendrai jamais au jardin Atlas.

Quelques jours plus tard, en lisant le numéro hebdomadaire de *La Jornada*, j'ai appris l'arrestation d'Iban Omar Guzmán, dit le Terrible, sous l'inculpation de proxénétisme et de séquestration. Un long éditorial, signé Alcibiade (chacun sait ici que sous ce nom de plume se cache l'avoué Trigo, l'aide de camp d'Aldaberto Aranzas), appelait à l'épuration de la Vallée, à la fermeture des *Jardins d'Infamie* (titre de l'édito), et à la proclamation de la loi sèche sur tout le territoire. C'était ironique.

Pour une bouffée d'air pur et de bien-être j'ai lu les pages du cahier de Raphaël Zacharie, à mille lieues de toute cette boue, qui parlent de leur fête

« REGARDER LE CIEL »

« Je t'ai déjà dit, ami Daniel, comment j'ai connu le ciel en arrivant à Campos, le nom des étoiles, les phases des planètes et les lunaisons. Et puis, quelque temps après, alors que mon père était déjà retourné à Rivière-du-Loup pour y achever son temps de prison, a eu lieu la grande fête "regarder le ciel". J'aime le nom que porte cette fête en espagnol, "*mirar el cielo*", parce que cela me fait penser à miroir du ciel.

« Voici comment cela se passe.

« En hiver, aux environs de Noël, le Conseiller, après avoir consulté tous les habitants du village, décide que le moment est venu, quand les jours sont courts et les nuits très longues, et que la terre se repose de la force du soleil, et que la peau devient mince et neuve, l'eau des lacs très bleue et l'eau des ruisseaux transparente, et la montagne couverte de fleurs bleues.

« Le jour qui précède la fête, chacun doit se préparer. Non pas en faisant un travail particulier, mais au contraire en ralentissant sa vie. Si quelqu'un met une demi-journée pour épierrer un morceau de terrain, il travaille plus lentement et il n'a pas terminé avant le soir. Si les enfants doivent s'exercer aux mathématiques avec Sangor, ils ne doivent étudier que durant une heure, et reprendre plus tard dans l'après-midi. Les garçons et les filles qui sont chargés de tisser la toile dans l'atelier ralentissent le mouvement de la navette, et ceux qui gravent les calebasses à la loupe ou qui préparent les pots de terre ont des gestes très lents, comme s'ils mesuraient.

« Hoatu donne l'exemple des chats (Hoatu a une passion pour les chats, c'est elle qui a recueilli tous les chats errants qu'on voit à Campos, et qui nous défendent des souris et des cafards). Observe un chat qui s'apprête à bondir, dit-elle. Avant d'être le plus rapide, il est le plus lent du monde. Les enfants alors se mettent à marcher à la manière des chats, ils s'arrêtent sur un pied et ils tournent la tête sur le côté, pour regarder par-dessus leur épaule.

« Également, on ne mange pas, ou très peu, ce jour-là. Jadi et Sangor et d'autres adultes jeûnent même pendant plusieurs jours, mais ils n'en parlent pas. Le Conseiller dit qu'il n'y a pas d'obligation. Il dit qu'il ne faut jamais que l'un d'entre nous se sente meilleur que les autres, parce qu'il ne pourrait pas être prêt pour la vérité.

« Maintenant que mon père est reparti, c'est Jadi qui me guide dans la fête. Il répète ce qu'il m'a dit à mon arrivée, ce ne sont pas les étoiles qui importent, mais la connaissance du vide.

« Pour cela il faut entrer dans la lenteur de l'espace. Il ne l'explique pas vraiment, car s'il le disait avec les mots de la science, il serait semblable à ces gens qui écrivent des livres sur le silence.

« Il dit seulement : "Imagine où tu es, en ce moment. Imagine qui tu es. Tu es simplement une chambre noire dont le diaphragme s'ouvre sur le noir de la nuit. Ta chambre est un morceau de lave lancé dans l'espace, et ce morceau de lave est entraîné dans un cercle autour d'une étoile dont la puissance est telle qu'aucun corps dans son voisinage ne peut échapper à son attraction. Cette étoile elle-même fuit dans le vide à une vitesse incalculable, vers une destination que nous ne connaîtrons jamais, elle fait partie d'un lac d'autres soleils qui forme la Galaxie, laquelle s'éloigne des autres lacs, des autres Voies lactées, chacune vers un point de l'espace à une vitesse inconcevable, et chacun de ces soleils, chacune de ces Voies lactées sont si lointains que même si nous les regardions pendant mille ans ils nous paraîtraient immobiles. Imagine tout cela. Regarde le ciel. Les lacs d'étoiles, les soleils, les nébuleuses, les amas, les nuages, les grappes de givre accrochés aux comètes. Pense au manège des astres et de leurs satellites, Jupiter, Saturne, Mars, Vénus, Mercure. Pense que tout ce que je viens de dire passe par ce trou minuscule de ta pupille, un rayon fin comme un de tes cheveux, qui entre dans le dôme de ton crâne, dans la maison de ton corps, dans le temps de ta vie si brève, de ton temps qui ne dure pas plus que la cigale que tu écoutes au même instant, accrochée à la branche du cotonnier, qui devine le monde avec un seul cri.

« "Imagine que cette nuit est la plus longue de ta vie. Laisse-toi entraîner dans un autre monde, devine-le à la manière de la cigale, par les pores de ta peau, pas seulement avec les chambres noires de tes yeux, mais avec tout ton corps. Respire-le, bois-le. Si tu crois savoir quelque chose, oublie-le."

« C'est ainsi que Jadi m'a parlé, le premier soir, avant la fête. Il m'a dit encore, et c'étaient ses derniers mots :

« "Pendant longtemps, les hommes de mon peuple ont cru que la terre était un plateau entouré d'un grand fleuve qui coulait dans les deux sens, où les âmes tombaient après la mort. Ils ont cru que les montagnes étaient creuses et contenaient l'eau des sources. Ils disaient que les étoiles étaient des esprits, que le soleil naissait chaque matin et mourait chaque soir. Ils ont appris à lire le temps, ils ont fait des nœuds sur les cordes pour prévoir les éclipses de la lune.

« "Nous sommes tous les enfants de ces hommes. Un jour, nous comprendrons des choses dont nous ignorons aujourd'hui même la possibilité. Nous vivrons sous de nouvelles lois, nous inventerons de nouvelles sciences. Des mondes sans gravitation, des particules sans nom, une molécule vivant sans hydrogène ni oxygène, une matière sans carbone. Une vibration qui ne sera pas la lumière, une dimension qui ne sera ni le temps ni l'espace. Tout cela viendra simplement par le rayon de la conscience, plus mince qu'un fil d'araignée, plus léger qu'une aile de papillon. Nous le pourrons, ou bien nous mourrons. Pour cela je t'ai dit, je l'ai dit à chacun de vous, regardez le ciel et perdez-vous dans l'espace, pour cette nuit." »

« Après cela, nous éteignons tous les feux, nous nous enroulons dans nos couvertures à cause du froid. Nous allons au point le plus haut du village, près des réservoirs d'eau, parce que là, on n'entend plus un bruit, sauf le cri continu des cigales, ou le jappement des chiens. À cet endroit, il y a deux grandes màisons avec des toits de feuille, pour abriter les enfants, ou ceux qui sont trop fatigués pour rester éveillés toute la nuit, et pour cela on les appelle les "Maisons du ciel". Les autres restent immobiles, les yeux ouverts, pour entrer dans l'espace. Dès la première fois je suis entré. Au-dessus de moi une très grande porte s'est ouverte, et j'ai senti que je glissais par cette porte, non pas par l'imagination, mais avec mon regard, un mouvement qui partait du centre de mon corps et s'enfonçait dans la nuit. C'est une expérience que je ne peux pas expliquer. Il me semblait que j'étais à la fois ici et là-bas, très près, très loin. Je glissais en même temps que les autres, nous étions tous dans un seul mouvement. Je ne sentais plus le froid de la terre ni le passage des heures. À un moment, j'ai vu que les astres avaient bougé, qu'ils approchaient de la masse noire des arbres, du dos de la montagne. Je croyais que je n'étais resté là qu'un instant, et déjà la nuit était finie. Un peu avant l'aube, Jadi est venu, accompagné de Hoatu et de Christian. Ils marchaient au milieu des corps allongés sur la terre, et de temps à autre Jadi sonnait du buccin, un grand coquillage rose que j'avais remarqué dans sa maison. Un bruit long, un peu triste, qui me faisait penser à la trompe que les chasseurs utilisent chez nous pour chasser l'orignal.

« C'est le signal de la fin de la nuit. Nous nous levons, les uns après les autres, nous marchons lentement. Nous avons l'impression de revenir d'un rêve. Quand le soleil se lève, nous allons rejoindre les enfants dans les "Maisons du ciel" pour boire le *kamata nurhité* que Marikua nous a préparé. Nous ne sommes pas fatigués. Nous nous regardons, nous regardons autour de nous, tout nous paraît nouveau, brillant, exact. Nous nous sentons bien. »

Aldaberto Aranzas

recevait pour les quinze ans de sa fille. Un peu à l'écart de la route principale, à une dizaine de kilomètres de la ville, Aranzas avait acheté à la famille des *hacendados* Escalante une colline de sable noir qu'il avait plantée d'avocatiers. De temps en temps, il s'échappait de son bureau de la Vallée pour une parenthèse de vie seigneuriale. Même si sa fortune était récente, Don Aldaberto affectait de mépriser les planteurs de fraisiers, ces nouveaux riches incultes qui régnaient sur la Vallée, roulaient en quatre par quatre, se faisaient construire des palais de mauvais goût dans les lotissements privilégiés des Huertas ou de la Media Luna, et louaient le temps d'un week-end des avions entiers pour aller faire leurs courses en famille à Miami.

Aranzas, lui, prétendait descendre des premiers conquérants venus de Castille au temps de Cristóbal de Olid et de Nuño de Guzmán. Dans sa lignée, on comptait des hommes d'épée et des hommes de robe, mais aucun commerçant.

À l'entrée de l'hacienda, sur le portique, il avait fait sculpter en ronde bosse dans le plâtre l'écusson de sa famille surmonté des initiales de son nom : « A.A. » L'écusson figurait une charrue attelée à deux bœufs, une fantaisie, m'avait expliqué Don Thomas, en réminiscence de la légende fondatrice des Aranzas : un domaine de plusieurs *aranzadas*, étendues qu'une paire de bœufs peut labourer en un jour, don du roi d'Espagne à un lointain ancêtre pour service rendu. Le domaine de l'actuel descendant était sans doute plus modeste, mais suffisait à sa gloire.

De la plate-forme où se trouvait la maison, la vue s'étendait loin, au-delà des rangées d'avocatiers tirées au cordeau, jusqu'à la vallée d'Ario. De là, je pouvais apercevoir les maisons du village, et tout au fond, au pied de la montagne pelée, Campos. J'ai éprouvé un sentiment de menace, de violence, comme devant une paisible vallée sur laquelle pèse un nuage d'orage.

« Tout ce que vous voyez là appartient ou appartiendra un jour à Aranzas. » Don Thomas était à côté de moi, je ne l'avais pas entendu venir. « Même Campos ? » ai-je demandé. Don Thomas avait certainement eu vent de ma relation avec la colonie du peuple arc-en-ciel et de son Conseiller, Anthony Martin.

« Surtout Campos. Il a l'intention de tout reprendre, de planter en avocatiers, ou de créer des lotissements. C'est un homme très riche. Venez, je vais vous présenter. »

La fête se tenait dans le jardin, devant la maison. Aranzas avait réuni un petit groupe d'amis, pour la plupart des notables de la Vallée, avocats, notaires, édiles municipaux, deux ou trois curés en habits civils. La fille d'Aranzas avait revêtu une robe vaporeuse de *quinceañera*, elle causait avec d'autres jeunes filles, sous la surveillance de sa mère. De loin, j'ai reconnu à côté d'elles l'ineffable Menendez, vêtu d'une veste sans col en soie grise. Don Aldaberto était debout près du bar, un verre à la main. Il était bien tel que je l'avais entrevu lors de ma conférence, grand, mince, dans son strict complet sombre qui lui donnait l'air d'un fossoyeur ou d'un gangster. Au fond du jardin, à l'ombre d'une tonnelle, un orchestre jouait un air à la guitare, une chanson mélancolique. Malgré l'éclat du soleil, des torchères flambaient de part et d'autre de la table du buffet, devant laquelle se pressaient des convives en train de piquer des morceaux de *barbacoa*. Dans l'air flottait, avec la fine musique, une odeur de viande grillée, mêlée de tabac et de parfum qui donnait légèrement mal au cœur.

« Vous avez déjà rencontré M. Sillitoe, notre géographe en résidence, n'est-ce pas ? » Don Thomas avait familièrement pris Aranzas par le bras, et il m'attirait de son autre main. Nous avons échangé une poignée de main sèche. « Je vous ai écouté parler de notre Vallée l'autre soir. Très bonne conférence, mes félicitations. »

J'ai remercié d'une légère inclinaison. Pour un peu, j'aurais claqué les talons à la prussienne. « Daniel Sillitoe est docteur de l'Université de Paris, a commenté Don Thomas. Il est ici en mission, pour faire un relevé des Terres chaudes. »

Aranzas montrait un intérêt poli :

« Quelle partie ?

— La vallée du Tepalcatepec.

— Ah bon. »

Don Thomas avait un enthousiasme à peine forcé, comme toujours lorsqu'il est question des Terres chaudes.

« Daniel va traverser en ligne droite, d'un bord à l'autre du fleuve, les géographes appellent cela une coupe. »

Aranzas dominait de sa haute taille. Son visage régulier n'exprimait ni ennui ni curiosité. Mais ses yeux étaient mobiles, d'une douce couleur noisette, ombragés de longs cils féminins. Son front haut, très dégarni, lui donnait un air de respectabilité réfléchie que démentait son regard rusé. Il écoutait patiemment le boniment de Don Thomas sur les Terres chaudes, lieu d'origine de toutes les civilisations d'Amérique.

« … tout vient de là, l'agriculture, la métallurgie, la plumasserie, car les Indiens ne pouvaient pas se passer des plumes de quetzal et de perroquet, l'ambre, les parfums, ils avaient même inventé l'astronomie, et leurs dieux étaient tous originaires des Terres chaudes, ils avaient pour nom Uirambanecha, c'est-à-dire le peuple du basalte, parce qu'ils étaient nés des coulées de lave des volcans dans l'océan Pacifique. Et leur dieu principal s'appelait Tzintzun Wikisho, le colibri de la gauche, c'est-à-dire du Sud, il symbolisait la constellation de l'Oiseau, celle qu'on appelle Al Tahir en arabe... »

Menendez s'était approché sur la pointe des pieds. Son gros visage nasique exprimait l'amour, tandis qu'il écoutait Don Thomas. « Nous sommes tous nés des Terres chaudes, continuait ce dernier. Tout vient de ce pays, la cuisine, les arts, la poésie, la musique. À propos de musique, savez-vous que les orchestres du Tepalcatepec, d'Apatzingán et d'Aguililla utilisent les mêmes instruments que les Maures, la chirimia et les tablas, et qu'ils font danser leurs chevaux sur des estrades de bois pour imiter le rythme des tarbukas d'Afrique du Nord ? C'est le creuset de notre civilisation. Et c'est dans les Terres chaudes qu'est né le mouvement des libertadores contre l'Espagne, que le père Hidalgo a poussé son célèbre cri. À cause de la fertilité, de la chaleur, de la vivacité des gens, et de leur sens de la dérision, contre la morgue des gens des Terres froides, leur cruauté, leur appétit de sacrifices, leur despotisme. »

Aldaberto Aranzas n'a pas fait de commentaire. Il s'était seulement un peu penché en avant, les mains dans les poches, pareil à un juge écoutant une plaidoirie désordonnée.

Il était au courant. Il ne pouvait pas ignorer, lui, le propriétaire de *La Jornada*, le seul hebdomadaire de la Vallée. Le coup d'État contre Thomas Moises était en marche. Appuyés par les rapports de mauvaise gestion, par les foucades du directeur qui s'était entiché de révolutionnaires et de terroristes (Hector et son homme de main), d'un Indien éthylique (Juan Uacus) et d'un espion étranger (moi), les membres du Comité exécutif et les actionnaires de l'Emporio avaient décidé à l'unanimité de voter une motion de défiance contre Thomas Moises. Une pétition circulait qui affirmait le danger qu'il faisait courir à l'institution, et la nécessité de procéder d'urgence à l'élection d'un nouveau directeur. Dahlia m'a montré la pétition, elle enrageait. « Ordures, *pendejos*, *hijos*, *hijas de la Malinche*, ignorants, politiciens ! »

C'était pathétique. Don Thomas avait rêvé de l'Emporio, d'une Athénée où, loin de la mégapole asphyxiée, la rencontre des hommes et des femmes de bonne volonté serait possible, d'une nouvelle Grèce, pas très différente du modèle puisque y cohabitaient les factions armées, les prêteurs sur gages et les esclaves. C'était l'œuvre de sa vie. L'universitaire, écrivain, poète avait construit son projet pierre par pierre. Il avait forcé la porte des notables, intrigué, recruté, il avait même réussi à convaincre les banquiers. Juan Uacus, qui était aux côtés de Don Thomas depuis les premiers jours de l'Emporio, m'avait énuméré tous les parrains, dont quelques-uns étaient présents à la fête de Don Aldaberto Aranzas. Les notaires Acevedo, Arce, Godinez, bien entendu le *licenciado* Trigo, qui avait fait une conférence sur la poésie dans la Vallée. Les gérants de la John Deere, de la Nissan, des pneus Euzkadi, les pharmaciens, les propriétaires des hôtels Mesón del Marques et Peter Pan. L'assureur Jorge Soto, l'architecte Pico de Gallo, et beaucoup d'autres que je ne pouvais pas connaître. Mais celui qui avait été la clef de la réussite du projet, qui avait facilité les emprunts, les permis, et trouvé le local, c'était Don Aldaberto en personne.

Maintenant, dans la tourmente, Don Thomas était venu chercher son soutien. Il avait sans doute sous-estimé le pouvoir des intellectuels, ces gens de la capitale qui connaissaient les rouages de l'administration, et qui étaient capables de bloquer les crédits et de mettre en jeu la survie de l'institution plutôt que de renoncer à leur ambition. Il n'était pas prêt pour le pire.

Muni de ces informations, je pouvais apprécier la situation. Je m'étais reculé, un peu à l'écart, pour admirer la vue. Aranzas n'avait pas choisi l'emplacement de sa maison au hasard. De la terrasse, il embrassait toute la Vallée, la chaussée qui traversait les champs inondés, la tache sombre de la ville qui s'étendait jusqu'aux contreforts des montagnes et s'étirait vers le cul-de-sac de Campos. À certains moments, il pouvait vraiment croire qu'il en était le maître.

Sur les braseros, la viande grillait en dégageant une odeur délectable. Ce n'était pas le pique-nique rustique des anthropologues dans la tour Menendez. Ici, les serviteurs en veste blanche avaient mis à cuire de vraies pièces de bœuf, du « charolaïss » assaisonné de sauce rouge et d'oignons. Aussi les convives ne se faisaient pas prier.

J'ai rejoint un groupe où j'ai reconnu l'ombre de Don Thomas, la belle Ariana Luz. La femme d'Aranzas était avec elle, ainsi que Bertha, la femme de Don Chivas, et ses filles Aphrodite et Athena. Quand je me suis approché, Ariana a esquissé un sourire un peu crispé. Elle n'aimait pas les banalités. Elle a attaqué : « Tu as retrouvé ta protégée, cette fille du canal, comment l'appelles-tu ? » Ariana avait bu quelques verres, l'alcool la rendait agressive. « Liliana ? » ai-je dit. Elle ricanait. « Oui, c'est ça, Liliana, Lili, l'objet de la querelle. » La femme d'Aranzas se penchait, elle me regardait avec curiosité. « Une querelle, mais comme c'est romantique, racontez ! »

J'ai coupé court : « Il n'y a rien à raconter, c'est quelqu'un qui a disparu. »

Ariana ne voulait pas lâcher prise. Son visage anguleux avait une expression dure, tendue. « Disparu, mais où ça ? Elle n'est plus à Orandino, à l'adresse que je t'ai donnée ? »

La scène tournait au ridicule. Les éclats de voix ameutaient les invités. J'ai vu Don Thomas au bord du terrain, avec Menendez et Aranzas. J'ai arrêté Ariana : « Écoute, je suis juste venu pour prendre congé de Don Thomas. Je pars dans quelques jours, je ne sais pas si je reviendrai. » Éloignée du groupe des femmes, Ariana perdait ses raisons de parler fort. Elle s'est immobilisée, les bras ballants. « Ah oui, non, je ne savais pas. » J'ai eu envie de lui parler de Don Thomas, de toute cette cabale. Elle qui avait été l'oreille des séditieux, qui avait profité de la confiance de cet homme pour le trahir. Parfois il n'est pas nécessaire de parler pour dire les choses. Ariana a dû lire dans mes yeux ce que je pensais d'elle. Elle m'a regardé d'un air étrange, un regard qui passait à côté de moi, comme si elle fixait un point imaginaire, un peu en arrière, à ma droite. Je l'ai laissée.

Restait tout ce que je voulais dire à Aranzas, d'une voix enrouée de justicier. Lui montrer ce bout de la Vallée, cette tache où Campos existait encore, et qu'il avait décidé d'abolir d'un trait de plume pour étendre ses plantations, ou pour créer son futur lotissement, ça s'appellerait peut-être *Cerro de las Campanas*, ou *El Cubilete*, un nom qui plairait à tous les anciens combattants de la révolution. Pourquoi pas *Padre Pro* ? Une révolution chasse l'autre, n'est-ce pas ?

Dans la brume de l'après-midi, la Vallée paraissait l'endroit le plus paisible de la terre. Des fumées lentes s'étalaient, serpentaient au-dessus des champs. Dans les creux d'ombre, au pied des hautes montagnes, déjà les ampoules électriques s'allumaient, et les usines de congélation de fraises ressemblaient à de grands châteaux de contes de fées, avec leurs tours et leurs fossés. Seul Campos restait en dehors, silencieux, une île sombre au bout de la route.

Quelques jours plus tard, *La Jornada* a lancé l'attaque finale contre Campos, dans un éditorial sans signature, mais où il était facile de reconnaître la plume véhémente d'Alcibiade, alias Trigo. La république idéale du Conseiller y était décrite comme un refuge de vagabonds venus de l'étranger, où avaient cours la drogue, la promiscuité et les pratiques les plus condamnables de l'ex-mouvement hippie nord-américain.

Le Conseiller lui-même était peint sous les traits d'un gourou fanatique et dangereux, qui séquestrait les membres de sa secte après avoir pillé leurs économies. La caricature pouvait difficilement être prise au sérieux, mais elle signalait l'imminence des procédures légales pour expulser de Campos tous ses habitants. C'était une question de jours. J'ai décidé de repousser le voyage vers le Tepalcatepec jusqu'à ce que tout devienne clair. Et en effet, le lendemain de la parution du numéro de *La Jornada*, j'ai reçu, transmise par Raphaël, une lettre dictée par

ANTHONY MARTIN,
LE CONSEILLER

« J'écris ceci, sachant que notre temps à Campos est compté.

« Je l'écris sans colère, car ce point final était prévu dès le moment où le rêve de Campos a pris forme. Mais non sans inquiétude, car j'ignore ce qui va advenir de tous ceux qui m'ont suivi, qui ont cru en moi, en la paix et l'harmonie de ce lieu. Je suis inquiet pour tous ceux, toutes celles qui ont travaillé de leurs mains pour construire ce village et créer ces champs, pour que le rêve ne soit pas une chimère mais devienne une réalité.

« À aucun moment je ne leur ai caché que notre vie ici était temporaire, que notre communauté ne pouvait être liée à la durée de notre séjour à Campos, puisque notre seul lien avec cette terre était un bail qui prend fin tôt ou tard.

« Je n'avais pas prévu qu'il prît fin aussi tôt. Peut-être n'ai-je pas été assez attentif aux signes précurseurs, à la rumeur, à la jalousie, à la diffamation ? Ou peut-être ai-je péché par naïveté, croyant avoir su dans ce pays inspirer la sympathie, voire l'enthousiasme, alors que ce n'étaient que paroles creuses, bulles de savon, vent de girouettes.

« Sans doute ai-je manqué de lucidité, de modestie. J'ai été comme ce poète français, mon frère, qui après avoir couru le monde, au moment de rendre l'âme s'est écrié : déjà !

« Je ne peux plus reprendre racine quelque part. Je suis trop vieux, j'ai le cœur usé. Je l'ai dit à celui que je considère comme mon fils, à qui je confie le soin de cette lettre. Raphaël, que j'ai appelé Poussin à cause des sept étoiles qu'il a tatouées sur son poignet. Je lui ai dit, pour qu'il le répète aux autres : "Il faut partir, trouver une autre terre, mais sans moi." Il m'a répondu : "Sans toi c'est impossible." Je lui ai dit que le moment était venu de retourner au lieu de ma naissance, à Konawa sur la Canadian River, et il s'est caché les yeux pour pleurer. J'ai ressenti un déchirement au cœur que je ne croyais plus possible. Je pensais avoir tout prévu, jusqu'au dernier jour, et un enfant m'avait gardé cette surprise. Je lui ai parlé de la vie qui l'attendait, des pays qu'il allait parcourir, des amitiés nouvelles, de la liberté. Je me souvenais qu'à son âge j'avais tout quitté pour reconnaître le monde.

« Le déchirement, c'est de comprendre que j'avais donné à cet enfant, et à tous les habitants du village, l'illusion d'une protection sans fin, comme si nous avions élu domicile au paradis.

De cela aussi je me sentais coupable. J'ai été dur avec Raphaël, alors que j'avais envie de pleurer avec lui. Je lui ai dit : "Qui te manquera ? N'as-tu pas Hoatu et Christian, tu les suivras, ils sont ta famille. N'as-tu pas un père qui a besoin de toi, dans ton pays ?" Mais l'enfant m'a dit avec entêtement : "Tu ne peux pas nous laisser. Sans toi nous n'arriverons jamais jusqu'à cette nouvelle terre que tu nous as promise."

« Alors je me suis détourné, je suis allé vers le haut du village, pour cacher ma colère et mon émotion. À présent, je ne peux plus parler, je ne veux plus décider. Je suis trop vieux, mon cœur est malade, mon âme aussi. Je veux devenir un vieillard inutile qu'on chasse, et qui s'en va mendier sur les routes en titubant, un manche à balai à la main en guise de bourdon.

« Je regrette déjà le ciel de Campos. Dans mon pays, en Oklahoma, le ciel est souvent bas. On ne peut pas y lire chaque nuit les étoiles, les amas pâles, les soleils à éclipse, les géantes lointaines dans leur halo rouge, toutes ces figures avec lesquelles j'ai vécu, le Chariot, l'œil de l'ours Dubhe, sa queue, son flanc, la gazelle Telitha qu'il chasse et qui fait voler la poussière brillante à chacun de ses bonds, et c'était le nom que j'avais donné à Hoatu quand elle est arrivée, à cause de sa façon de courir pieds nus dans les rochers de la montagne, et Christian toujours après elle parce qu'il était amoureux. Peut-être s'en souviendront-ils pour l'amour de moi ?

« Altais, le serpent enroulé, son œil Rastaban. Et Thuban qui fut le centre de l'univers avant l'étoile polaire, il y a dix mille ans.

« Que reste-t-il dans le pays où je suis né ? Quelqu'un m'attend-il là-bas ? Je suis parti depuis longtemps, tous ceux que j'ai connus sont morts, ou bien m'ont oublié. Quand j'étais jeune, j'ai voulu retrouver mon père. J'ai voulu aller en France, son pays. J'ai rêvé de connaître Bordeaux, sa ville. Mais tout ce que j'ai trouvé, c'est un plan ancien qui montre les rues, les quais, la grande rivière. Je l'ai longtemps gardé sur moi, plié dans la poche de ma chemise, et puis je l'ai perdu.

« J'ai fait la carte du ciel, et j'ai donné à chacun des enfants de Campos un morceau. Pour qu'ils n'oublient pas ce qu'ils voyaient, quand la nuit était claire. Le lait de la Galaxie qui se verse sur la voile du Vaisseau. Accroché au mât de la Carène, le fanal de Canopus qui brille chaque soir à l'ouest, au coucher du soleil. Je voudrais qu'il nous guide vers notre nouvelle terre. Rigel, le pied du cheval ailé, qui est formé de trois soleils, dont le plus petit, à peine visible dans la lunette, est l'astre le plus proche de notre monde. Ou encore les deux enfants jumeaux, le frère et la sœur, l'un très blond l'autre très noire, pour ainsi dire nés ici, puisqu'ils tétaient encore leur mère quand ils sont arrivés. Je me souviens de la pluie d'étoiles filantes, un 13 décembre. J'ai dit à leur mère qu'ils pourraient s'appeler Krishna et Bala, et en riant elle a accepté. J'ai donné ces noms aux hommes et aux femmes quand ils sont entrés à Campos : Orion, Al Jabbar, Alnilam et son collier de perles. J'ai nommé Beit al Zouj, la Demeure de l'époux, la maison où Hoatu s'est mariée à Christian. À Sangor le sage, j'ai donné le signe Kaf de la Main ouverte, le jour où nous nous sommes rencontrés, le 18 novembre. Et à Marikua qui est douce, le croissant de la lune basculé, en souvenir de la déesse d'argent Nana Kutsi, qui régnait autrefois sur son pays, avant l'arrivée des Espagnols.

« Enfin Sirius, le Grand Chien, le chasseur Efrain Corvo, qui est entré un jour d'été à Campos, et que je n'ai pas reconnu tout de suite. Il était celui qui apporte le danger, et je l'appelle *The Estranged One*, l'Égaré. Si notre famille ne résistait pas, c'est que nous étions faibles. Et lui s'est installé, il a pris Adhara, la Vierge, une fille perdue qui s'était échappée d'un asile. De celles que les hommes enferment par crainte de la fissure qu'elle montre, de la faille qu'elle ouvre en eux. Adhara, avec Efrain, dans la maison de la violence. Je n'ai pas deviné ce que cet homme venait faire à Campos. Qu'il avait tué, et qu'il voulait seulement se cacher. Qu'il ne venait pas pour se joindre à nous, mais pour nous détruire.

« Lorsque les policiers se sont présentés à la porte de Campos, j'ai nié d'abord. J'ai dit que tous ceux qui vivaient à Campos avaient racheté leurs fautes passées.

« Ils m'ont ri au nez. Ils m'ont dit : "Alors, ici, c'est le paradis ?" Ils m'ont poussé sur le côté avec la crosse de leurs fusils, leur chef m'a crié : "Vieux fou ! Dénonce le repris de justice que tu abrites !" Les garçons sont arrivés, Raphaël, Oodham et Christian, ils ont formé un rang, ils étaient prêts à se battre, et le chef des policiers a eu peur. Il a donné un ordre, ses hommes ont reculé, ils sont repartis dans leur camionnette.

« Mais je savais qu'ils reviendraient. Et ce même jour, l'après-midi, ils sont revenus en force, dans trois camionnettes. Efrain et Adhara avaient été prévenus, ils se sont enfuis dans la montagne. Les policiers ont fouillé partout, jusque dans le moindre creux de rocher. Ils ont donné des coups de pied dans les portes des granges, ils ont fait envoler les poules et les dindons. Ils ont visité toutes les maisons, la tour d'observation, les ruines de l'église. Les enfants s'étaient réunis dans la maison commune, ils avaient peur.

« Les policiers ont interrogé les hommes et les femmes, mais en vain, car ils ne comprenaient pas leur langue. Ils ont piétiné le jardin de Marikua, ils disaient que c'étaient des drogues, de la marie-jeanne, du haschich. Sangor a essayé de les en empêcher, et un des policiers, un garçon très jeune, l'a frappé au cou avec un bâton en l'insultant, et Sangor est tombé dans la terre du jardin.

« J'ai pensé que tout cela était dans les dessins du ciel. C'était octobre, la fin des pluies, quand Sirius apparaît au coucher du soleil. Près de la Galaxie brillait l'œil du démon, Algol, d'un éclat intermittent. Je ne dis pas que je l'ai lu dans le ciel, car ceux qui disent de telles choses mentent. Mais je l'ai ressenti dans le froid de l'espace, dans notre solitude, parce que notre seule certitude est dans ces grandes feuilles de papier d'agave sur lesquelles j'ai fait dessiner, nuit après nuit, la carte du ciel, notre unique patrie.

« J'ai compris que la fin de Campos était iné-luctable, je l'ai deviné avant même la venue des policiers, avant la lettre de l'avoué qui notifiait notre expulsion, avant l'article du journal qui nous accusait de crimes, de prostituer nos enfants et de protéger des criminels.

« J'ai eu une vision, un rêve. Dans mon rêve, nous partions sur les routes, avec nos provisions et les feuilles de notre déesse Nurhité. Nous allions vers une terre nouvelle, une île où vivent seulement les oiseaux et les tortues de mer, pareille à l'île où j'ai vécu après la guerre. La mer était bleue, il y avait des palmes, de l'eau douce, des fruits, et dans cette île nous faisions notre royaume.

« Je ne connais pas le nom de l'île. C'était une clarté qui durait au-delà de mes nuits. Je sentais autour de moi l'odeur de la mer, comme autre-fois, j'entendais le bruit de la mer. C'était un royaume d'où personne ne pourrait nous chasser, où nous pourrions tout recommencer.

« Je n'en ai parlé à personne, de peur de passer pour fou.

« Je ne sais pas si cette île existe. Je sais seulement que le monde est grand, que personne ne possède rien, hormis ce qu'il a fait. Je sais que notre seule certitude est dans le ciel et non pas sur la terre, parce que le ciel que nous voyons, avec le soleil et les étoiles, est celui que nos ancêtres ont vu, et qu'il est celui que nos enfants verront. Que pour le ciel nous sommes à la fois des vieillards et des enfants.

« Voilà ce que je veux te dire, puisque tu es notre ami inconnu.

« Souviens-toi de nous. »

L'exil

a commencé pendant la semaine de Noël. Je ne pourrai pas oublier comment tout cela s'est passé. Toute la Vallée était enrubannée, flamboyante de *Noche Buenas* (qu'on appelle en France, je n'ai jamais su pourquoi, des *poinsettias*), décorée de têtes de bébés en papier mâché suspendues aux fils électriques en travers des rues. Même l'église en ruine, en face de mes fenêtres, avait un air de fête.

C'est Dahlia qui m'a prévenu, ce matin-là. Elle était sortie de bonne heure pour aller au marché, elle avait rencontré le père Aleman, le curé d'Ario. Elle est rentrée sans frapper (elle a gardé la clef de l'appartement, elle devait penser qu'elle reviendrait vivre avec moi un jour). J'étais en caleçon devant ma tasse de thé. Elle avait l'air égaré, j'ai cru qu'il était arrivé quelque chose à Hector, ou à son fils.

Elle m'a serré la main. « C'est fini, ils s'en vont. » Je n'ai pas compris tout de suite.

Elle a continué, volubile : « Ils ont envoyé les

judiciales, ils ont encerclé le camp, et eux ne voulaient pas répondre, ils s'étaient barricadés, les
policiers sont arrivés avec leurs camionnettes,
des haut-parleurs, ils ont menacé d'enfoncer la
porte, alors les gens ont cédé, ils ont dit qu'ils
allaient partir, ils ont commencé à déménager,
les femmes, les enfants, à pied, avec leurs valises,
il faut aller à Campos tout de suite, viens ! »

Nous avons pris un taxi pour aller plus vite.
Au pont d'Ario, la route était barrée par les *judiciales*. Le taxi a fait demi-tour et nous avons
continué à pied jusqu'au village. À Ario, Noël
n'était pas aussi insolent. Sur la place centrale,
quelques guirlandes d'ampoules rouges et
vertes pendaient aux branches des magnolias.
Les gens d'alentour étaient réunis sur la place
du marché, et pourtant il n'y avait rien à vendre.
Sous les arcades, seules de vieilles Indiennes
étaient assises par terre devant leurs petits tas de
poires blettes et d'avocats.

Je me rappelais la première fois que j'avais
débarqué de l'autobus dans le centre d'Ario, il
me semblait que cela remontait à des années.
Alors on voyait sous les arcades les vendeuses de
fromages frais fabriqués à Campos, le miel
récolté par le Conseiller, dans des pots de verre
recyclés.

Dahlia tenait toujours ma main, je sentais ses
doigts durcis d'énervement. Des gosses allaient
et venaient, déguisés pour Noël, les garçons en
Juan Diego, un fagot à l'épaule, les filles en

Mariquitas, portant des fleurs dans des paniers. Sous les arcades, ils achetaient pour quelques sous de canne à sucre à sucer. Le village semblait indifférent, loin de tout, à peine sorti de sa léthargie habituelle.

Sur la route de Campos, sur le bas-côté, des hommes étaient assis sur leurs talons, l'air d'attendre quelque chose, et tout d'un coup j'ai compris que c'étaient les Parachutistes d'Aldaberto Aranzas. Ils attendaient l'ordre du notaire Trigo pour occuper Campos. Cela donnait un air de légalité à l'expulsion.

C'étaient des gens semblables à ceux que j'avais rencontrés à Orandino. Des femmes, des hommes surtout, sans âge, vêtus d'habits élimés, chaussés de vieilles baskets boueuses ou de sandales à semelle de pneu. Chapeaux, casquettes de base-ball, certains portant des lunettes de soleil qui ajoutaient une petite touche maffieuse à leurs groupes minables.

Quand nous sommes passés, ils nous ont regardés sans surprise, sans un mot. Ils ne devaient pourtant pas avoir croisé souvent un type à l'air gringo donnant la main à une mulâtresse portoricaine sur une route de campagne. Peut-être que la réputation de Campos comme refuge de hippies les avait préparés à tout.

Aux abords de Campos, nous avons été arrêtés par un autre barrage de *judiciales* en civil, blousons de cuir marron, lunettes de soleil, mitraillette en bandoulière. Dahlia leur a tenu tête :

« Nous ne faisons rien de mal, nous venons dire adieu à nos amis. » Elle mentait, elle ne connaissait personne, elle ne savait de Campos que ce que je lui avais raconté. Au début, pourtant, ça ne l'avait pas vraiment intéressée. « Tu sais, moi, les hippies, ça n'est pas mon truc. » Elle était du côté des vrais révolutionnaires, les purs et durs, les marxistes et les sandinistes, comme Hector et Angel.

Et là, ce matin, elle avait compris qu'ils n'étaient que des rêveurs immatures et naïfs, des proscrits venus de partout, qui avaient essayé de vivre autrement. Ils étaient une tribu perdue. Aujourd'hui les puissants de la Vallée les chassaient pour faire main basse sur leur terrain, les effacer, les oublier, pour que tout dans la Vallée rentre dans l'ordre.

Les policiers civils l'écoutaient en fumant. C'étaient pour la plupart des Indiens, visages sombres, yeux impassibles. Ils auraient pu être pareils à Angel, des combattants de la révolution. En attendant, ils obéissaient aux ordres du pouvoir, de l'argent, à l'avocat Aranzas, au notaire Trigo, aux planteurs d'avocatiers, de fraisiers, aux propriétaires des usines de congélation.

Ils regardaient Dahlia, sans doute trouvaient-ils belle cette grande fille svelte, avec sa tignasse de cheveux frisés couleur de cuivre et ses yeux clairs qui reflétaient le ciel. C'est grâce à elle que nous avons pu passer.

À l'entrée de Campos, devant le hangar où j'étais allé, les camionnettes de la police étaient arrêtées en quinconce. Mais le vieux paysan qui m'avait parlé du père Pro était invisible. Un peu plus loin, contre la muraille de Campos, des camions Blue Bird — les mêmes qui au moment de la récolte transportaient les travailleurs vers les champs — attendaient, leurs moteurs au ralenti. Trigo les avait fait venir pour l'évacuation. Tout cela était bien minuté.

Nous ne nous sommes pas approchés. Les policiers n'empêchaient pas le passage, mais nous n'avons pas voulu aller plus près. Nous nous sommes arrêtés sur le côté de la route, devant le hangar. Près des camions, des gosses, des gens des alentours attendaient. Nous pouvions découvrir par la porte ouverte l'intérieur de Campos. Nous apercevions une campagne sèche, éclairée violemment par le soleil. Des murs en ruine, des bicoques de planches et de terre crue, des champs de maïs effilochés, et un peu partout, sur le sol poussiéreux, des objets abandonnés, pareils à des carcasses de voitures. C'était loin de ressembler au paradis. On aurait plutôt dit un camp de gitans déserté.

Nous sommes restés un bon moment à attendre. L'exaltation de Dahlia était un peu retombée. Elle s'est assise sur une grosse pierre, sous l'auvent du hangar, elle fumait sans rien dire.

C'est seulement vers midi que les habitants de Campos sont sortis par petits groupes. Des hommes d'abord, assez jeunes, dans leurs tenues

de travail, jeans et overalls poussiéreux, chemises à manches longues. Certains étaient
coiffés de chapeaux de paille du pays, avec
galon et pompons sur la nuque, d'autres de casquettes de base-ball. D'autres encore portaient
des bandanas noués derrière la tête. C'étaient
eux que Dahlia avait dénigrés, chaque fois
qu'elle les avait vus en ville, au marché, ou dans
les magasins de quincaillerie. Elle les appelait
petit-bourgeois, pacifistes profiteurs, ou encore
surfeurs marioles (je me suis demandé ce que
cela pouvait bien être).

Les hommes ont entrepris de charger sur la
plateforme d'un Blue Bird les outils, pelles,
pioches, et aussi la centrifugeuse manuelle pour
le lait, les pompes mécaniques, les éoliennes,
etc. C'était tout ce qui restait des outils, car cela
n'a même pas rempli l'arrière du camion.

Puis les femmes sont sorties à leur tour, avec
des enfants, et encore des hommes. Ils passaient
la porte, deux par deux, ils faisaient quelques
pas dehors, sur la route, éblouis par le soleil.
Sans doute avaient-ils passé les derniers jours
enfermés dans la maison commune, par peur
des policiers.

Quand elle a vu les enfants, Dahlia s'est levée.
Son visage exprimait une émotion dont je ne la
croyais pas capable. En même temps, elle serrait
mon bras, elle répétait :

« Regarde les petits, regarde, des oiseaux
mouillés, des petits oiseaux ! »

Peut-être qu'elle pensait à Fabio. Hector et Angel étaient retournés à Mexico. Ils avaient compris que Don Thomas était en train de perdre la bataille contre les anthropologues. Fort du jugement de divorce, Hector emmenait Fabio avec lui, malgré les pleurs de Dahlia, malgré l'enfant qui s'accrochait à sa mère en disant : « Je la veux ! » Hector était un combattant de la révolution. Il n'allait pas céder à des caprices.

Dahlia était devenue un peu folle. Dans l'appartement, elle avait tiré le matelas dans la salle de séjour, je ne devais pas la toucher. Elle restait couchée pendant la journée, recroquevillée sur elle-même comme quelqu'un qui aurait reçu un coup dans le ventre.

Alors la vue des enfants qui quittaient Campos la faisait pleurer. Elle disait : « Mais tu ne vois pas ! Ce sont des réfugiés, des enfants des camps, on les envoie au bout du monde ! » Elle exagérait, mais c'est vrai qu'ils étaient troublants, maigrichons, pâles, vêtus d'habits poussiéreux. Ils montaient un par un à l'arrière des camions bâchés. Des filles, des garçons, âgés de huit à douze ans, certains devaient être pour ainsi dire nés à Campos, ils ne connaissaient rien d'autre.

Je voulais reconnaître ceux dont Raphaël parlait dans ses cahiers, Oodham, Yazzie, Mara, les jumeaux Krishna et Bala, Sangor et Marikua. Le repris de justice Efrain et sa compagne. De là où nous étions, il était impossible de distinguer quelqu'un dans ce groupe de pauvres hères, plutôt des clochards que les habitants du village arc-en-ciel, selon le nom un peu pompeux que le Conseiller leur avait donné.

Venus d'ailleurs, de partout, du Nord et du Sud, du fond du Canada ou de l'Amérique centrale, un peuple hétéroclite, de toutes les couleurs, et maintenant, dans la lumière dure du soleil de midi, ils semblaient gris.

Pas vu le Conseiller, pas vu Raphaël Zacharie non plus. Raphaël a quitté son travail à la boutique de grains du marché, dès qu'il a su l'arrêté d'expulsion. Il a vidé sa chambre au-dessus du magasin, c'est ce que m'a dit son patron, un petit homme au regard rusé. Il a même ajouté avec intention : « Il ne m'a pas payé la semaine. » Il espérait peut-être que j'allais lui rembourser le loyer, et le bleu de travail que Raphaël avait emporté en partant.

Le premier camion est parti, avec sa cargaison d'hommes et de femmes sur la plate-forme. Il est passé sur la route juste devant nous, et Dahlia a eu pour eux un geste inattendu, debout, les bras tendus, les doigts en V, comme s'ils étaient des prisonniers politiques ou quelque chose. Moi je n'ai pas bougé, je n'ai même pas pu tourner la tête pour les regarder. C'est toujours ainsi quand il est trop tard.

Puis est passé un autre camion qui emmenait les hommes avec leurs ballots et leurs valises. Ils étaient jeunes, avec les cheveux longs comme des filles. Leurs bandanas bleus et rouges formaient des pointes soulevées par le vent, à la mode des Indiens Tarahumaras.

Le public regardait ce spectacle exotique, ils n'avaient probablement jamais vu tant d'étrangers à la fois. Dans les camions, les exilés étaient indifférents à leur sort. Lorsque le deuxième camion est passé devant nous, certains d'entre eux ont fait des signes de la main, l'air de dire : à bientôt, nous nous reverrons ! J'ai remarqué que Dahlia ne leur répondait pas. Elle s'était rembrunie. Elle ne faisait pas le V de la victoire pour des gens qui partaient en balade !

Elle m'a entraîné. « Viens, allons-nous-en, il n'y a plus rien à faire ici. » Je voulais rester pour un dernier adieu à Raphaël, ou pour apercevoir Hoatu dans sa longue robe blanche.

Mais les camions étaient partis, les policiers ont refermé le portail, et j'ai compris que c'était terminé. Nous avons marché sur la route vers Ario, en compagnie des badauds. Les bas-côtés étaient vides, les Parachutistes étaient retournés chez eux, en attendant les instructions de Trigo.

Ce soir-là, à l'appartement, Dahlia a bu plus que de raison. Nous étions sur le matelas, dans la salle de séjour, à parler et à fumer. Je sentais sur ma peau la brûlure du soleil, d'être resté debout la moitié du jour à Campos. J'avais de la fièvre, le sang cognait dans mes tempes et dans mes oreilles.

Dahlia parlait toute seule : « Où vont-ils ? Où est-ce qu'ils vont dormir cette nuit ? Ils ont un plan, ils sont malins dans le fond, ce sont des *agringados*, ils trouveront un endroit, ils pourront reprendre leur vie sans problèmes, le monde est à eux, ils sont des citoyens du monde, ils ne sont pas du peuple, ils sont aristocrates, artistes, ils sont du côté de l'argent, ils sont protégés, ils ont toujours une maison et la table garnie, ce sont des aventuriers, moi je suis trop sentimentale, quand j'ai vu les enfants ça m'a donné envie de pleurer… »

Elle avait en effet les yeux pleins de larmes : « … je voulais qu'ils soient des proscrits, des exilés, les enfants palestiniens de Beyrouth, dans les camps, les enfants de Calcutta, de Manille, les enfants de chez moi à San Juan, les enfants des prostituées qui meurent du sida, les enfants de Nogales qui vivent dans les égouts pour passer de l'autre côté, et que les policiers chassent comme des cafards… »

J'aurais voulu la raisonner, lui dire que ce n'était pas aussi simple, d'un côté les bons, de l'autre les bons à rien, que ces gens de Campos avaient fait le rêve d'un monde meilleur, un peu fou, mais que leur rêve n'enlevait rien aux autres, aux gosses des Parachutistes de la lagune d'Orandino, aux petits fossoyeurs de la montagne qui fume à côté de San Pablo. Je lui ai dit seulement : « Dahlia. Dahlia Roig. » Elle m'a regardé, j'ai lu un vide dans ses yeux jaunes. Elle

251

s'est serrée contre moi, son visage mouillé appuyé dans le creux de mon cou.

Il faisait chaud et lourd pour une nuit de Noël, ai-je raisonné. Peut-être que Sirius avait à nouveau capturé l'éclat du soleil et le restituait. La peau de mon visage brûlait, il me semblait que j'étais encore debout à l'entrée de Campos à espérer Hoatu pareille à une princesse au milieu de son peuple arc-en-ciel.

Adieu à l'Emporio

puisque je pars et que je ne sais pas quand je reviendrai, ni même si je reviendrai jamais. Adieu au *naguatlato* Juan Uacus.

Il ne va plus à l'Emporio depuis le complot contre Don Thomas. Je lui ai donc rendu visite chez lui, dans sa maison du lotissement Emiliano Zapata, à la sortie de la ville, au-dessous du cratère du Curutaran. Ce n'est pas loin de la montagne qui fume où les enfants des Parachutistes vont chercher du carton et des plaques de tôle.

La rue principale du lotissement est défoncée comme après une guerre. Entre les flaques de boue séchée, des gamins jouent au cerceau avec une roue de bicyclette sans pneu. Quand j'arrive, ils s'arrêtent bouche bée. Les étrangers ne sont pas foule ici, c'est peut-être le nom de Zapata qui les fait fuir.

Les maisons sont de simples cases de briques de parpaing sans revêtement. Certaines ont des toits de tuiles, mais la plupart sont recouvertes de plaques de fibro-ciment.

Pourtant, ici, l'air est bon, la vue est belle. On domine toute la Vallée, depuis les clochers des églises jusqu'aux champs inondés, et à l'ouest le lac de Camécuaro au milieu des eucalyptus géants. Je ne peux m'empêcher d'imaginer ce qu'Aldaberto Aranzas ferait de cet endroit s'il parvenait à en chasser les occupants.

Juan Uacus m'attend devant la porte. Quand je lui ai téléphoné hier soir, il n'a pas eu l'air étonné. Pourtant, personne ne vient le voir chez lui. Lorsque je suis arrivé à l'Emporio, il s'est d'abord méfié de moi. Il a pensé que j'étais de la même espèce que les autres chercheurs, qu'il n'avait pas grand-chose à espérer. C'est un Indien, très sombre, avec une tête large et des épaules solides. Ce n'est un mystère pour personne qu'il aime trop l'alcool. Je m'en souviens, il était en train de bouquiner dans la bibliothèque de l'Emporio, je me suis présenté en lui tendant la main. Il m'a regardé froidement, il a dit de sa voix enrouée : « *Que paso ?* »

Ensuite il s'est montré plus aimable. Il a compris que je n'étais pas dangereux. Il m'a accepté, nous sommes devenus amis sans doute grâce à l'admiration commune que nous éprouvons pour Don Thomas.

Il est le premier représentant de sa communauté à intégrer une institution universitaire. C'était l'idée de Don Thomas, renouer avec la tradition, reprendre l'œuvre des Franciscains au collège de San Nicolas de Pátzcuaro. Faire entrer un *naguatlato*, un intermédiaire entre les autochtones et la culture dominante. Juan Uacus a été chargé d'entreprendre la rédaction d'une encyclopédie du monde indigène, dans les quatre langues les plus parlées du haut plateau, nahuatl, otomi, purépecha et zapotèque. Évidemment, son alcoolisme n'a pas joué en sa faveur. Quatre ans après le début du projet, l'encyclopédie n'a pas beaucoup avancé. C'est même devenu un sujet de moquerie pour les chercheurs hostiles à Don Thomas. « *Este Indio !* » entend-on dans les couloirs. Ils ne manquent pas de citer les refrains habituels : « *Indios y burros, todos son unos.* » Ou encore : « *No hay Indio que haga tres tareas seguidas*[1]. »

Mais jamais devant l'intéressé. Car, en bons citadins, ils doivent craindre je ne sais quelle vengeance, quelle magie.

L'intérieur de sa maison est peint en vert. Les seuls meubles sont un sofa en bois garni de coussins, une table basse, et dans un coin, un poste de télé. Au fond de la pièce, j'aperçois sa table de travail sur laquelle est posé un ordinateur antédiluvien.

Juan Uacus avait un cubicule à l'Emporio, mais il n'y allait guère. Il préférait travailler chez lui. C'est dans cette pièce qu'il recevait ses informateurs, les Indiens de la meseta et de la région

---

1. « Indiens, ânes, c'est tout un. » « Il n'y a pas un Indien qui fasse trois choses de suite. »

des lacs. Il s'était même lié d'amitié avec un Indien huichol de Bolaños, qu'il hébergeait de temps en temps, et que j'ai vu circuler dans les rues boueuses de San Pablo, vêtu comme un prince avec ses habits brodés et coiffé d'un chapeau orné de plumes d'aigle. Il y a deux ou trois ans, Don Thomas avait même organisé une exposition-vente d'art huichol, et beaucoup des anthropologues toujours prompts à se moquer de Uacus avaient acheté quantité de tableaux, de calebasses ouvragées et de sacs à peyotl pour décorer leurs salons.

Je suis un peu intimidé d'entrer chez Uacus. C'est pauvre, un peu vide, j'imagine que cela peut ressembler à la maison au bord du lac de Tezcoco où Antonio Valeriano et les derniers dignitaires aztèques dictaient leur histoire au scribe de Bernardino de Sahagún.

Dans la pièce principale, je suis accueilli par une jeune femme vêtue à l'occidentale, mais qui porte les cheveux longs à la mode des Indiennes de la montagne. « Martina », dit Juan Uacus. Elle s'assoit sur le sofa, et deux enfants viennent la rejoindre, poussiéreux comme les gosses du quartier, ils se blottissent contre ses jambes. Elle dit leurs noms : « Martinita, Juanito. » Elle est gracieuse et simple.

Sur la table basse, une bouteille de soda et des gobelets en plastique ont été disposés. Juan Uacus me sert, puis Martina et les enfants, mais lui ne boit pas.

Don Thomas et Menendez m'ont prévenu. Pour Uacus, l'alcool, ça n'est pas un plaisir. Certains jours il commence à boire le matin et il ne s'arrête que lorsqu'il tombe inanimé. Alors sa femme et ses enfants le tirent jusqu'à la chambre et le couchent sur le lit. Au réveil, il a tout oublié. Tout le monde pense qu'un jour il s'écroulera par terre et ne se réveillera pas.

« Tu pars ? » Avant même que je lui téléphone, il était au courant. C'est son intérêt silencieux qui m'a donné envie de le saluer. Je ne prendrai congé ni de Menendez ni des autres chercheurs. Je les aime bien (même Menendez malgré ses ridicules) mais je ne crois pas que mon absence affectera en quoi que ce soit leur existence. Ce qui arrive à Don Thomas me remplit d'amertume, et pourtant (le professeur Valois est de mon avis) il me semble que c'est en partant que je pourrai l'aider. Au moins la ligue qui veut sa démission ne pourra plus l'accuser d'être *afrancesado* — vice impardonnable depuis le temps de Charles Quint.

Juan Uacus parle de tout cela avec difficulté. Don Thomas, pour lui, est un père. La trahison qui le menace touche Uacus au cœur. Il doit y voir une sorte de symbole des vilenies dont les peuples indiens ont été les victimes, le dédain et le mépris que le pouvoir central a toujours manifestés à l'égard de tous ceux qui vivent éloignés de la capitale.

« Tiens, lis la dernière pétition qu'ils ont adressée au ministère de l'Éducation. »

Je parcours une feuille où s'étale la vindicte des ennemis de Don Thomas, où je peux deviner les méandres du complot.

« Ils ont organisé une réunion préliminaire, continue Uacus. Ils ont voté à main levée pour demander le remplacement de Don Thomas, pour exiger son départ. Depuis plus d'un mois, les fonds sont bloqués, il n'y a plus un sou dans les caisses. Don Thomas reste toute la journée enfermé dans son bureau, il ne veut voir personne. »

Je jette un coup d'œil sur la liste des signataires. Je lis les noms que j'attendais, mais beaucoup d'autres que je ne soupçonnais pas, comme Don Chivas et Bertha, et Valois, à qui j'ai parlé le matin même. En vérité, à part Menendez, Uacus et moi-même (mais on ne m'a pas interrogé), pratiquement tout le monde a trempé dans le complot. Il est même fait mention, au bas de la liste, d'une « délégation du personnel de l'Emporio », c'est-à-dire le chauffeur Ruben, et Rosa, la secrétaire de Don Thomas.

Uacus a pris la feuille, il s'est mis à lire les passages qu'il a soulignés, d'une voix assourdie et monotone : « En tenant compte des risques considérables que la direction actuelle fait courir à l'entreprise... » Il ricanait : « L'entreprise ! Ils prennent l'Emporio pour un grand magasin ! » Plus loin : « ... le danger évident de rupture que suscite l'orientation pédagogique, dans le choix de ses contractuels… » Il commentait : « Ça c'est pour moi ! — et aussi, singulièrement dans le biais politique de certains conférenciers… Ça c'est pour toi ! »

Dans la rue, devant la maison, les enfants de Uacus jouaient en criant. Il y avait un air de tranquillité villageoise, et d'une certaine façon cela annulait le côté dramatique des règlements de compte à l'Emporio.

J'ai demandé à Uacus : « Qu'est-ce que tu comptes faire ? »

Il a haussé les épaules. « Je ne sais pas. Martina pense que nous devrions rentrer chez nous, à Arantepacua. Elle dit qu'il n'y a pas de place pour nous dans la Vallée. »

Il s'est tourné pour chercher son assentiment, mais la jeune femme nous avait laissés en tête à tête, elle était sur le seuil à regarder ses enfants.

Uacus a montré son bureau, les liasses de papier à côté de l'ordinateur. « C'est dommage, le travail pour l'Encyclopédie avait bien avancé. » Je compatis : « Tous ces siècles, et le monde indigène n'a toujours pas la possibilité de se faire entendre. » J'ai essayé quand même de lui redonner courage : « Rien ne t'empêche de continuer, de réunir tes correspondants dans ton village. » Il a répondu avec humour, mais je sentais sa tristesse, son accablement : « Quatre cents ans, c'est long, cela fait de nous des survivants — peut-être qu'il faudra attendre encore quelques siècles. »

Au-delà des mots, je devine les difficultés insurmontables. La vie à Arantepacua, le froid, l'humidité qui grippe les ordinateurs, la pluie qui fait moisir le papier, les pannes de courant, les obligations quotidiennes.

Je devine une distance dans le regard de Juan Uacus. Pendant des années, grâce à Don Thomas, il a vécu dans l'espoir. Il avait cette ouverture, le cubicule à l'Emporio, les rencontres avec les locuteurs, les discussions, l'élaboration d'une encyclopédie, le renouveau de la culture indienne. L'illusion de faire renaître un passé interrompu, de donner un sens à la vie des jeunes garçons et des jeunes filles, leur rendre une fierté, les sortir de l'ornière et les empêcher d'aller se perdre au nord, dans les banlieues de Los Angeles ou de Seattle.

Je comprends pourquoi j'avais envie de revoir Juan Uacus avant de m'en aller. C'est lui qui est le grand perdant dans la chute de Don Thomas. Les autres chercheurs, les anthropologues, les sociologues, les philologues, les historiens, et même le chauffeur et la secrétaire, ils auront toujours une chance nouvelle, ils rebondiront. Ils sont du bon côté, ils sont préparés. Ils trouveront une autre école, un autre emploi. Juan Uacus, lui, aura perdu quelque chose de vital. La possibilité pour les gens des villages de la montagne de dire qu'ils existent, que leur

260

langue et leur histoire ne sont pas éteintes, et qu'ils ont voix au chapitre dans le livre général de la patrie.

Peut-être que je larmoie trop. Je regarde Uacus, sa femme Martina, leur visage sculpté dans le basalte, ils sont formés de la même lave qui a donné naissance à ce pays. Ils sont éternels. Ils sont déjà retournés dans la haute montagne qui domine Pátzcuaro, dans leur village d'Arantepacua où le brouillard traîne jusqu'à midi dans les ruelles, où l'intérieur des maisons sent bon le cèdre, où la fumée du soir s'exfiltre entre les tuiles de pitchpin. Les filles sont drapées dans leurs châles bleus, les vieux chefs de quartier revêtent leurs capotes de feuilles de maïs qui les font ressembler à des paysans japonais. J'ai pris congé de Juan Uacus et de Martina. Les enfants avaient repris leur jeu de cerceau, ils m'ont à peine regardé.

J'ai descendu la rue principale jusqu'à San Pablo, et j'ai marché un peu sur la route de Periban qui passe devant le dépotoir. C'était un jour de printemps, ciel éclatant, air froid. Il y avait même du givre au sommet des volcans. J'avais derrière moi le croc du cratère du Curutaran, à ma gauche la rampe noire où sont accrochées les maisons des anthropologues. C'était dimanche matin, tout semblait dormir encore. J'imaginais Guillermo Ruiz, le Péruvien, en train de siroter avec sa femme la liqueur de café sous la varangue, en pensant à son étude de la scalaire grecque dans les temples incas. Ses enfants jouaient avec l'âne Caliban, ou bien donnaient à manger aux dindons.

Quand je suis passé au sommet de la côte de San Pablo, j'ai vu la queue des femmes devant l'entrée de la Croix-Rouge, dans l'attente de la distribution hebdomadaire de riz, de farine, de lait en poudre.

À la montagne qui fume, il n'y avait pas grand monde. Surtout des chiens faméliques dont l'estomac est si creux qu'il colle à leur colonne vertébrale. Quand je m'approchais, ils reculaient en découvrant leurs crocs et en grondant.

J'ai cherché en vain Beto, son visage en lame de couteau. Le dimanche, il n'y a pas d'arrivée de bennes, rien à attraper. J'ai vu des femmes sans âge, emmaillotées comme des momies. Elles sondaient le tas d'ordures avec des bâtons munis de clous, dans l'espoir d'attirer un débris oublié, une harde.

Au virage, le magasin du vieux soldat était ouvert. Sur une pile de vieux pneus de camion, il avait peint en lettres maladroites le nom VULCAN, et on pouvait croire qu'il proposait aux rares touristes de passage la visite d'un nouveau cratère, plus récent que le Paricutín, et celui-ci encore en activité.

J'ai marché sur la route de terre le long du canal. Cela faisait des semaines, des mois que je n'étais pas revenu ici. Chez les Parachutistes, le dimanche est un jour comme les autres. Les camions avaient ramassé tôt le matin les femmes et les enfants pour les conduire aux champs de fraisiers. *La Jornada* l'avait annoncé, les nouveaux plants étaient arrivés des États-Unis, envoyés par la Strawberry Lake. Cette année, il y en aurait pour tous les goûts, les allemandes, les chiliennes, les suissesses, les états-uniennes, dont la fameuse Klondike qui était une mine d'or pour les planteurs.

Arrivé à la cahute de Doña Tilla, j'ai constaté que la porte était fermée, ou plutôt qu'elle avait été clouée au chambranle. La fenêtre avait un carreau cassé. J'avais l'impression que des années s'étaient écoulées.

Don Jorge, dans sa boutique, m'a renseigné laconiquement. « La vieille est morte. Il paraît qu'on l'a retrouvée froide sur sa chaise. Les employés du cimetière municipal sont venus la chercher et l'ont mise à la fosse commune. »

Je n'ai pas osé demander des nouvelles de Lili. Tout ce qui la concernait semblait avoir été effacé. La vieille Doña Tilla était une sorcière horrible et méchante, mais ça m'a fait quelque chose de savoir qu'elle était morte toute seule sur sa chaise. J'avais l'impression que maintenant le champ était libre pour tous ceux qui étaient prêts à faire main basse sur la lagune, promoteurs insensibles, avocats véreux commandant leur armée de Parachutistes, recruteurs des Jardins de la Zone et sirdars qui passent chaque matin en camion enlever les cargaisons d'enfants pour les jeter dans les champs de fraisiers.

Je suis retourné dans la Zone. J'ai marché depuis la gare des marchandises le long de la muraille rouge. C'était la fin de l'après-midi. Il faisait chaud. En avril, après les mois de sécheresse, les lacs de boue avaient durci sur la route. De temps en temps un camion passait dans la direction d'Orandino. Puis tout redevenait calme, la poussière retombait. Dans leurs fissures, les lézards étaient à leur poste, la bouche ouverte vers le soleil. C'était l'endroit le plus paisible du monde.

Le portail du jardin Atlas était entrouvert, je suis entré pour jeter un coup d'œil. Je n'ai rien reconnu. À part les tables et les fauteuils en plastique, certains culbutés dans l'herbe, on aurait dit n'importe quel verger abandonné. Les goyaves pourrissaient dans la terre avec une odeur âcre. L'herbe était jaune. Dans leurs pots, les hibiscus et les galants-de-nuit avaient séché.

Je n'ai pas trouvé Don Santiago. À la chute du Terrible, il paraît qu'il a changé de boulot, et qu'il travaille comme gardien de parking, quelque part en ville. Les filles sont parties. Celles qui avaient des protections se sont installées dans un autre quartier, du côté de la gare routière. Les autres ont dû aller ailleurs, à Guadalajara, ou à Mexico. La campagne de *La Jornada* a porté ses fruits, avec son slogan racoleur, digne de l'avoué Trigo : « Nettoyer les écuries d'Augias ! » Il est vrai qu'elle coïncidait avec le lancement des élections du nouveau gouverneur, pour lesquelles Aldaberto Aranzas est candidat.

Au fond du jardin, près du lavoir, j'ai aperçu une ombre furtive. Une femme âgée, vêtue de noir, qui se cachait à moitié derrière une colonne. J'ai crié : « Vous savez où elle est ? » J'ai fait quelques pas dans le jardin, en répétant : « Vous savez ? »

La vieille s'est recroquevillée sans répondre. Puis elle a poussé un cri en retour, un cri de muette, ou de simple d'esprit, une seule syllabe aiguë : « Aééé ! »

Je suis retourné sur la route de terre, à la recherche de visages connus. Je voyais des silhouettes, des femmes voilées, des enfants. Des groupes d'hommes attendaient devant la porte des débits d'alcool. La cabane de Don Jorge était fermée. Pour lutter contre l'invasion des Parachutistes, les riverains des Huertas ont fait boucher la brèche du mur et démolir tous les ponts.

J'ai cherché en vain la trace d'Adam et Ève. Peut-être qu'ils sont repartis vers les Hauts du Jalisco. Ils étaient de partout, de nulle part. J'ai imaginé leurs silhouettes comiques dans les marchés, la fillette en train de psalmodier sa prière, « Pour l'amour de Dieu », de chaparder des fruits sur les étals, de ramasser le pain rassis sur les tables des restaurants.

À l'Emporio, la tempête est passée. Il n'y a pas eu d'épuration, sauf le départ de Juan Uacus. Les anthropologues ont élu en collège restreint un comité exécutif où ils sont majoritaires. C'est l'Équatorien Leon Saramago qui a été nommé directeur. Comme les statuts excluaient un étranger, il a opté pour la naturalisation. Garci Lazaro est reparti pour l'Espagne, et Ariana Luz est toujours aussi seule. Au fond, rien n'a vraiment changé.

Don Thomas a échangé son titre de directeur contre celui de président permanent. Avec un sens aigu de la contingence, héritage de la sagesse de ses ancêtres ruraux, il a accepté le diktat du ministère de l'Éducation, puisque cela garantissait la survie de l'Emporio. Menendez a survécu lui aussi. Il a simplement troqué son département des sciences humaines pour celui des études folkloriques — une unité de recherche nouvelle où il mettra ce qu'il voudra, probablement la philosophie orientale. Il paraît qu'il a fait don de sa tour hexagonale, afin d'y loger les philosophes errants.

J'ai passé une heure dans le bureau de Thomas Moises. Quand il a su que je partais pour de bon, une ombre de regret est passée sur son visage, à moins que je n'aie imaginé cela. Très vite il a recouvré son sens de l'humour :

« Le Mexique est la terre rêvée des géographes, a-t-il commenté quand je lui ai annoncé mon intention de prendre le car pour la frontière de Juárez. Vous suivez la trace de Lumholtz. » Il en a profité pour parler de la Grande Chichimèque, de Santa Barbara qui valait bien le Potosí. Du mystère du Mapimi, la zone du silence où s'interrompent toutes les communications radio. J'ai omis de lui dire que le seul mystère qui m'importait, c'était la disparition de Lili. La seule zone du silence, c'était celle qu'elle avait laissée ici, dans la Vallée, le silence de sa vie volée, de la violence subie, de l'inconnu qui la happait de l'autre côté de la frontière. Don Thomas est un grand pragmatique, il n'aurait pas approuvé mes chimères.

Dahlia m'a emmené faire un tour au marché. C'était comme au lendemain de notre arrivée dans la Vallée, quand nous ne connaissions rien encore. Vers deux heures de l'après-midi, le soleil brûle la toile des tentes. Nous avons marché main dans la main. Tout était identique. Il doit y avoir une manière d'éternité dans les marchés en plein air. Pourtant j'avais l'impression que les odeurs n'avaient pas le même goût, la réalité la même tessiture. Les jaunes, les verts profonds des feuilles de *quelite*, la terre accrochée aux racines, l'eau croupie dans les caniveaux, même les vols des fausses guêpes autour des fruits mûrs, tout cela me semblait plus aigre, plus aigu. La vérité, c'est que nous avions changé nous-mêmes, notre peau, notre regard. Nous étions peu à peu devenus étrangers, et cette Vallée nous chassait en resserrant sa trame. Le doux, le tendre, l'amoureux devenaient rêches, pareils à la poignée d'herbe sèche que Hoatu avait montrée à Raphaël pour lui parler de la jalousie. Dahlia et moi, nous avions laissé nos sentiments se ternir, se faner, l'amour s'était changé à notre insu en fourrage à matelas.

Nous avons parcouru plusieurs fois le dédale des allées, du marché couvert des légumes & viandes, jusqu'aux ruelles cachées où les gens âgés exposent leur maigre butin, robinets et crépines bloqués par le tartre, tas de vis et d'écrous dépareillés, outils sans manche ou manches sans fers. Nous sommes allés jusqu'à la gare routière, là où nous avions acheté aux Indiens de Capacuaro nos chaises basses et notre vaisselier décoré de fleurs. C'était une façon de faire l'inventaire de notre faillite.

Cela faisait mal, et du bien aussi, une douleur longue qui allait avec le départ. Cela complétait la trahison des anthropologues et la solitude de Don Thomas, la chute de l'Emporio, et l'expulsion des habitants de Campos.

Dahlia s'en allait, elle aussi. Elle avait donné les meubles et les ustensiles de cuisine aux gens du voisinage. Dans deux jours, elle serait à Mexico, dans trois à San Juan. Elle partait seule. Fabio restait avec son père, la loi n'avait pas même accordé un droit de visite, au prétexte qu'elle était ivrognesse et psychiquement instable. Elle m'a dit, avec une déraison dans le regard : « Tu vois, Daniel, il a tout prévu. Mais il ne sait pas que j'ai un plan. Quand je serai à San Juan, je vais faire ce que j'ai dit, tu te souviens, je vais m'engager dans une organisation caritative, à Loíza, je vais ouvrir un refuge pour les femmes sidéennes, pour leurs enfants contaminés. Alors les juges ne pourront pas m'empêcher de reprendre Fabio, ils comprendront qui je suis vraiment, et Fabio sera fier de moi. »

À la gare, j'ai reconnu le vieux cul-de-jatte sur son traîneau, un fer à repasser dans chaque main. Je lui ai donné quelques pièces et il m'a fait en retour un horrible clin d'œil.

Les autocars pour tous les coins de la terre étaient alignés sous l'auvent de la gare, ils faisaient ronfler leurs moteurs en avançant par petits à-coups sur leurs freins, pareils à des chevaux piaffant que leurs jockeys retiennent à grand-peine.

Ça criait de tous les côtés les destinations : *Lo'Reye, lo'Reye ! Pataaamba ! Morelia ! Guadalajara, La Barca ! Carapa, Paracho, Uruapan ! Mééé-chico via corta ! A Páaatz-cuaro, a Páaatz-cuaro ! La frontera ! La frontera !* Des gens arrivaient toujours à la dernière minute. J'ai réalisé que par ces mêmes cars les habitants de Campos avaient fui vers le sud, après avoir entassé sur les toits leurs ballots et leurs provisions de vivres.

J'ai donné mon sac à dos au type accroché au marche-pied, j'ai présenté au contrôleur mon ticket pour la frontière nord, *via* Aguascalientes, Zacatecas, Torreón, Chihuahua. Quand je me suis retourné, Dahlia avait disparu dans la foule de la gare. Elle m'a toujours dit : « Une chose dont j'ai horreur, c'est les adieux. » J'ai quand même essayé d'apercevoir sa silhouette, à travers la glace verte, et le chauffeur a fait grincer le levier des vitesses. Voilà. C'est fini. J'ai quitté la Vallée.

Sur les routes

ils sont le peuple arc-en-ciel. Ils roulent vers le sud, dans leurs camions, leurs autocars. Chaque jour, à l'aube, ils repartent. Ils voyagent par petits groupes, pour ne pas attirer l'attention de la police. Ils voyagent par des itinéraires différents.

Les premiers, avec à leur tête Hoatu, et Hannah, la mère des jumelles, ont pris la voie courte, par la route défoncée de La Piedad, puis l'autoroute par Salamanca, Querétaro, ils ont couché le soir même à Mexico. Les autres, Sheliak, Marhoata, et Véga qui ne trouvera son berger Altaïr que dans un songe d'une nuit d'été, ont voyagé dans les cars de deuxième classe, par Zacapú, Morelia, et le lendemain à travers la montagne, par Zitácuaro, Toluca. Les derniers partis, avec Oodham, Yazzie et Mara, vont dans le camion qui transporte le matériel et les provisions, ils sont descendus par les Terres chaudes, Nueva Italia, Playa Azul, vers Acapulco, Pinotepa Nacional, jusqu'à Tehuantepec et ils s'arrêteront à la baie de la Ventosa.

Ils sont séparés. Ils ne savent rien les uns des autres. Ils ignorent où ils se retrouveront.

Avant le départ, le Conseiller a vidé tous les comptes qu'il avait ouverts dans les banques de la Vallée : Banamex, Bancomer, Bancorural, Bancafresa, Banca Serfin et Banco Chonguero. Campos ne vivait pas seulement de la fabrique de fromages et de la contemplation des étoiles. Anthony Martin, le Conseiller, savait ce qu'il faisait. Les années passées à travailler pour un agent d'assurances en Oklahoma l'avaient préparé. Il a placé les économies des habitants de Campos dans des comptes à quatre cents pour cent, qui compensaient largement l'inflation. Pour qu'il n'y ait pas d'ambiguïté ni de tentation, il avait inscrit tous les comptes sous un triple nom, le sien et ceux de deux membres, la clef ne pouvait ouvrir la caisse qu'avec le consentement des trois signataires.

Quand il a déchiffré les signes qui annonçaient la chute, le Conseiller a fait la tournée des banques pour transformer l'argent en dollars. Muni de son passeport gringo et de l'autorisation écrite de la *Secretaria de Relaciones exteriores* (Campos a été enregistré dès le début comme « ferme expérimentale »), le Conseiller a contourné tous les obstacles. Il s'est occupé des passeports, des visas, sauf pour Efrain qui voyage sans papiers.

La conversion en dollars était un détail. Les planteurs ont créé un pactole en dollars qui irrigue toute la Vallée. Chaque vendredi, avant midi, il faut les voir faire la queue devant les bureaux de change des banques, vêtus de leurs *guayaberas* roses et coiffés de leurs chapeaux à pompons, flanqués de leurs femmes et de leurs enfants. Puis remplir leurs cartables de la précieuse manne verte qu'ils iront pendant le weekend échanger à Miami contre des habits chic, des gadgets électroniques coûteux ou des implants dentaires. Toutes activités qui font naître assurément un sourire de dédain sur le visage des héritiers des haciendas.

Le Conseiller a réparti la petite fortune de Campos en parts. En fin connaisseur de l'âme humaine, il a distribué les parts les plus importantes aux femmes, parce qu'il sait qu'elles n'iront pas tout dépenser en quelques jours. Le seul qui n'ait eu droit à rien, c'est Efrain, celui que le Conseiller appelle *The Estranged One*, l'Égaré. Il ne croit pas à sa sincérité. Adhara a reçu en revanche une double part, une pour elle et une pour l'enfant qui grandit dans son ventre. Jadi sait qu'Efrain est le père, et qu'il ne s'occupera pas de l'enfant. Marikua et Sangor ont eu leur part, même s'ils restent dans la région. Marikua n'a pas de passeport, elle va retourner dans son village de montagne pour y créer une coopérative féminine d'élevage de champignons de Paris. Sangor a décidé de l'accompagner, il reprendra sans doute ses activités paramédicales dans un dispensaire. Ils ont décidé de se marier, après toutes ces années.

C'est ainsi que tout a commencé. Car, selon ce qu'a dit le Conseiller, cette date ne marque pas la fin du peuple arc-en-ciel, mais le début d'une nouvelle vie. La méchanceté, la cupidité et la bêtise les chassent de Campos, mais leur donnent la chance de trouver un autre domaine. C'est ce qu'il leur a dit, la veille du départ, en donnant à chacun ses dollars et le morceau du ciel qui lui revient. De son père français, le Conseiller avait hérité le sens de la mise en scène. Et de sa mère choctaw, il possédait l'humour impassible, la petite étincelle qui s'allume dans ses iris noirs.

Il a regardé le peuple de Campos s'échapper par vagues, à la manière des étourneaux.

Raphaël est resté avec Jadi. Il n'a pas suivi Oodham ni Hoatu. Christian et lui ont regroupé le bétail pour le vendre aux fermiers d'Ario. Il a distribué ce qui ne se vendait pas, les poules et les dindons, la récolte de mangues créoles, les cannes mûres, les épis de maïs. Ils ont procédé à cette distribution au nez et à la barbe de Trigo, qui affirmait que le domaine devait être restitué « dans l'état », c'est-à-dire avec tout ce qu'il contenait. Le notaire a quand même réussi à faire enlever par ses sbires quelques meubles, dont la petite chaise en bois sur laquelle Marikua s'asseyait le soir pour faire de la broderie.

Le soir même du départ, les Parachutistes et leurs enfants sont entrés dans Campos, pour piller ce qui restait. Ils se sont installés dans les « Maisons du ciel ». Jadi, Christian et Raphaël se sont réfugiés dans la tour d'observation.

Raphaël était hors de lui, mais le vieil homme ne paraissait ressentir aucune amertume. « Nous partons et eux arrivent, c'est ainsi que cela doit se passer. »

Croyait-il vraiment que Don Aldaberto Aranzas avait monté cette opération avec l'appui de *La Jornada* et des notables pour héberger des pouilleux ? Raphaël a haussé les épaules. Il lui tardait que la nuit se termine pour monter dans le premier car pour le Sud. Il a fini par se coucher par terre, la tête sur son sac, enveloppé dans son blouson pour ne pas sentir le froid, et Jadi a veillé sur son sommeil, comme la première nuit, quand il avait débarqué à Campos avec son père.

Ils se sont retrouvés à Palenque.

C'est Efrain Corvo qui a donné le signal. Il est parvenu à faire passer le message aux voyageurs. Il laissait des mots dans les hôtels autour de la gare routière, le long de la route, à Veracruz, à Coatzacoalcos, à Villahermosa… Raphaël et Jadi ont retrouvé Hoatu et son groupe à Ciudad del Carmen. Hoatu était pâle et fatiguée. Elle avait pris froid sur le bac, par une rivière houleuse, sous le vent salé d'embruns. Très vite son rhume s'est transformé en pneumonie, elle disait qu'elle n'irait pas plus loin. Raphaël et Christian ont dû la porter jusqu'à la route, ils ont arrêté une voiture qui les a conduits jusqu'à Champotón, puis ils ont continué en car jusqu'à Campeche.

Ils se sont installés dans un hôtel minable, une grande chambre en demi-sous-sol, séparée du bar par un simple panneau de contreplaqué. Hoatu partageait la pièce avec Adhara et son gros ventre, les deux filleules de Jadi, Yazzie et Mara. Pour gagner un peu d'argent, Christian et Raphaël ont travaillé pendant la fin de la semaine au bar. Un médecin est venu ausculter Hoatu, et lui a vendu des capsules d'antibiotiques. Le dimanche soir, ils ont reçu un premier message, par un chauffeur routier qui s'est arrêté au bar : Votre ami brésilien vous attend à Palenque. L'homme regardait Hoatu d'un drôle d'air, cette belle fille enveloppée dans son châle, les cheveux emmêlés, les yeux brillants de fièvre. Christian avait peur qu'il ne parle à la police, et le lendemain soir toute la bande a pris le train pour revenir en arrière vers Palenque. À l'aube, ils sont descendus en rase campagne, et ils ont marché sur la route vers le village, Hoatu vacillante, les mains appuyées sur sa poitrine. Le soleil s'est levé, il s'est mis à faire une chaleur étouffante. Un peu avant d'arriver au village, ils se sont arrêtés à l'ombre d'un grand arbre pour que Hoatu se repose. Elle transpirait beaucoup. Elle refusait de passer une autre nuit dans un hôtel aussi minable que celui où ils avaient séjourné à Campeche. Elle disait qu'elle se sentait mieux. Elle voulait rejoindre le groupe près des ruines, dormir dehors. Elle a envoyé Christian aux nouvelles. Raphaël et Jadi sont restés avec les filles. Hoatu était allongée par terre, la tête contre un sac, au pied de l'arbre.

Vers la fin de l'après-midi, Christian est revenu. Il apportait des sodas, des *empanadas*, quelques mangues jaunes. Il avait retrouvé les voyageurs. Efrain Corvo avait négocié avec un fermier le droit de passer quelques nuits dans sa grange. On pouvait acheter des œufs, du lait, des biscuits dans les boutiques du village. Il y avait même un puits d'eau fraîche à côté de la grange.

Le soleil était près de l'horizon quand la petite troupe s'est remise en marche. À un moment, en s'éloignant du village, ils ont vu au-dessus des grands arbres vert sombre émerger les sommets des temples encore éclairés par le crépuscule, couleur de rose. Il y avait une haute tour en ruine, et Raphaël a pensé que ça ressemblait à Campos. Hoatu ne regardait rien. Elle marchait penchée en avant, les lèvres serrées, elle luttait contre l'épaisseur de l'air.

La grange et le champ fourmillaient de monde. À la troupe de Campos s'étaient joints des garçons et des filles habillés de façon étrange, avec des chemises de *peón* sans col, et des caleçons blancs, et chaussés de sandales à une seule lanière incrustée de perles de verre qui couvrait le bout des orteils. C'étaient des gens qu'Efrain avait ramassés, en route vers le sud. Pour le folklore, ils avaient accroché à la porte de la grange, en guise de drapeau, un grand *zarape* arc-en-ciel.

Jadi n'était pas content. Il a fait de la place dans la grange, il a décroché le *zarape* et il l'a étalé sur la terre, pour que Hoatu puisse se reposer. Mais il n'a fait aucun reproche.

La nuit, ils ont parlé de l'île où ils s'arrêteraient. Elle s'appelle l'île de la Demi-Lune, au large des côtes du Belize. C'est l'endroit que le Conseiller a choisi.

Oodham et Raphaël ont construit un feu à l'entrée de la grange, avec des brindilles ramassées au pied des arbres. Après le coucher du soleil, le froid de la nuit semblait sortir de la terre. Les insectes volaient dans tous les sens, se brûlaient aux flammes. Des papillons de nuit, et même des cafards géants et très rouges qui se prenaient aux cheveux des filles à la grande hilarité des garçons.

Sur le feu, Raphaël et Oodham ont fait cuire le dernier *kamata nurhité*, avec les feuilles séchées qui restaient, et la poudre de maïs. Mais le goût n'y était plus. En quittant leur pays, les

278

feuilles avaient perdu leur pouvoir. L'humidité de la côte les avait fait moisir. Les garçons ont accompagné Efrain au village et ils sont revenus avec des litres de Coca et du pain Bimbo.

Sheliak parlait de l'île : « Là-bas, la mer est douce et claire, comme l'eau d'une rivière. Les poissons sont si nombreux qu'il suffit d'allumer un feu sur la plage et ils se précipitent hors de l'eau. » Sheliak aime raconter des histoires, les enfants étaient assis autour d'elle. Certains ne connaissent pas la mer, ils croient que c'est une étendue d'eau pareille au lac de Camécuaro où ils allaient se baigner au mois de mai.

Puis Sheliak a chanté en s'accompagnant de sa guitare, les chansons que Marikua lui a apprises, d'une voix suraiguë sur un rythme à treize temps, *Clavelito*, un air de la *meseta* tarasque, du pays des volcans et des pins oyamel, tout ce qui lui restait de la vie à Campos. Mais c'était aussi une chanson pour la route à parcourir, pour aller de l'avant, vers le sud, jusqu'à la terre nouvelle où ils pourraient tout recommencer.

Allongé par terre, les yeux tournés vers les flammes, Raphaël pouvait voir l'île, les bancs de sable, les vagues qui venaient mourir sur la plage, le frôlement des palmes. Seules interruptions à la musique de guitare, de temps en temps un insecte aveugle frappait les visages, un lourd cafard aérien traversait l'obscurité, ou bien quelque part dans les hautes herbes on entendait le crissement inquiétant d'un serpent. Et les chiens qui aboyaient.

Les journées étaient longues et vides. C'était du temps gagné pour Hoatu, des journées de repos avant de repartir. Chaque matin, Yazzie et Mara et les mères accompagnaient les enfants jusqu'aux ruines. Les enfants jouaient sur une vaste pelouse au pied des pyramides, ou bien ils regardaient les touristes qui partaient par groupes à l'assaut des temples. Ils devaient former un spectacle inattendu, parce que certains des touristes prenaient en photo ces gosses hirsutes, brunis par le soleil, en train de faire des culbutes et des courses dans un des sites les plus prestigieux du monde.

Raphaël, Oodham et quelques autres garçons ont accompagné Efrain dans sa cueillette des champignons. Ils pensaient que le Brésilien parlait de champignons du genre de ceux que Marikua faisait pousser à Campos. Ce que cherchait Efrain n'avait rien de commun : c'étaient des sortes de filaments blanchâtres, terminés par une coupole bleue, qui poussaient sur les bouses de vache, au milieu des champs. Efrain les dégageait de la bouse précautionneusement avec une brindille. Il disait pour rire : « *Ouro, puro Ouro !* »

Le soir, Efrain a fait cuire les champignons dans une poêle avec des œufs. Chacun des garçons a mangé un peu d'omelette, et c'est alors qu'ils ont compris. Un accès de fièvre d'abord, des frissons, et leurs sens tout à coup aiguisés. Raphaël a vu un géant, vêtu d'un grand pagne, le corps peint du même bleu que la coupole des champignons, le crâne extraordinairement allongé en arrière, ses yeux étirés et ses dents pointues appuyées sur sa lèvre inférieure. Oodham geignait, étendu par terre en chien de fusil, la bouche pleine d'écume comme s'il était victime d'un empoisonnement. Les autres garçons ne valaient pas mieux. Seul Efrain exultait. Ses visions à lui devaient être plus douces, parce qu'il était allongé dans l'herbe, les bras en croix, en proie à une érection monumentale. Des nuages passaient doucement sur son corps, un glissement caressant à l'échelle cosmique. Plus tard, il est revenu à lui, et il s'est vanté : « J'ai connu le ciel comme jamais votre gourou, j'ai fait l'amour toute la nuit avec le ciel. »

Raphaël et les autres garçons ont été malades, et au petit matin ils ont vomi ce qui restait de l'omelette derrière la grange.

Quand il a su ce qui s'était passé, Jadi est devenu furieux. Il est allé voir Efrain : « Tu dois t'en aller. Tu n'es pas digne d'être avec nous. » Il a insisté, avec une solennité inhabituelle : « Tu n'es pas digne. »

Le Brésilien n'a pas discuté. Il a dit, dans son sabir à moitié portugais, mais peut-être qu'il croyait parler elmen : « *A caballosh ! A pié o a caballosh !* »

C'était un moment de flottement. Tout le monde n'était pas d'accord. Oodham et la plupart des jeunes garçons ne comprenaient pas la raison de cette rupture. Pour eux, Efrain était l'homme fort, son passé aventureux lui donnait une autorité. Il les rassurait. Tout cela pour une omelette aux champignons !

Après cet incident, le Conseiller s'est isolé. La journée a été morose, le vieil homme faisant camp à part sous un arbre, loin de la grange. Raphaël avait honte de s'être laissé entraîner. Il a admis qu'Efrain avait trahi sa confiance, qu'il ne pouvait plus faire partie du groupe. C'est Hoatu qui était devenue l'emblème du peuple arc-en-ciel. Sa jeunesse, sa beauté, la force de son amour. Elle était libre, même Christian n'avait aucun droit sur elle. Dès qu'elle aurait repris ses forces, c'est elle qui les guiderait jusqu'au terme de leur voyage.

Ils s'en sont allés, pareils à un vol de papillons blancs. Comme s'ils étaient invulnérables, indestructibles. C'était Hoatu qui leur donnait cette certitude. Le vieil homme les accompagnait, parfois il restait plusieurs jours sans prononcer une parole. Il s'asseyait sur un mur, il ressemblait à un mendiant. Personne ne le voyait.

Raphaël essayait de lui parler, il voulait l'aider. Mais lui ne répondait pas, ou à demi-mot. Une fois, il s'est emporté. Il a parlé durement à Raphaël : « Je vais avec vous, mais

ensuite je retournerai chez moi pour mourir. »
Voyant qu'il n'avait pas renoncé à son projet,
Raphaël en ressentit de la tristesse. « Comment
pouvons-nous trouver ce nouveau royaume si tu
ne nous aides pas ? » Jadi est resté silencieux,
puis il a dit : « C'est votre rôle maintenant. » Il
s'est tourné, en s'enveloppant dans son châle,
pour cesser toute discussion.

Le train de nuit les a emmenés vers l'est. À
Mérida, ils se sont divisés en petits groupes,
comme des familles, pour loger dans les hôtels
du centre. Raphaël, Oodham, Yazzie, Mara et
d'autres jeunes, à l'hôtel Catedral, sur la place.
Jadi, Hoatu, Christian, Sheliak, la mère des
jumeaux et les autres enfants, dans un hôtel de
la rue Numéro 17. Efrain et son groupe, avec
Adhara, à l'hôtel Mediz Bolio, près du jardin
municipal. C'étaient plutôt des dortoirs que des
chambres, avec des anneaux aux murs pour
accrocher les hamacs. Mais les salles de douche
étaient propres, et l'eau très chaude.

Le soir, Raphaël a emmené Oodham et les
jeunes faire un tour sur la place. Pour quelques-
uns, c'était la première fois qu'ils se trouvaient
dans une grande ville. Ils regardaient avec étonnement les magasins éclairés au néon, les jardins de magnolias géants, les grandes avenues
plantées de flamboyants. L'air était très doux, la
foule circulait avec nonchalance. Cela ne ressemblait en rien à la violence de la Vallée, à ses

cohortes de monstres sonores. Les orchestres de marimbas jouaient dans les rues, des filles flânaient en robes brodées, tandis que des étrangères déambulaient en shorts et T-shirts, avec des cheveux très blonds et les épaules rougies par les coups de soleil. Raphaël et Oodham pouvaient oublier les péripéties du voyage, l'inquiétude de l'avenir.

Comme ils discutaient en elmen, une des filles étrangères leur a demandé : « Quelle sorte de langue vous parlez ? Vous êtes canadiens ? » Raphaël a dit oui, comme si cela expliquait tout. Une langue d'un coin perdu du Québec, du côté du lac Saint-Jean.

Les filles les regardaient d'un air méfiant. Ils s'étaient douchés et shampouinés, et Raphaël s'était frotté au bâton déodorant, mais ils avaient encore l'air d'avoir passé des nuits sous les arbres, les habits poussiéreux et les joues salies de barbe.

Elles ont accepté quand même d'aller boire un jus d'orange à un poste sur la place, avec les garçons. Elles s'appelaient Rosie, Britney, quelque chose de ce genre. Elles étaient étudiantes à Minneapolis, elles faisaient le tour du Yucatán sur le pouce, pour le *spring break*. C'était exotique.

Raphaël se disait qu'ils pourraient facilement les emmener dans une chambre, faire l'amour et les oublier, comme avec les filles de Manzanillo et de Colima. En même temps, il ressentait une douleur, un vide au centre du corps. C'était à cause de ce qui s'était passé à Palenque, de la rupture et du silence du vieil homme.

Les filles les ont accompagnés à l'hôtel Catedral, elles ont jeté un coup d'œil à la chambre dortoir où tous les hamacs étaient suspendus. Ça les a fait rire, Rosie a commenté : « On dirait un nid de chauves-souris ! »

À l'hôtel Mediz Bolio, ils ont retrouvé Efrain et les dissidents du groupe. Leur hôtel était plutôt moderne, des cubes de ciment construits autour d'un patio. Pour échapper au ronflement des climatiseurs, les jeunes gens s'étaient installés dehors, sur des chaises en plastique. Au fond du patio, dans une cage crasseuse, une sorte de paon sauvage marchait de long en large en poussant des cris rauques. L'air était chargé d'une odeur douce, un peu sucrée, mélange de datura et de marie-jeanne.

Efrain les a accueillis avec une chaleur un peu excessive. Il faisait circuler un joint, et Rosie et Britney ont pris une bouffée. « Alors comment va le vieux ? »

Efrain savait que Raphaël aimait Jadi, il ne voulait pas en dire du mal. Il pensait que tout ça était un malentendu, qu'il fallait se retrouver. Il a dit dans son sabir : « *Todosh unidosh !* » Il montrait ses mains liées par les doigts.

Au groupe d'Efrain s'étaient joints quelques-uns des jeunes que Raphaël avait vus à Palenque, des hippies en bermudas, des filles pâles vêtues

285

de noir, les sourcils et les narines percés d'anneaux chromés. Des Nord-Américains, des Canadiens. Un Français aussi. Ils parlaient entre eux avec des voix très douces, ils ne disaient presque rien.

Efrain a expliqué qu'ils connaissaient l'île où le vieux voulait aller. Au large de Belize, sur la grande barrière. Les pêcheurs pouvaient les emmener avec leurs bateaux.

Efrain avait tout prévu. C'était lui qui voulait reprendre la main. Il ne l'a pas dit, mais il pensait que Jadi n'était plus le Conseiller, qu'il était devenu un vieux fou. Efrain prendrait sa place à la tête du peuple arc-en-ciel. Il serait le roi.

Ils vont vers le sud, toujours, sur la route qui longe la mer, vers Tulum. La route est blanche, elle tranche la forêt d'arbres rabougris, elle est encombrée de camions, de cars, de Volkswagen rouillées, de taxis *peseros*, d'autobus de tourisme qui portent des noms surréalistes, Parrot Tours, Mayalandia, El Indio Caribe, Old Pirates, Flamingo !

Dans les habitacles aux vitres couleur de lunettes de soleil, où souffle le vent froid des climatiseurs, les voyageurs se déplacent à cent vingt à l'heure. Ils occupent deux cars, dont Efrain a réservé toutes les places. Hoatu et Christian sont assis à l'avant du premier véhicule, Raphaël et Oodham à l'arrière, contre le moteur. Jadi est quelque part au centre, une silhouette grise au milieu de tous ces jeunes. Les enfants courent dans l'allée centrale, malgré les injonctions du chauffeur. Ou bien ils s'endorment pelotonnés les uns contre les autres, en suçant leur pouce.

À Felipe Carrillo Puerto, les cars se sont arrêtés un instant sur la place, contre la bouteille géante de Pepsi. Les chauffeurs mangent leurs tacos, boivent leurs sodas. Les voyageurs se sont assis par terre sur la place, à l'ombre des acacias rachitiques. Les enfants grignotent du pain Bimbo, se succèdent dans les toilettes publiques. À côté de la place, il y a une grande église en pisé, sans clocher, au toit en demi-cylindre qui ressemble à un abri anti-atomique. C'est le Balam Na, la forteresse construite autrefois par les insurgés Mayas Cruzoob. Raphaël est entré pour regarder l'intérieur. Le bâtiment est vide, sauf trois grandes croix en bois peintes en noir, dont l'une vêtue d'une robe de femme. Cela donne une impression de solitude et d'indifférence. Comme une forteresse au milieu du désert.

Jadi est fatigué. Il a pâli, c'est-à-dire que son visage de vieil Indien est devenu gris. Depuis le commencement du voyage, il souffre d'une douleur au côté, quelque chose qui serre son cœur et ses poumons. Il s'est assis dans l'herbe, le dos appuyé à un arbre, et Hoatu est à côté de lui. Ses habits sont usés, ses cheveux sont devenus ternes, sa barbe a poussé. Il a dit le matin même, avant le départ : « Je ne verrai pas la fin du voyage. » Il refuse le soda tiède que lui tend Raphaël. Hoatu lui lave le visage avec un mouchoir imprégné d'eau.

Ils ont tous changé. Ils ne ressemblent plus au peuple arc-en-ciel. Ils sont devenus une bande hétéroclite de vagabonds, hommes mal rasés, femmes aux cheveux emmêlés, aux yeux noircis par les mauvaises nuits. Seuls les enfants sont jolis. Ils sont insouciants. Ils sont hâlés par le soleil, les cheveux décolorés, les yeux rieurs. Ils font des culbutes dans le jardin, ils bavardent dans leur langage volubile où s'entrechoquent deux ou trois langues.

Hoatu aussi est belle. Ses habits sont tachés, son châle bleu est gris de poussière, mais son visage est lumineux, sa chevelure semble une soie noire, son rire est toujours aussi libre. C'est elle qui aide Adhara, elle caresse son ventre, masse ses reins.

La route du Sud est violente, elle est défoncée par endroits. Elle s'étire à travers la forêt. C'est une tranchée blanche où roulent des camions chargés de troncs ou de pierres. Sur les talus, les cadavres de chiens font des taches noires. Dans le ciel, à la verticale de la route, les vautours tournent en rond.

Raphaël pense que, sans Hoatu, ils auraient abandonné. Ils se seraient arrêtés quelque part, sur une plage, ils auraient attendu jusqu'à oublier. Ou bien ils auraient rejoint la bande d'Efrain, ils seraient devenus ses sujets, ivres, embrumés de marie-jeanne.

Ils sont entrés dans Chetumal à la nuit. L'air était chaud, humide, bruissant d'insectes. Hoatu et Christian ont loué les chambres, dans deux hôtels à côté de la gare routière. Un quartier bruyant, une grande avenue occupée par des magasins hors-taxe. Des vitrines remplies de montres, de chemises, de cravates, de sacs à main, tous faux. La musique des bars et des voitures créait un roulement continu. Les jeunes gens étaient trop fatigués pour marcher, pour regarder la foule. Ils se sont couchés dans leurs hamacs, ou par terre. Raphaël est allé dans l'unique salle de bains, pour se doucher, mais quand il a tourné le robinet d'eau froide, ce sont des cafards qui ont jailli du tuyau.

Dans la nuit, Jadi a eu un malaise. Il est devenu froid. C'est Adhara qui s'en est aperçue, elle a appelé au secours. Hoatu s'est couchée contre le vieil homme pour le réchauffer. Puis le jour s'est levé, et la question s'est posée de savoir si on continuait le voyage. Jadi s'est mis debout, en titubant, il a dit qu'il se sentait mieux, qu'il n'y avait pas de temps à perdre. Alors la troupe est remontée dans les cars pour rejoindre la frontière.

Sur la route, quelques kilomètres après Santa Elena, Jadi a vu un panneau qui indiquait le village de Consejo, il a fait cette observation qui montre qu'il a gardé son sens de l'humour, il a dit que c'était une façon de leur montrer qu'ils allaient dans la bonne direction. Le soir même, la troupe s'est installée dans un vieil hôtel au centre de Belize, dans l'ancien quartier des esclaves.

La ville de Belize est devenue le terrain de jeu des enfants. Toute la journée ils courent dans les rues, du port au canal, et par le pont tournant jusqu'au Fort George.

Pour les adultes, la ville est bondée et étouffante, mais pour les jeunes c'est incroyablement drôle. Ruelles en pente vers la mer, placettes, maisons à balcons et rues à arcades, où se presse une foule bruyante, colorée : Antillais venus de la Jamaïque, ou d'Haïti, métis coiffés de panamas, filles en minijupes et dames opulentes, Mayas de la forêt sortis d'un bas-relief, Anglais roses qui sirotent leur gin aux terrasses des hôtels, qui disent à haute voix : « *I say, this is a tough country !* » Et les langages, l'anglais, l'espagnol, le maya, et cette langue créole qui résonne comme une musique, le *bogo bogo* venu d'Afrique, et quand il l'entend Raphaël a cette réflexion naïve : « Ils parlent elmen comme nous ! » Pas exactement, mais il lui semble qu'ils sont enfin arrivés dans un pays où tout se mélange, où tout est inventé.

Jadi ne bouge plus. Il passe sa journée dans la cour intérieure de l'hôtel, assis dans un grand fauteuil en bois noir. Depuis son accident cérébral, il ne marche plus. Il reste immobile, les mains posées bien à plat sur les accoudoirs du fauteuil, la nuque appuyée contre le haut du dossier. Il ne se plaint pas. Il ne parle pas, sauf de temps à autre pour demander, avec un geste, qu'on lui donne à boire, ou qu'on le porte jusqu'aux toilettes. Son visage est figé. Couleur de cendre, et ses cheveux qui tombent maintenant sur ses épaules sont mêlés de fils d'argent. Sa seule coquetterie, c'est d'être rasé chaque matin par Hoatu.

Il a du monde autour de lui. Les enfants, les femmes, les fidèles. Hoatu passe beaucoup de temps à ses côtés. Elle est assise par terre, un bras posé sur le bras du fauteuil, elle tient sa main. Elle lui parle doucement, dans sa douce langue natale, ou bien en anglais. Elle parle de son île, qui doit ressembler à celle où Jadi a vécu pendant la guerre. Elle dit que là-bas tout pourra recommencer. Elle lui dit : Nous planterons dans le sable s'il le faut, nous mangerons la mer, et les enfants grandiront, ils apprendront d'autres chemins d'étoiles, ils deviendront des marins, des pêcheurs. Elle explique à Jadi qu'ils sont tous ses enfants. Qu'ils resteront avec lui pour toujours.

Jadi ne répond pas. Hoatu sait qu'il entend tout ce qu'elle dit, elle le voit à son visage, à l'ombre d'un sourire qui passe sur ses lèvres.

Parfois viennent des visiteurs. Des gens de la ville, des hommes, des femmes, qui ont entendu parler du Conseiller, qui cherchent un réconfort, une bénédiction. Ils apportent des fruits, du pain, des bouteilles de soda. Ils posent tout cela aux pieds de Jadi, en offrande. Avec l'aide de Hoatu, Jadi passe ses mains sur leur visage, sur leur crâne.

Lui qui a toujours écarté toute idée de religion. Lui qui disait que nous touchons et que nous sentons la seule éternité, celle du monde. Qu'il n'y a pas d'autre vérité que celle de la matière, et que nous sommes, avec nos sentiments et notre conscience, une simple fraction de l'intelligence de l'univers.

C'est comme si cette grande cour carrelée de bleu et de blanc, au cœur de l'hôtel, ornée de ses caoutchoucs et de ses cactées, était devenue le centre du monde, et que Jadi assis dans son fauteuil en était le pivot.

Campos a été reconquis par Aldaberto Aranzas, grand bien lui fasse. Peut-être l'avocat a-t-il cru, en lançant cette guerre contre l'homme qui a créé la véritable Ourania, peut-être a-t-il imaginé qu'il allait capturer la magie du lieu, s'en imprégner et devenir invincible ? Et aujourd'hui, il se retrouve à régner sur un morceau de montagne aride, humecté par un filet d'eau, une source intermittente soufrée, où ne subsistent que des ruines, monceaux de pierre, murs de pisé fondus par la pluie, un jardin déjà envahi de mauvaises herbes, et les machines laissées autrefois par les jésuites, pompes au mécanisme faussé, moulins édentés, tuberie mangée par le vert-de-gris, pareils à des ossements rejetés par la terre.

Enfin, arrive le moment du départ pour

l'île de la Demi-Lune

Christian et Hoatu ont tout préparé. Ce qui subsiste de la troupe arc-en-ciel peut tenir dans deux bateaux de pêche. Raphaël et Oodham ont été chargés de réunir les provisions, essentiellement des boîtes de conserve et des sacs de riz achetés chez le Chinois, du lait en poudre, du savon, des allumettes, du pétrole lampant pour les réchauds, des bougies, des vaches à eau pour plusieurs semaines.

Les bateaux affrétés sont de vieilles barques en bois munies d'un moteur hors-bord à arbre long, aux voiles cent fois rapiécées. Une des embarcations s'appelle le *Laughing Bird*, piloté par un jeune du nom de Mario, l'autre le *Wee Wee*, dont le propriétaire est un vieux nommé Douglass. Les noms des bateaux et de leurs marins ont été une source d'hilarité pour les voyageurs. Ils ont quelque chose de pas sérieux, propre à conjurer l'angoisse.

Efrain et sa bande ne seront pas du voyage. Ils se sont installés dans des appartements meublés, dans le quartier du Fort George. Quand Raphaël est allé les voir, le groupe était dans le jardin, en train de fumer. Efrain s'est moqué de lui. Dans son jargon moitié portugais, moitié anglais, il lui a dit : « Vous êtes fous ! Qu'est-ce que vous allez faire là-bas ? Vous allez mourir de soif ! »

Raphaël n'a pas répondu. Pour une fois, Efrain n'a pas tort. Le prisonnier en cavale semble avoir réalisé son rêve à Belize. Il pense qu'ici il pourra glisser entre les mailles de la justice, fumer son herbe et vivre au soleil. Il n'a pas demandé des nouvelles d'Adhara ni du bébé qui va naître.

Les pêcheurs parlent le créole, mêlé de mots d'espagnol. Ils ont un bon sens de l'humour. Quand les voyageurs sont montés à bord du *Wee Wee*, en passant sur l'échelle de coupée, les enfants se sont plaints de l'odeur de poisson. Le vieux Douglass a dit : « *Fishman neba say i fish stink* » (un pêcheur ne dit jamais que le poisson pue). C'était approprié.

Il a fallu porter Jadi, un devant, un derrière. Il est raidi dans son effort, son visage contracté. Raphaël et Oodham l'ont installé à l'arrière du bateau, le dos calé contre un rouleau de cordes. Adhara s'est assise à l'avant, les jambes repliées de côté, telle une figure de proue.

Malgré l'heure matinale, le soleil brûle déjà. Sur les quais, des gens se sont arrêtés pour regarder le départ. Des touristes prennent des photos. Christian a payé le voyage de retour, les pêcheurs doivent revenir dans dix jours. Personne ne peut imaginer ce qui se passera ensuite.

Les bateaux sont sortis de l'embouchure de la rivière à la force des moteurs, contre le vent. La mer est plate, tachée d'alluvions. Dès qu'ils sont au large, on entend le bruit de la grande barrière, une sorte de ronflement qui couvre le bruit des moteurs. Le *Laughing Bird* et le *Wee Wee* marchent de conserve, à vingt mètres l'un de l'autre. Sur le premier, Oodham est à l'avant, Jadi à l'arrière avec les enfants, et Raphaël est à côté du pilote. Sur le deuxième, Hoatu est debout à la proue, agrippée au filin du mât. Adhara assise juste derrière elle, et Christian et les hommes à la poupe, à côté des provisions sous une bâche trouée. Mario montre à Raphaël une grande terre plate à l'horizon : « C'est Turneffe. » Les deux bateaux peinent sous la charge, le clapot lèche leurs bords.

La traversée dure longtemps, dans la direction du soleil. La mer est vide, frisée par le vent, d'un bleu un peu gris. Les bateaux contournent les îles, on voit des cocotiers pliés par le vent, des huttes de pêcheurs. Droit devant, les franges d'écume, là où s'ouvre la passe.

Avant d'y arriver, les pêcheurs ont hissé la grand-voile, des triangles usés, de toutes les couleurs, sur lesquels appuie le vent. Et soudain, c'est la passe, un entonnoir d'eau sombre, bordé par les déferlantes.

Tous les passagers sont debout pour regarder, sauf Jadi et Adhara. Le *Wee Wee* traverse en premier. Le soleil éclaire Hoatu en face et le vent gonfle sa longue robe blanche et secoue ses cheveux noirs. Elle est à cet instant d'une très grande beauté, Raphaël la contemple et pense à l'avenir. Les enfants sont penchés sur le garde-corps pour guetter l'instant où le premier bateau s'élance comme un oiseau hors du lagon pour plonger dans la mer bleu sombre. Jadi a les yeux fermés, le vent et la lumière font couler des larmes sur ses joues.

Le *Laughing Bird* glisse ensuite au ras du récif, dans un bruit de cascade, et lorsque le pilote remonte le moteur, tout le navire se met à trembler. Déjà le lac laiteux de la lagune s'éloigne. Des oiseaux blancs volent au-dessus d'eux, des goélands, des fous. Droit devant, c'est le chapelet d'îlots et de hauts-fonds sableux au bout duquel se trouve le phare. Les deux bateaux vont vers le récif courbe auquel s'accroche leur île.

C'est Hoatu qui nous guide maintenant. La première nuit sur l'île, elle a voulu que nous regardions le ciel.

Après un repas frugal, du riz et des haricots réchauffés au poêle à pétrole, elle nous conduit sur le versant au vent. La côte forme à cet endroit un abrupt de roches noires, rongé par des madrépores desséchés, où les vagues se brisent en formant de larges ondes concentriques.

C'est le point de rassemblement des oiseaux, une foule piaillante et jacassante au crépuscule.

Hoatu se tient debout en haut de la dune, face au vent. Le soleil s'est couché d'un coup, la nuit monte derrière nous, de la terre ferme.

Déjà apparaît Sirius, suivi de la ceinture d'Orion. Les voyageurs sont assis sur la dune, ils ressemblent à des oiseaux. Les enfants fatigués ont creusé des nids dans le sable, entre les cocotiers, ils se sont endormis.

Raphaël et Christian ont porté Jadi jusqu'en haut de la dune, là où il peut voir la mer. Il ne parle pas. Est-ce qu'il pense à l'île de Hahashima, à la grotte où il s'est caché pour fuir la guerre ? Ou bien à la ville de Bordeaux où il a rêvé d'aller retrouver son père ?

Il sait maintenant qu'il ne retournera jamais chez lui, à Konawa, sur la Canadian River.

Quand il est venu saluer les voyageurs, avant leur départ pour la Demi-Lune, Efrain a eu un mot cruel. Il a regardé Jadi, couché en chien de fusil sur sa couverture dans la chambre de l'hôtel. Il a dit : « Il va faire son trou dans l'eau. » Raphaël s'est mis en colère, ses yeux se sont remplis de larmes. Il était prêt à se battre mais Hoatu l'a calmé. « Il sera toujours avec nous. »

À la tombée de la nuit, les oiseaux s'apaisent. Ils s'asseyent dans les fourrés, non loin des voyageurs. On entend la mer, une respiration forte, lente, chaque demi-cercle de houle cogne le pied du récif et envoie une onde dans le corps des vivants.

La lumière rouge éclaire encore la dune, même après que le soleil a disparu. Hoatu ressemble à une statue de porphyre. Raphaël pense à la nuit avec elle sur le mont Chauve, au-dessus de Campos. Il se souvient de la chaleur de son corps, du désir qui s'était tendu en lui, du bonheur qui s'était ouvert, pareil à la lune, lorsque tout devait durer toujours, au début. Maintenant il regarde Hoatu, il sent les battements de son cœur, mais c'est l'autre bout du temps, quand tout s'achève.

L'île est le bout du monde, au-delà il n'y a rien. Les enfants ont joué dans la mer, ils se sont baignés avec délices.

Mais les adultes sont fatigués. Ils savent que les provisions ne suffiront pas, qu'ils peuvent encore tenir une semaine, voire deux en se rationnant.

Beaucoup ont déjà pris leur décision. Ils vont retourner en arrière, dans leurs familles. Des parents les attendent, des amis, des proches. On ne leur fera aucun reproche. On ne leur posera aucune question.

L'enfant d'Adhara va naître. Mais pas sur ce caillou aride, sans eau et sans ombre. Hoatu a réservé une place à Belize, à la maternité de Fort George.

Le *Wee Wee* sera là dans dix jours, pour l'emmener. Efrain s'est laissé attendrir, il a promis de s'occuper de la mère et de l'enfant.

Jadi va mourir. Peut-être qu'il n'aurait pas dû faire ce voyage. Pourtant, quand Raphaël le regarde, ce soir, il perçoit sur le visage du vieil homme une lumière. Allongé dans le sable de la dune, les jambes repliées dans la posture du fœtus, Jadi ferme les yeux sur la nuit qui envahit l'île. Il ne voit pas les étoiles. Il n'entend pas la mer, ni les cris brefs des fous qui ont commencé leur chasse nocturne.

Anthony Martin rêve.

Est-ce un rêve ? Il glisse entre deux nuées couleur de perle. C'est un lieu très doux, très calme, semblable à ce banc de sable qui avance sur la barre des récifs. Il est seul sur l'île. Les oiseaux blanc et noir volent au-dessus du récif, infatigables. Le grand-père de la nation diné parlait ainsi à Jadi des vautours. Il disait que certains d'entre eux sont des dieux, on les reconnaît parce qu'ils tracent leurs cercles très haut dans le ciel, et ils ne descendent jamais sur la terre.

Le vacarme de la guerre a cessé. À Okinawa, à Hahashima, il y a eu ce tumulte, les chasseurs, les B-29 qui lâchaient leurs bombes au phosphore, le tac-tac des mitrailleuses lourdes dans les collines occupées par l'ennemi. La fumée obscurcissait le ciel, et la nuit on voyait des lueurs rouges, pareilles à des couchers de soleil multipliés.

À présent, tout s'est éteint. Le temps qui était en morceaux, un sac de verre cassé en angles aigus, est devenu lisse et doux, couleur de perle.

Anthony Martin peut rêver. Il écoute les voix des enfants sur la plage, dans l'obscurité. Ils crient et jouent à se faire peur, et font s'envoler les oiseaux qui cacardent.

Anthony a retrouvé le temps de l'adolescence. Il sent près de lui sa fiancée, elle a un nom très doux comme son visage, elle s'appelle Alleece, un nom qui glisse, comme ses cheveux longs et noirs. Un nom pour éteindre la guerre, un nom de jardin et d'arbres.

Anthony sent sa chaleur, il lui semble qu'en étendant la main il pourra toucher sa nuque, laisser glisser sa main jusqu'à la courbe de sa hanche. Il sent l'odeur de ses cheveux, l'odeur de sa peau.

La guerre sera bientôt finie. Il va retourner chez Alleece, à Konawa. Les soldats sont partis. Du haut de la colline, à Hahashima, il voit les marins pousser à l'eau les dinghies et s en aller à la rame sur l'eau claire du lagon, vers le *SS Michigan* mouillé au large de la passe.

L'île est un radeau paisible sur l'océan. Il n'entend plus que le bruit du vent dans les broussailles, dans les palmes, la rumeur de la mer sur le récif. Le soir, les oiseaux se rassemblent sur les roches noires à la pointe ouest de l'île. Le vacarme de la guerre les avait fait fuir, et maintenant ils sont de retour.

Anthony reste assis sur le rivage, sans bouger. Quand il a faim, il avance doucement en restant assis, de roche en roche. Les oiseaux le connaissent. Ils volent autour de lui en criant. Ils n'ont pas peur. Anthony est pareil à une vieille tortue maladroite, la tête rentrée entre les épaules, les jambes repliées. L'oiseau proteste quand Anthony prend l'œuf dans son nid et gobe le liquide épais, un peu salé. Parfois la femelle est si sûre d'elle que l'homme doit fouiller, passer sa main sous le ventre chaud. L'oiseau donne des coups de bec, juste quelques piques. L'oiseau est beau. Il a un œil noir qui brille sans tendresse, sans méchanceté. L'île est un monde clair, violent, non pas pour les hommes, un monde pour les oiseaux.

Parfois, à marée basse, Anthony marche sur le récif, pour pêcher des oursins, des coques. Il ne nage pas. Il plonge simplement son bras armé d'un fil de fer récupéré sur un blockhaus pour embrocher des oursins. Il casse leur carapace sur la plage, et il aspire avec sa bouche la chair couleur corail. Il boit l'eau de mer, puis il se rince avec l'eau des cocos.

En haut de la colline, il a trouvé des bassins d'eau saumâtre, frissonnante de mouches. Il baigne ses plaies, les blessures de la guerre et les furoncles causés par le sel.

Il dort dans le sable, à demi enterré, non loin des crabes. Lorsqu'il pleut, il se réfugie sous un abri de palmes. La nuit est froide, distante, silencieuse. Chaque nuit, avant de dormir, Anthony regarde les étoiles apparaître. Il lui semble que ses pupilles s'agrandissent, qu'elles laissent entrer en lui le fluide de l'espace.

Un jour, il découvre l'entrée d'une grotte au flanc de la colline. Dans la terre blanche envahie par les ipomées, il y a des corps desséchés, noircis. Ce sont des soldats morts pendant les bombardements. Leurs corps sont brûlés, cassés dans des postures grotesques. Les rats et les crabes ont mangé leurs visages, creusé leurs entrailles. Ce sont des ennemis, peut-être. Des hommes, rendus anonymes par la mort.

En s'aidant d'un tranchant de basalte, Anthony creuse la terre blanche, il ouvre une tranchée pour enterrer les corps. Il n'a mis aucune stèle, aucun bout de bois pour signaler la tombe. Dans quelques semaines, quelques mois, les lianes vont recouvrir la sépulture. Les soldats seront oubliés. Une liane rouge tresse une chevelure sur toute cette île. Anthony l'aime bien. C'est elle qui est vivante.

Parfois la solitude est trop grande. Anthony s'assoit à la pointe ouest, il regarde l'horizon. Jamais rien ne vient. Il pense à Alleece, à leur fils qui est né pendant son absence. Il parle la langue des oiseaux, il roule les *r* et roucoule, il fait claquer les consonnes, il geint, il gémit, il crie, Yaa ! Yaaak ! Éiiiio ! Éiiiah ! Et les oiseaux l'entourent et lui répondent.

Jadi est de retour dans l'île. Sous le ciel gris perle, face au soleil qui plonge dans la mer. Pour des jours, des nuits sans nombre. Les enfants sont là, Alleece aussi est venue, elle a le corps ferme de la jeunesse. Il entend sa voix, la voix des enfants. Ils sont revenus. Même les oiseaux sont de retour. Ils sont assis dans les fourrés, sur la plage. Anthony entend leurs voix qui appellent. Les tout-petits, qui ont un piaillement si doux.

Anthony Martin est mort à l'aube, sans avoir repris connaissance. Il a cessé de respirer. Le caillot qui avait obstrué son cerveau a arrêté son cœur.

Hoatu s'est réveillée, elle a touché le vieil homme, elle a senti sa main froide comme aucune chose vivante. Elle n'a pas été étonnée. Depuis des jours, Jadi ne mangeait plus, ne buvait plus. Elle le langeait comme un petit enfant, elle le baignait avec l'eau des cocos.

La nouvelle a été connue de tout le monde très vite. Le soleil n'était pas encore tout à fait levé que déjà les femmes et les enfants venaient, à tour de rôle, regarder le Conseiller et baiser son visage.

Adhara était effondrée. Elle seule n'a pas osé approcher. C'était à cause de l'enfant qui s'était retourné dans son ventre, qui appuyait ses pieds sur son diaphragme pour sortir. Son poids l'empêchait de bouger. C'est la vie qui est lourde. La mort est légère, elle est pareille à du vent.

Christian, Oodham et Raphaël ont porté le corps de Jadi sur la plage, du côté sous le vent. La journée était belle, la mer lisse, bleu le lagon. La première vedette de touristes n'allait pas tarder. En général, ils n'accostent pas. Ils restent mouillés près de la grande barrière, pour plonger. Ou bien ils vont vers le phare, pour regarder le grand trou sombre au milieu du lagon, et les pêcheurs leur racontent mille sornettes sur le poisson géant qui y habite, ou sur le tunnel sous-marin qui communique avec une pyramide maya disparue dans un séisme. Les pêcheurs ont la marie-jeanne inventive.

Les hommes ont commencé à construire le bûcher. Jadi n'a jamais parlé de sa mort, ni de sa sépulture, mais chacun sait qu'il serait content de brûler sur cette plage et de s'envoler dans le vent de la mer.

Il repose sur le dos, les mains croisées sur son bas-ventre, les jambes bien droites. Son visage de vieux coureur des bois est tourné vers le ciel, les paupières fermées.

Chacun a apporté des noix de coco. Les coques séchées, vidées. C'est ainsi qu'à Campos on cuisait les briques d'argile, à l'intérieur d'une pyramide de cocos. Jadi est au centre du four. Pour étayer la pyramide, Hoatu et Yazzie ont disposé des bois flottés ramassés sur la plage. Les enfants ont bourré les interstices avec de la laine de coco.

Les plus grands s'activent, mais les petits courent autour du bûcher en riant. Jadi aimerait cela. Il a toujours dit que la mort n'était pas triste.

Quand la pyramide a été terminée, Christian a versé du pétrole sur la laine de coco. Il a mis le feu méthodiquement, aux quatre coins, comme pour une flambée joyeuse.

Au début, les cocos ne brûlent pas très bien, à cause du sel. Ils font une fumée blanche qu'on doit voir à vingt kilomètres, jusque dans le port de Belize. Après un moment, le brasier dégage une telle chaleur que tout le monde doit s'éloigner de la plage et se mettre au vent, en haut de la dune.

Les oiseaux, un instant inquiétés, sont revenus. Ils planent au-dessus du lagon, traversent la fumée, continuent à chercher leur nourriture. Seuls les moucherons sont indisposés. La plage sous le vent, c'est leur domaine. Ils tourbillonnent près du four, sans comprendre. Ils en oublient de piquer les enfants.

Le bûcher brûle tout le jour, jusqu'au soir. Sans bruit, sans flamme. Aucun touriste ne s'est approché, cela aura été le plus grand signe de respect que le Conseiller aura reçu dans sa vie.

À la nuit, le bûcher brûle encore, mais en une nappe de braises rouges auxquelles le vent arrache des étincelles. Demain, il faudra écarter les cendres, enterrer les os.

C'est une nuit sans lune, à regarder les chemins d'étoiles. Mais personne n'en a l'envie. Les enfants sont fatigués, brûlés par le soleil, enfiévrés par le brasier. Hoatu, Christian ont préparé un repas, du riz et un bouillon d'algues. Seul luxe, une grande boîte d'ananas en tranches.

Il ne reste de provisions que pour quatre ou cinq jours, une semaine tout au plus. Personne ne peut dire quand le bateau va revenir. Le *Wee Wee* a eu une avarie, c'est ce qu'a raconté le vieux Douglass lorsqu'il est venu apporter du ravitaillement et de l'eau douce la semaine passée. Ou bien c'est Mario qui a été saisi avec son bateau, pour cause de trafic de marie-jeanne. Raphaël dit que si le *Laughing Bird* ne se décide pas, il faudra faire du feu jusqu'à ce que la police vienne.

Après le repas, chacun a fait son nid dans la dune, dos au vent, pour passer la nuit. Raphaël regarde la braise étinceler dans le vent jusqu'à ce que ses yeux s'écorchent. Il ne pense à rien. Il ressent la chaleur du foyer sur son visage, sur ses mains. Il écoute les vagues qui tombent l'une après l'autre, comme naguère sur la plage de Manzanillo, venues du bout du monde.

Vers le milieu de la nuit, les fous se réveillent et se lancent dans la mer à l'aveuglette. Il entend les petits caqueter, et plus près, mais il ne sait où, le bruit d'une respiration qui ahane. Il comprend que c'est Hoatu et Christian qui font l'amour dans la dune.

C'était le début de la débandade.

Pour commencer, le *Laughing Bird* n'est jamais revenu. Le vieux Douglass a simplement oublié. Après trois semaines, les voyageurs sont devenus des naufragés. La tempête a soufflé sans discontinuer, après la mort du Conseiller. Des rafales de vent et de pluie qui ont transformé la mer en furie verte. Plus aucun bateau de plongée ne s'approchait.

Adhara soufflait et souffrait sous son abri de feuilles. La naissance de l'enfant était imminente, Hoatu avait préparé l'arrivée du bébé en recueillant de l'eau de pluie dans les vaches à eau, et du linge propre. Elle affirmait qu'elle avait fait cela, jadis, quand elle était enfant, à Tahiti.

Puis les secours sont arrivés, une vedette montée par des gardes-côtes béliziens en costume kaki à l'anglaise. C'est Efrain qui a donné l'alerte depuis l'île d'Ambre.

À cause de la houle qui entrait dans le lagon, les policiers ont mouillé à distance raisonnable, et ils ont mis un dinghy à l'eau. Ils ont d'abord évacué Adhara et les enfants. Un peu plus tard après midi, une autre vedette un peu plus grande a recueilli le reste des voyageurs.

Le commandant s'est adressé à Hoatu.

« Vous ignorez que l'île est un parc national pour la préservation des fous à pattes rouges ? »

Hoatu ne répondait rien, alors il s'est tourné vers un des marins, et il a grommelé en créole, mais c'était parfaitement compréhensible : « Foutus touristes. »

Adhara et les enfants ont été internés à l'hôpital de Fort George. Les enfants souffraient juste de déshydratation et de diarrhée causée par l'eau saumâtre. Mais pour Adhara, c'était plus sérieux. Le bébé n'était pas bien placé. Il fallait une césarienne. Le chirurgien était un ancien militaire britannique, assez rouge, avec des favoris à l'ancienne. Quand la sage-femme a montré le bébé à Adhara, elle a pensé dans son état narcotique que c'était le fils du toubib, parce qu'il était aussi rouge et ridé que lui. Ensuite elle l'a couché sur sa poitrine, et il a commencé à téter goulûment.

« Comment il s'appellera ? » a demandé le chirurgien. Adhara n'a pas osé « Adam », alors elle a répondu « Primo », parce que c'était son premier enfant.

Efrain est venu le lendemain de la naissance, il a rempli les formulaires de l'état civil. Avec les jeunes de son groupe, il a décidé de rester dans le pays. Il voudrait monter un restau de palapa sur la plage, avec des hamacs pour les hippies de passage. Il s'est associé à un pêcheur de l'île d'Ambre, il pourrait acheter un bout de dune en fidéicommis avec Adhara. Chacun aurait sa part. Il a dit à Raphaël : « De l'or, là-bas. De l'or ! » Il a dit aussi, dans son elmen bancal : « Fini, plus courir pour Primo, *o Primeiro.* » Adhara a choisi de rester, de tenter l'aventure avec lui, suscitant la consternation générale.

Hoatu a décidé de repartir vers le nord, avec Christian et ce qui reste du peuple arc-en-ciel. Mara, Sheliak, Vega et ses filles, Hannah, Merced, Oodham et Yazzie qui se sont mariés officieusement sur l'île de la Demi-Lune. Qui sait jusqu'où ils iront ? La saison de la pêche a débuté dans la mer de Béring, il y aura du travail pour tout le monde dans les usines de conserves, aux îles Aléoutiennes. Christian dit que là-bas on peut habiter dans des maisons en bois sur la plage, on est au bout du monde, avec l'océan pour jardin. Ça sera une façon de réaliser le rêve du Conseiller.

Raphaël Zacharie n'est pas parti avec les autres. Quelque chose s'est défait en lui, sur l'île, à la mort de Jadi. Depuis une cabine longue distance, il a téléphoné chez lui, à Rivière-du-Loup. Il a appris que son père était sorti de prison, qu'il s'était désintoxiqué. Il a envie de revoir son pays natal, malgré les mauvais souvenirs. Il va lui aussi remonter vers le nord, mais par un autre chemin, en revenant sur ses pas, en car, en train, ou sur le pouce. Il travaillera en route. Il songe sérieusement à acheter un lot de jouets en plastique chez les Chinois pour les revendre sur les marchés. Noël approche, c'est le bon moment pour se faire un peu d'argent. Il pense aussi aux filles qu'il rencontrera le soir, sur les places des villes, sous les magnolias. Ça fait briller ses yeux. Il pense peut-être aux amitiés qu'il va nouer en cours de route. Tel ce Français, très brun, l'air naïf, qui lui ressemblait comme un grand frère et qui recueillait des échantillons de terre partout où il allait. Ce garçon, comment s'appelait-il ? Daniel, c'est cela, Daniel, se dit-il.

Dans le hall de l'hôtel Colonial, tout le monde est réuni pour la dernière soirée. Christian et Oodham sont allés à la gare réserver des places dans le car pour la frontière. Hoatu trône sur le fauteuil de bois noir où Jadi a passé ses derniers moments, avant d'aller mourir sur l'île. Elle est vêtue d'un paréo qu'elle a attaché entre ses cuisses à la mode maohie. Elle est dans sa pose préférée, le buste un peu alangui sur l'accoudoir, la jambe gauche repliée sous la cuisse opposée. Elle vient de se baigner, ses cheveux sont encore emmêlés. À travers le coton blanc de son T-shirt, ses bouts de sein font deux taches sombres. Elle sourit, l'air paisible et déterminé. Elle fait signe à Raphaël de s'asseoir à côté d'elle, à ses pieds. Elle sait qu'il vient lui dire adieu. Elle caresse ses cheveux, et il appuie sa tête contre sa cuisse. Il respire l'odeur de son corps, un parfum de savon et de peau âcre qui le fait tressaillir. Il se souvient de la nuit sur la montagne caillouteuse au-dessus de Campos. Il y a si longtemps que c'est comme s'il l'avait rêvée.

Il ne veut pas se séparer d'elle. Hoatu lui parle doucement, à voix basse et grave. Ils sont seuls dans le hall de l'hôtel, tous les autres ont disparu. Elle parle de Jadi. « Il aurait dit la même chose, tu dois t'éloigner, vivre ta vie sans nous. » Sans toi, pense-t-il. Et elle répond : « Même si tu es loin, Pipichu, tu es avec moi, chaque jour, chaque seconde. » Il a envie de pleurer, mais elle dit encore : « Nous nous retrouverons. » Il s'en souvient, c'étaient les paroles de Jadi, au moment où ils ont quitté Campos.

Le lendemain, de bonne heure, Hoatu donne le signal du départ. Elle a maintenu le décorum. Pour marcher jusqu'à la gare, elle s'est habillée avec sa longue robe blanche, elle a mis une fleur de tiaré dans sa chevelure noire bien peignée. Elle a ôté ses sandales et elle marche pieds nus comme chez elle, à Raiatea. Le car les emmènera sur la route de l'Ouest, vers Belmopan, Benque Viejo, jusqu'au lac de Flores. Christian raconte aux enfants la grande forêt où se dressent les tours de Tikal, du haut desquelles les anciens Mayas scrutaient le ciel nocturne. Il leur parle aussi du fleuve Usumacinta, qu'il faudra franchir sur des radeaux si grands que les camions peuvent y flotter.

Il y a un parfum de légende. Tout le monde est impatient de partir, personne n'a vraiment dormi cette nuit. Malgré les défections, les enfants de Jadi ont rempli un car entier.

Lili de la lagune

je t'ai cherchée comme si ma vie en dépendait.

À Juárez, dans les quartiers de la banlieue ouest, sur les pentes des collines sans arbres, Colonia Cementera, juste derrière la cimenterie Chihuahua, Colonia Enrique Guzmán, Colonia División del Norte, Colonia Tierra y Libertad, Colonia Zacatecas, Colonia Cuauhtémoc, Colonia El Mirador où vivent les Indiens tarahumaras. Les routes de terre sinuent entre les rochers, au milieu des cahutes. Du haut des collines, Lili regarde la ligne de la frontière qui longe le fleuve et finit par se perdre au loin dans le désert. De ce côté, la ville est immense et confuse, grise et brune, chaotique, elle pense que cela ressemble à un grand plateau de lentilles mêlées à des cailloux et à de la terre, où on voit courir sur leurs chemins des insectes énervés, infatigables. De l'autre côté de la frontière, c'est un jardin : rues rectilignes, immeubles de verre, rubans lisses des autoroutes, parcs et piscines, et tout ce vert, le vert des arbres, le vert du gazon, jusqu'à lui donner la nausée.

Depuis combien de temps Lili est dans cette ville ? Quand elle a débarqué de l'autocar, elle n'est pas restée dans le centre, elle s'est méfiée des hôtels, de la place, des bars de la Calle Diablo. Le Terrible a juré qu'elle ne s'échapperait pas. Elle sait que les pièges sont tendus, tout le long de la frontière. Elle est allée loin du centre-ville, elle a loué une chambre dans une *vivienda* de la Colonia División del Norte, en haut d'une colline.

Quand la police a arrêté le Terrible, cela faisait deux jours que Lili était enfermée dans une chambre, dans une maison de la Vallée. Une pièce à l'arrière d'une cour, près des cuisines, sans fenêtre, avec seulement un rai de lumière qui passait sous la porte en fer. Le premier jour, le Terrible est entré dans la chambre et il l'a battue posément, sans prononcer une parole. Sa main épaisse allait et venait, et les bagues de ses doigts enlevaient de la peau, sur les lèvres de Lili, sur ses joues. Elle n'a pas crié. Elle n'a pas supplié, elle n'a pas demandé pourquoi. Elle pensait qu'elle allait mourir.

Les filles des Jardins savaient qu'elle voulait s'en aller, qu'elle avait caché son argent, ses économies transformées en billets verts achetés un par un au marché noir, et qu'elle partirait de l'autre côté, pour toujours. Ce sont elles qui l'ont dénoncée.

La main du Terrible allait et venait sur les joues, sur la bouche de Lili, jusqu'à ce qu'elle tombe en arrière et qu'il s'arrête, moins par pitié que par fatigue, et parce que le sang avait taché sa chemise de cow-boy à boutons de nacre. Lili est restée dans la pièce obscure, sans bouger, couchée par terre en chien de fusil, sans manger, sans boire. Le troisième jour, elle a entendu une voix qui lui parlait à travers la porte, une voix aiguë de jeune fille, ou de vieille femme. Quelqu'un grattait à la porte en fer comme un chat, répétait : « Tu m'entends ? Tu es vivante ? » Lili a rampé jusqu'à la porte, elle a appuyé sa bouche tuméfiée sur le métal, elle a réussi à articuler le mot police, elle a promis n'importe quoi, un billet, vingt dollars, cent dollars, elle pensait que l'autre la croirait, elle savait ce qui se disait dans les Jardins au sujet de l'argent qu'elle avait caché. C'est Don Santiago qui a appelé la police. Le vieux soldat bourru dans le fond était un tendre. Peut-être qu'il était amoureux de Lili. Ou bien il avait un contentieux avec le Terrible.

Les policiers ont arrêté le Terrible dans un bar de la Zone. Le soir même, ils ont ouvert la porte de la chambre, et Lili est partie dans la nuit. Elle n'a pas voulu aller à l'hôpital. Elle a bougé une brique de ciment dans le mur de la maison de Doña Tilla, sans dire un mot à la vieille qui somnolait sur sa chaise. Elle a pris les rouleaux de billets, et elle est partie. L'autocar pour la frontière l'a emmenée vers le nord, sur la route de Torreón. À l'aube, elle a vu le soleil se lever sur le désert.

La frontière, c'est une membrane poreuse qui aspire, refoule, à chaque heure, à chaque seconde. La *vivienda* où Lili a loué une chambre est à flanc de colline, dans un lotissement où les maisons en dur ont remplacé les cabanes en planches et carton goudronné. Les pièces sont construites autour d'une cour en terre battue où se trouvent la cuisine et la fosse d'aisance. Les chambres sont en blocs de ciment chaulés, le sol en briques crues. Il y a une petite fenêtre armée de barreaux, des meubles sommaires, un crucifix accroché au mur au-dessus du lit. C'est propre, tranquille. Cela coûte trente dollars par mois, payables d'avance. Les propriétaires sont un couple ordinaire, entre quarante et cinquante ans, avec trois enfants. Les locataires sont des femmes jeunes et célibataires, sauf une qui a un enfant en bas âge. Ce n'est un mystère pour personne : toutes sont candidates à l'émigration. Quelques-unes travaillent en ville, comme femmes de ménage, ou chez Phillips dans le Parc Industriel, ou encore dans les ateliers de textile. Chaque fois, Doña Angela, la propriétaire, leur donne le même conseil : « N'allez pas dans les bars, ni dans les dancings, n'allez pas dans le centre la nuit, sinon vous vous retrouverez au Lote Bravo, là où les filles sont enterrées avec un sac-poubelle comme linceul. »

Elle sait bien pourquoi les filles sont là, ce qu'elles attendent. Mais elle ne veut pas entendre parler de coyote, de passeur. Chaque matin, quand elles ont du temps libre, les filles vont faire la queue à la frontière dans le bâtiment de l'immigration américaine, avec leurs papiers, leurs lettres, leurs soi-disant contrats de travail. Chaque midi, elles sont refoulées. C'est la membrane qui fait son travail.

Lili ne se présente pas au poste frontière. Si le Terrible a placé des yeux et des oreilles quelque part, c'est bien à cet endroit. Elle se méfie de tout. Même les officiers de la douane lui paraissent suspects.

Elle reste dans la maison de Doña Angela, toute la journée. Elle attend. Les enfants de Doña Angela l'aiment bien, surtout le plus jeune, un petit garçon de huit ans environ, appelé Norman. Il a montré à Lili sa ménagerie, dans une cage au fond de la cour. Trois gros lapins qu'il a appelés Cheli, Drinn et Lola. Il a décidé qu'un des lapins était une fille. Il les nourrit avec les épluchures et les restes de tortillas. Il n'a pas l'air de comprendre que les lapins finiront tôt ou tard dans la casserole de Doña Angela, en ragoût.

Le soir, quand la lumière décline, Lili sort de la maison avec Norman. L'air est doux, c'est l'heure où le vent cesse de souffler dans la vallée, et la poussière retombe. Le coucher du soleil est très rouge. Ils vont s'asseoir à côté de la maison, sur un monticule de sable qui domine le *río* Bravo. Ils regardent la nuit avancer. Les filles de la *vivienda* viennent les rejoindre, elles s'asseyent par terre. Il y a Maru du Sud, Elena de la capitale, qui travaillent à la cimenterie. Belen, une toute jeune fille que Lili aime bien, fraîche et drôle, habillée d'un T-shirt à l'effigie de l'usine où elle travaille, la Thompson, un chevron blanc sur cercle bleu plaqué sur ses petits seins. C'est avec elle que Lili a décidé de passer. Belen a trouvé un coyote qui leur fera traverser le fleuve sur un bateau pneumatique, sous le pont des Amériques.

Toutes parlent, et fument des cigarettes de contrebande, en buvant des bières. Elles viennent ici pour admirer la ville qui s'allume de l'autre côté du fleuve. Doña Angela et son mari les rejoignent parfois, ils s'asseyent sur des chaises pliantes, au bord de la falaise et ils restent à regarder. C'est assez féerique. Petit à petit les rampes de lumière brillent le long des routes, avec des couleurs orange, ou bleues. Les immeubles s'illuminent d'un coup, grands panneaux blancs, jaunes. Vers le centre, une banque est éclairée par des projecteurs verts. En haut des immeubles, les enseignes clignotent, vacillent. Doña Angela les connaît par cœur. Elle lit les noms à haute voix, pour les filles. « Super Eight, La Quinta, à côté de l'aéroport, Holiday Inn, et là, au centre, les banques, First National, et Wells Fargo, le grand café Central, et à gauche des douanes, le Camino Real, le plus bel hôtel d'El Paso, et tout en haut de l'hôtel c'est le restaurant Le Dôme, où les gens riches vont danser, et là, cette lumière rouge, c'est le toit du McDonald's. » Doña Angela soupire, elle a promis à ses enfants qu'un jour elle les emmènerait manger au McDonald's, pas comme celui de Juárez, un vrai avec les tables en plastique blanc et rouge, les serveuses en costume, et des balançoires et des toboggans dans le jardin.

Les filles parlent de leur vie, de leurs aventures. Elena raconte qu'à l'usine Levi's elle a dû passer un test pour prouver qu'elle n'était pas enceinte. Elle a acheté pour dix dollars un échantillon d'urine à une de ses collègues, pour cacher qu'elle attend un bébé. Les autres parlent des contremaîtres qui les regardent se déshabiller dans les douches, des filles qui ont été enlevées par les macs à la sortie des usines, et qu'on n'a jamais revues. Elles racontent aussi des choses drôles, des histoires d'amoureux transis, qui leur font passer des billets doux, des bouquets de fleurs. Belen parle du garçon qui l'attend de l'autre côté, il s'est engagé dans l'armée pour avoir un permis de séjour, elle ira le rejoindre au Colorado. Elle fait circuler sa photo, les filles la regardent à la lumière d'un briquet, un gosse très brun, les cheveux à ras, son cou large serré dans la veste sans col des aspirants.

Une nuit, Belen vient frapper doucement à la porte de Lili. C'est maintenant, paraît-il. Le cœur battant, elles se glissent dehors, sans faire de bruit. Elles emportent juste ce que peut contenir leur sac à main, des papiers, des slips de rechange, des tampons, leur rouge. Belen emporte une médaille miraculeuse, Lili a caché ses billets verts dans un sac en plastique qu'elle a attaché à son bas-ventre avec des sparadraps. Sur la route de terre, un peu plus bas, un taxi les attend. À l'avant, à côté du chauffeur, il y a un homme maigre, au visage fourbe, coiffé d'un chapeau de cow-boy. C'est lui le passeur.

Près du pont, ils descendent du taxi. Les filles suivent le passeur à travers un déversoir dont la grille a été fracturée. Cela sent l'égout, une odeur d'eau morte, terreuse. Le conduit débouche sur un glacis en béton, à la verticale du tablier du pont. Il y a des projecteurs, la lumière est crue, d'un jaune violent qui fait battre le cœur des filles. L'homme a mis le pneumatique à l'eau, et sans une parole, il pousse les filles, les fait agenouiller dans le fond du radeau. Doucement, il pagaie pour ralentir la dérive. Le fleuve est immense, l'autre rive paraît au bout de l'horizon, avec son quai de béton, ses grilles, ses miradors. Il n'y a pas de bruit, cela se passe juste avant l'aurore, à l'heure où même les chiens dorment. Juste un grésillement, dans un projecteur sous le pont. L'eau du fleuve est puissante, elle tourbillonne, envoie des vagues, le passeur s'arc-boute pour empêcher le radeau de tourner en rond. Quand ils touchent l'autre rive, il leur fait signe de sauter dans le fleuve. Lili sent l'eau froide traverser ses habits, entre ses jambes, elle pense à la pochette fixée à son ventre, mais elle se garde d'y porter la main pour ne pas attirer l'attention. Les filles marchent jusqu'à la rive, elles s'accrochent aux branches bloquées contre une pile du pont. Le passeur a donné ses instructions, elles doivent attendre qu'il soit retourné avant de grimper sur le glacis. Il glisse sur le fleuve, puis l'ombre le cache. Alors elles s'élancent, sans s'arrêter, sans regarder, elles montent à quatre pattes la pente, elles franchissent le grillage là où un pan a été écarté, le passage est si étroit qu'elles doivent s'aplatir à terre. Elles sont sur la route, devant des immeubles vides. Cela ressemble à une ville en ruine, il n'y a pas d'enseignes, pas de couleurs. Elles marchent lentement sur les trottoirs, en rasant les murs, avec leurs habits qui leur collent à la peau, leurs sneakers qui clapotent. Elles grelottent. Elles cherchent un café ouvert, du côté de la gare routière. Un endroit où elles pourront se laver, remettre du rouge à lèvres, peigner leurs cheveux emmêlés, essuyer la terre qui tache leurs jeans et leurs T-shirts. Attendre le jour.

Nous ne connaissons
ni le jour ni l'heure

c'était ce que répétait Raphaël. Parfois me revient à l'esprit la prophétie du Conseiller avant l'expulsion de Campos, telle que me l'avait racontée Raphaël. Un rêve tellement effrayant que le vieil homme était apparu tout nu sur le seuil de sa maison, le corps en sueur, les yeux grands ouverts et vides, comme s'il était devenu fou. Dans son rêve, le volcan était sorti de son sommeil de cinquante ans et s'était mis à vomir lave et cendres sur la Vallée, par une brèche ouverte dans la montagne, ensevelissant les champs et la ville sous un flot noir.

Après vingt-cinq ans d'absence, je reviens. Une vie passée à enseigner l'histoire et la géographie dans le Collège Alphonse-Allais de Blainville (département de Seine-Maritime). Ma mère s'est éteinte doucement, douloureusement, des suites d'une maladie qui l'a rongée de l'intérieur (cancer du rectum). Elle a rejoint ma grand-mère Germaine et mon grand-père Julien au cimetière de Montreuil, où la famille Bailet possède une concession perpétuelle. En rangeant les papiers accumulés dans le petit pavillon, j'ai retrouvé des documents concernant mon père, Alain Sillitoe. Des photos, des papiers, et quelques lettres, dont une, envoyée par ma mère et portant, à côté d'une adresse postale à la zone du canal de Panamá, un cachet rouge qui disait : *undelivered, return to sender*. Je m'en souviens, c'était une chanson chantée par Elvis Presley dans mon adolescence. Je n'ai pas osé ouvrir l'enveloppe et lire la lettre qu'elle contenait.

Je savais qu'Alain Sillitoe n'avait pas été un héros. J'ai cessé très tôt de croire à la légende pieuse de sa mort à la guerre. J'ai su, je ne me souviens pas comment — peut-être une allusion de mes camarades de classe — qu'il s'était enfui à l'étranger, qu'il avait eu une autre vie. Ma mère n'a jamais reçu de pension, ni de décoration. Elle n'avait jamais menti, sa seule compromission a été d'accepter — sous la contrainte de sa belle-mère — que je marque, dans tous les documents me concernant pour l'école, à la rubrique « profession du père » la mention : décédé.

Ce père fluctuant, vagabond, infidèle — le temps de toute façon ayant fait son œuvre — ne me causait aucun problème, juste une légère amertume quand je pensais au vide qu'il avait laissé dans le cœur de ma mère. Voyant cette enveloppe revenue sans avoir touché son destinataire, j'ai eu un éclair de lucidité : c'était donc pour ça, pour cette adresse au bout du monde, que j'avais décidé d'aller en Amérique centrale, que j'avais choisi le fleuve Tepalcatepec pour mon travail de recherche à l'OPD. La futilité de ma décision m'est apparue, et je crois en avoir même souri.

Je n'ai pas le désir de remonter la piste. J'ai brûlé dans la cheminée toutes les lettres, les papiers, les photos. J'ai préféré imaginer quelque part dans le vaste monde, dans un pays que je ne connaîtrai jamais, une vieille femme, des enfants, mes demi-frères et mes demi-sœurs. Je ne sais pourquoi, cette idée m'a fait du bien. Il me semblait qu'elle s'accordait à mes convictions, à ma foi dans la communauté du réservoir génétique humain, donc à la négation de toute tribu ou de toute race. Et puis il y avait là une part de hasard qui est pour moi la valeur philosophique fondamentale. J'ajoute, pour l'anecdote, que n'ayant pas engendré d'enfants, je me sentais dégagé de tout risque futur de consanguinité.

J'ai donc entamé mon deuxième voyage de géographe, au terme de mon existence. Si la croyance des Africains (des Peuls notamment, selon Amadou Hampâté Bâ) est avérée, et que je sois effectivement, passé soixante-trois ans, un mort ambulant, j'ai tout lieu de penser que c'est là mon dernier voyage. Je ne ferai pas de coupe à travers une vallée aride, ni de carte pédologique d'une île. Peut-être ferai-je une conférence sur la deuxième plus grande barrière de corail du monde, celle du Belize, pour la Société géographique de Rouen, en souvenir de l'explorateur Camille Douls.

Le temps n'est plus le même. Du moins, j'ai le sentiment qu'aujourd'hui le temps m'est trop court. À Belize, je n'ai pas cherché un bateau de pêche pour renouveler le voyage du *Laughing Bird*. J'ai simplement chartérisé une avionnette Piper pour me rendre d'un coup d'aile sur l'île de la Demi-Lune. Vu de mille mètres de haut, le lagon est une merveille. Il peut ressembler, pour un esprit porté à la rêverie, à un miroir inversé sous un ciel nocturne. Sur le bleu laiteux, les chapelets d'îlots flottent comme des constellations, d'Ambergris jusqu'aux récifs de Tabacco, Colombus, Mosquito.

Mon pilote est un ex-militaire de l'armée de l'air israélienne. Il parle un anglais rugueux, manœuvre brutalement. Quand il a su mon métier, il a voulu me donner une leçon de géographie vivante, et il a basculé son avion pour me montrer la grande barrière. Il est habitué à conduire les touristes aux lieux de plongée, à Ambergris, à Turneffe. Que je sois monté dans l'avion sans le barda habituel du plongeur l'a laissé perplexe.

L'atoll du Phare est envahi par les bateaux de tourisme, vedettes rapides, catamarans. Ce sont eux qui ont pris la place des pêcheurs de langoustes. Quant aux trafiquants de drogue, ils ont été relégués dans le folklore. Aujourd'hui l'autoroute des dealers va directement de la Colombie jusqu'au cœur des grandes villes nord-américaines. Il ne reste guère que de vieilles barques aux voiles rapiécées qui abordent les bateaux des touristes pour essayer de leur vendre la même pacotille qu'on trouve sur toutes les avenues, et des cigarettes rances importées du Brésil.

Sur le Cayo de la Demi-Lune, par un hasard miraculeux, il n'y a personne. L'avionnette atterrit contre le vent sur la piste de corail, au milieu d'un vol de mouettes. L'îlot est désertique, rasé par les alizés. Tandis que mon pilote somnole sur le siège de l'avion, je marche le long des récifs noirs jusqu'à la pointe la plus au nord. Traverser l'île est impossible à cause de la broussaille et des lianes.

Par endroits, je trouve les restes de pique-niqueurs indélicats : boîtes de bière rouillées, bouteilles, sachets de plastique. J'avance courbé sous le bruit du vent et de la mer, et à cet instant je me demande comment les voyageurs de l'arc-en-ciel, malgré toute leur bonne volonté, ont pu croire qu'ils allaient fonder sur ce caillou aride les bases de leur futur royaume. Je ne vois même pas les oiseaux qui ont rendu l'île célèbre, ces fous à pattes rouges, dont les habitudes sont, il est vrai, plutôt nocturnes.

La plage sous le vent est maintenant devant moi, une maigre bande de corail concassé plutôt grise que blanche, qui réverbère la lumière du soleil. Je reste un bon moment, le dos au vent, à rêver au bûcher sur lequel s'est consumé le corps du Conseiller. Ce qui subsistait de ses ossements a dû finir broyé dans ce faux sable, à moins que cela n'ait été emporté par les seuls habitants terrestres de l'île, les crabes tourlourous.

En marchant vers la piste, à la pointe sud, j'ai découvert dans un creux de rocher, au pied d'un cocotier, un vieux filao rabougri, noirci, noueux, et j'ai sans aucune raison imaginé qu'il avait été planté là par Raphaël, en mémoire de Jadi. Pendant le vol de retour, j'ai interrogé mon pilote sur ce qu'il savait des gens qui avaient habité ici autrefois. J'ai dû mal expliquer, parce qu'il m'a parlé des camps de mennonites de Blue Creek et de Spanish Lookout, dans la forêt, en ajoutant qu'il pouvait m'y conduire sans problème. J'ai bien compris que le peuple arc-en-ciel n'avait laissé aucun souvenir, que le vent les avait emportés. J'ai décidé de ne pas retourner à la Vallée. Il y a des endroits où, qu'on y ait été heureux ou malheureux, il n'est pas possible de revenir, de se contenter d'être de passage. Les nouvelles que j'en ai reçues de seconde main ne sont pas bonnes. La crise économique, l'émigration, le pouvoir grandissant des banques ont fait leur œuvre. L'Emporio a changé de domicile. Après la mise à l'écart de Don Thomas, les anthropologues ont décidé que la vieille demeure patricienne des Verdolagas, avec ses hauts plafonds tendus de toile et sa fontaine d'azulejos, n'était pas assez académique. Ils ont construit à grands frais un édifice moderne, façon bunker en ciment, hors de la ville, sur d'anciens terrains maraîchers. En changeant de domicile, l'Emporio a changé de nom. Il s'intitule désormais, un peu pompeusement, *El Centro de Docientes*, c'est-à-dire le Centre du Savoir. Quant à Don Thomas, il s'est retiré dans son village de Quitupan, aux sources du *río* Tepalcatepec. Il vit là-haut, au milieu de ses livres, entouré de ses petits neveux et de ses petites nièces, et reçoit la visite de quelques fidèles.

Juan Uacus, à qui j'ai téléphoné *via* la cabine longue distance d'Arantepacua, m'a dit qu'il avait vu Don Thomas quelques jours auparavant. Il va bien, sauf qu'il a pratiquement perdu la vue à cause de son diabète. Il paraît qu'il a parlé de moi et a dit à Uacus qu'il s'attristait de ne pas recevoir de lettres. J'ai réalisé qu'il a à peu près l'âge du Conseiller au moment de son expulsion de Campos. Il m'a semblé que, d'une certaine façon, il y avait un lien logique entre l'aventure de l'Emporio et celle de Campos.

Je marche sur la plage verte, en portant Cattleya sur mes épaules. C'est la fin du jour, les
vagues tombent mollement sur le sable. Un vol
de pélicans est passé au ras de l'eau, une esca-
drille lourde qui avançait en caquetant, et j'ai
couru le long de la plage en tenant Cattleya par
les mains, et elle riait aux éclats. La rumeur de la
ville de San Juan nous parvient en un grondement assourdi, cela pourrait être aussi bien le
bruit de la mer en train de ronger les récifs.

Cattleya est la dernière adoptée par Dahlia. Sa
mère est morte à l'hôpital quand elle avait dix
mois. Les prises de sang ont révélé qu'elle était
atteinte elle aussi. De son vrai nom elle s'appelle
Catalina, mais Dahlia a choisi de lui donner un
nom de fleur, peut-être en souvenir de l'amour
de Swann et d'Odette que je lui avais fait lire
quand nous habitions ensemble. Elle est aussi
brune que la fleur est blanche, mais je trouve que
le nom lui va bien. Elle est pleine d'amour. Elle
a quatre ans, une drôle de frimousse et une
tignasse toute frisée. Elle m'a tout de suite
adopté. Elle m'appelle son oncle Dani. Chaque
matin, je viens la chercher à la maison de Loíza,
et je l'emmène au bord de mer. Je lui montre les

oiseaux, nous ramassons les coquillages laissés par la marée. Au début, elle court dans le sable en criant, et au bout d'un moment elle se fatigue, et je la juche sur mes épaules. Et puis c'est moi qui suis fatigué.

Nous nous asseyons sur la plage. En été les touristes sont rares, à cause du mauvais temps. Quelques vendeurs ambulants, parfois des familles dont les enfants se baignent à la lame en poussant des cris stridents. J'aime bien Cattleya. Elle n'a pas besoin de creuser le sable, de faire des pâtés. Elle peut rester assise des heures, à compter ses coquillages, ou simplement à regarder autour d'elle. Elle parle toute seule, un drôle de babil où elle mêle les mots en anglais, en espagnol, les quelques mots de français que Dahlia lui a enseignés. J'écoute sa langue chantée, et je me souviens de ce que les gens de la Vallée avaient dit à Raphaël et à Oodham, quand ils avaient entendu la langue d'elmen : je parlais comme cela quand j'étais petit. Sans doute les enfants sont-ils toujours prêts à réinventer le langage.

Je suis venu à Porto Rico sans savoir exactement pourquoi. Non par nostalgie, ni par curiosité. Je dirais par hasard, si cela signifiait quelque chose. La maison de Loíza est bien telle que la décrivait Dahlia autrefois.

C'est une grande case de bois avec varangue et balcons, et un toit de tôle ondulée peint à la rouille. Il n'y a pas de ces fioritures ni de ces balustres que les gens riches de San Juan font ajouter à leurs villas pour faire colonial. C'est une maison ordinaire d'autrefois, avec de hautes portes-fenêtres qui ferment mal, et qu'il faut protéger avec des volets mobiles à chaque fois qu'un ouragan menace. Dahlia me dit que du temps de sa grand-mère Roig, c'était un magasin de comestibles et de quincaillerie, avec les chambres à l'étage. À la mort de sa mère, les frères de Dahlia voulaient vendre le terrain à des promoteurs qui auraient construit une résidence d'appartements à louer. Mais elle a tenu bon. Elle était revenue au pays pour cela. Elle a commencé par accueillir des enfants en difficulté, des familles, surtout des femmes abandonnées ou battues, parfois droguées. Elle s'occupait en même temps des sidéennes à l'hôpital. Maintenant, la maison est trop petite. Elle sert de crèche pour des enfants très jeunes, d'école maternelle. Dahlia a recruté des aides dans tous les pays, en Amérique latine, en Europe, au Viêt Nam. Elle a même un professeur de chant, une Japonaise du nom de Michiko.

Quand je suis arrivé, je n'ai pas reconnu immédiatement Dahlia. Pourtant, je n'ai eu aucune hésitation. Elle a toujours ses yeux d'un brun très clair et très doux. Sa vivacité, cette façon qu'elle a de marcher avec nonchalance, en traînant ses *chanclas*, la tête un peu penchée de côté.

Elle n'a pas eu l'air étonnée. Elle ne m'a pas posé de questions sur ma vie, elle n'a pas évoqué le passé. Elle est prise dans un tourbillon, elle n'a pas le temps de s'attendrir. J'étais venu pour une journée, deux tout au plus. Je suis resté. C'est Cattleya qui m'a retenu. Pour moi qui ai traversé l'existence sans me reproduire — je crois que j'en avais même fait ma justification, ne pas avoir contribué au surpeuplement et au malheur de cette planète —, l'irruption de cette poupée vivante et solitaire m'a ému à un point que j'ai du mal à admettre.

Dahlia n'a pas eu d'autre enfant. Fabio est aujourd'hui un homme, il est agent commercial dans une grande maison d'import-export en Floride, il s'est marié, il a des enfants. Son père, l'ex-révolutionnaire, est anthropologue, il enseigne à Tegucigalpa, à moins qu'il ne soit déjà, lui aussi, à la retraite. Quant à Angel, personne ne sait rien de lui, mais je n'ai pas de mal à l'imaginer chauffeur de taxi à San Salvador. C'était le sort de beaucoup d'anciens combattants de la révolution sandiniste.

Le soir, Dahlia et moi nous parlons un peu, assis sous la varangue, en écoutant la rumeur de la ville. Je crois qu'elle a eu des amants et des amantes, et qu'ils ont glissé sur elle sans laisser de traces. L'action qu'elle avait entreprise pour reconquérir sa dignité et arracher Fabio à l'emprise d'Hector est devenue peu à peu le centre de sa vie, la raison qu'elle a trouvée pour justifier son passage sur la terre (cela dit un peu grandiloquemment, car pourquoi y aurait-il une raison à un phénomène naturel ?).

Dahlia est une vieille femme. Mais le temps ne l'a pas usée. Elle qui était maigre et nerveuse comme une chatte de gouttière est devenue une femme corpulente. Sur son visage les traits des mélanges se sont accentués Elle a quelque chose de Marian Anderson, dans le front bombé, le regard, la masse des cheveux qu'elle coiffe en chignon. Elle a aussi le teint cuivré des Caraïbes, l'aigu du profil andalou. Ce qui n'a pas changé, c'est le dédain qu'elle manifeste pour les emblèmes de la soi-disant féminité : elle ne porte toujours pas de bijoux ni de boucles d'oreilles. Ses habits sont la version adoucie, pour ainsi dire quotidienne, de la tenue de combat : un pantalon de grosse toile « *relax fit* », une chemise à manches longues aux poches bourrées de papiers, de crayons à bille. Aux pieds, des tongs.

Elle me parle des enfants qu'elle a vus grandir, des filles qu'elle arrache au trottoir, des femmes qu'elle accompagne jusqu'à la mort à l'hôpital. Je comprends qu'elle a troqué sa vie pour la vie des autres. Elle les écoute, elle est leur intermédiaire avec les fonctionnaires et les politiciens. Elle écrit des lettres, elle sollicite des emprunts aux banques, des moratoires pour les dettes impossibles à payer. Elle gêne sûrement, et j'imagine que pour beaucoup elle est l'ennemie.

C'est dix heures du soir, je suis avec elle, et il y a encore des filles qui viennent lui parler, des appels au téléphone, des décisions à prendre. Tout à coup je m'aperçois que les années qui nous séparent n'ont pas d'importance. Pour certains êtres, le temps ne s'écoule pas de la même manière. L'amour que j'ai ressenti pour Dahlia s est arrêté à un point, il y a très longtemps, et n'a plus changé.

Elle doit penser la même chose, ou bien c est la *cubita* que nous buvons en souvenir d'autrefois, parce qu'elle dit en riant à moitié : « En d'autres temps, c'est toi que j'aurais dû épouser. »

Vers minuit, elle m'a accompagné jusqu'à l'avenue où se trouve mon hôtel. Nous avons erré dans les rues du quartier, dans l'odeur des flamboyants. Elle me tenait par la main comme jadis, je sentais la même paume large, les tendons des doigts, la chaleur de son corps. Je m'aperçois que cela a fait bouger quelque chose au fond de moi, une chose que je croyais enfouie pour toujours.

Cela m'a ramené à l'époque où nous étions sur la route d'Ario, pour assister au départ en exil du peuple arc-en-ciel. Depuis ce jour, le monde a bougé. La révolution tant attendue n'aura pas lieu, ni l'éruption annoncée par le Conseiller (encore qu'elle ne soit pas tout à fait impossible). Je me souviens de la plaisanterie que mon prof de géologie servait à chaque nouvelle génération d'étudiants : Qu'est-ce qu'un volcan mono-éruptif ? Un volcan qui n'a pas encore eu sa deuxième éruption.

En attendant, les régions les plus pauvres de la planète continuent à sombrer dans les guerres larvées et l'insolvabilité. Il n'y a plus qu'un grand mouvement d'exode, une sorte de vague de fond qui se brise continuellement sur l'écueil de la frontière. Il n'y a pas de quoi être optimiste. Pourtant, ce qui nous unit encore, Dahlia et moi, ce qui nous permet d'espérer, c'est la certitude que le pays d'Ourania a vraiment existé, d'en avoir été les témoins.

Saint-Martin — San Juan, 1945-2009

ANNEXES

Itinéraire du Paricutin
à la vallée du Tepalcatepec

Quitté Los Reyes par car à 8 h le matin.

Mon barda : soupes lyophilisées, bouillie d'avoine, sessina, et surtout l'eau.

Une couverture pour ne pas faire mentir Don Thomas au cas où l'enfer serait frisquet la nuit.

Citronnelle contre les moustiques.

Le matériel : marteau, sacs à échantillons, boîtes en plastique.

Mon vieux Minolta, boussole, calepins, crayons.

Un couteau suisse.

Alcool, pansements, crème solaire, pastilles de chlorazone pour désinfecter l'eau.

Pas de malaria, mais le mal de Pinto, un spirochète (tréponème herrejoni) qui sème des taches sur la peau et rend anémique.

Angahuan, 18/11

Temps sombre.

Marché dans les rues du village.

Sur la place un haut-parleur diffuse une valse.

Contacté Salvador (mon guide, 43 ans), qui connaît par cœur l'histoire du volcan (son gagne-pain).

Raconte les tremblements de terre, la pluie de cendres, la lave qui déborde et la forêt qui s'enflamme.

339

Nous descendons vers Parangaricutiro vers 10 h du matin.

Traversons une partie de la coulée, non loin de la tour de l'église miraculeuse, dans les creux je remarque des offrandes de fleurs.

Continué par un chemin creusé dans la lave.

À 4 h environ nous sommes au bas du volcan (l'altimètre indique déjà 2 000 mètres). Le cône est parfait, échancré au nord-est par la coulée qui a anéanti le village en 43.

Salvador me conduit à travers les laves en aiguilles jusqu'à la « curiosité » : à 500 mètres du cratère, la *mazorca* (l'épi de maïs), une bombe volcanique en fuseau de 2 mètres de haut.

Avons commencé l'escalade dans la cendre, les laves brûlées, le salpêtre. Odeur forte de soufre. Je touche la cendre, elle me semble encore chaude, sans doute à cause de la réverbération solaire.

Continuons l'escalade à quatre pattes à cause de la pente ; vue sur le paysage chaotique de la vallée. Au sud la montagne où le Tepalcatepec prend sa source.

Je regarde la vallée où je dois faire ma coupe. Devant nous, assez proche, le volcan Tancitaro, type Fuji. La pointe est blanche, non de givre, mais de salpêtre.

L'océan est hors de vue, mais dans l'ombre, je vois un morceau de l'Infiernillo, formé par le barrage sur le *río* Balsas. L'impression est grandiose. Les deux volcans, Paricutín et Tancitaro, l'un de 2 800, l'autre de 3 000 mètres, commandent toute la vallée.

Nous distinguons clairement les vallées affluentes : la Perota à l'est ; les plaines d'Antunez ; le Cupatitzio au nord-est, avec ses barrages ; le lac artificiel de Jicalan, et le hameau de Lombardia (le terminus de la voie ferrée Uruapan-Apatzingán). La rive gauche du Tepalcatepec est cultivée (cascalote, sorgho, concombre, melon, papaye, orangers).

En aval commence un désert blanchâtre (soufre, argile) qui a donné son nom au fleuve (*tepalcate*, en nahuatl : terre aride).

Nous sommes redescendus avant la nuit.

Campement sommaire, sans feu. Mangé une boîte de haricots froids. Salvador grignote des tortillas.

Avant de dormir, nous fumons une cigarette. Salvador parle de sa vie aux États-Unis, dans l'État de Washington, il a travaillé dans une scierie en forêt.

Réveillé en pleine nuit par des glapissements : les coyotes rôdent au milieu des laves. Salvador dit que la semaine passée ils ont attaqué des enfants. Il jette quelques cailloux, au hasard.

C'est ma première nuit dans ce pays ancien et sauvage, une nuit noire dans un paysage noir.

19/11

À l'aube, dans la lueur jaune du soleil pas encore levé, nous partageons le reste de haricots et de tortillas.

Salvador met sa paie dans son chapeau. Il retourne vers son village.

Je marche tout seul vers l'ouest, dans la direction de San Juan Nuevo.

Ma traversée du Tepalcatepec a commencé.

20-25/11

San Juan Nuevo-Tancitaro.

Passé de la zone froide à la zone tempérée des 1 500.

Terrain boisé (pin oyamel, moctezuma, puis à mesure que je descends, pin maritime, fromager).

Le volcan à ma droite, à 10 km à vol d'oiseau.

Début de la descente vers le lit du fleuve.

Sol tertiaire, arénique congloméré, vers Santa Ana calcique-arénique.

Marche difficile, terrain aride, éboulements, ravins bouchés par la végétation épineuse.

Traversé la route Tepalcatepec-Buenavista-Apatzingán.

Impression étrange d'une route goudronnée après des jours de marche dans la montagne.

Je suis depuis deux jours un chemin de bétail qui relie Santa Ana et Guarachita.

Je suis dans la zone des 400.

Prélèvement des sols (environs de Guarachita) :

Présence de fertilisants : calcium, magnésium (roche dolomitique pulvérisée). Soufre (estimation 10 kilos à l'hectare).

Absence de bore.

Nitrogène élevé : 140 (culture de pomme de terre, de maïs).

Potasse k 20 (patate douce).

Phosphore faible : P 205 : 40 (orangers).

Présence exceptionnelle de vignobles près du hameau.

Dans le fond de la vallée, les fumées d'un hameau isolé (le nom fait penser à un campement de chercheurs d'or) : El Piru.

$$\text{Sols}: \frac{\text{Lc} + 1 + \text{Re}}{3} \text{ dans la sierra volcanique}: \frac{\text{Vo} + \text{lm} + \text{Hh}}{2}$$

La pente s'accélère. Tout à coup, après la route, je découvre le fleuve.

Vallée immense fermée au nord-ouest par la chaîne des montagnes (la région de Quitupan, le pays de Don Thomas). Le fleuve coule en méandres réguliers dans une vallée alluviale sèche, piquée de broussailles, quelques bosquets d'arbres au creux intérieur des courbes.

Aucune ville, aucun village.

Une vallée au commencement de l'ère quaternaire.

Impression de solitude, de grandeur.

Demain je camperai au bord du fleuve.

De l'autre côté les pentes sombres de la sierra transversale, dernier obstacle avant le Pacifique.

30/11

Franchi le fleuve par le pont. Eau rare, plusieurs bras morts. Sur la rive gauche, les bosquets (tamaris, saules) suivent le tracé de la rivière souterraine, comme pour les oueds africains.

Rejoint la route d'Aguililla, j'ai arrêté un car pour aller jusqu'à la ville.

Au km 41 passé la ligne de partage des eaux.

Le soir, avant la ville, j'aperçois le début des vallées des affluents du Nexpa, qui descendent vers l'Océan.

Passé la nuit dans l'unique hôtel d'Aguililla.

Fin de la mission.

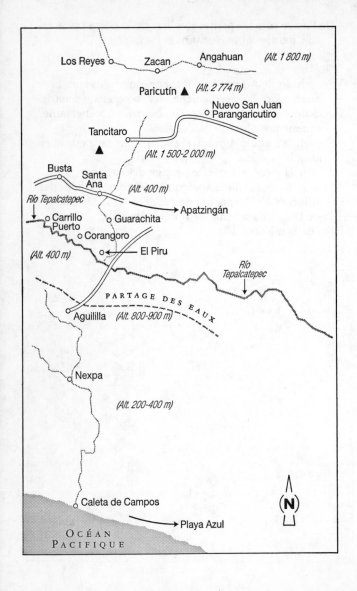

Los Reyes   Zacan   Angahuan   *(Alt. 1 800 m)*

Paricutín ▲   *(Alt. 2 774 m)*

Nuevo San Juan
Parangaricutiro

Tancitaro

(Alt. 1 500-2 000 m)

▲

Busta

Santa
Ana   *(Alt. 400 m)*

Río Tepalcatepec   → Apatzingán

Carrillo
Puerto   Guarachita

Corangoro

(Alt. 400 m)   El Piru

*Río
Tepalcatepec*

PARTAGE DES EAUX

Aguililla   *(Alt. 800-900 m)*

Nexpa

(Alt. 200-400 m)

Caleta de Campos

→ Playa Azul

OCÉAN
PACIFIQUE

(N)

Campos

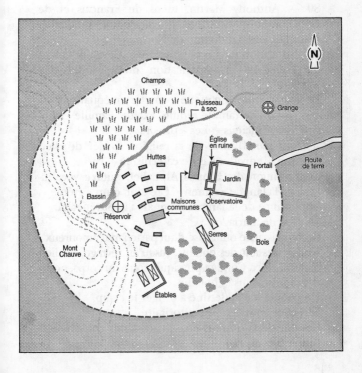

Lois de Campos

ASTR : Fondation par le « Conseiller » dans les années 80 — Anthony Martin, métis de Français et de Choctaw. Formation : engagé, puis études de mathématiques École indienne de Norman.

ÉDU : Éducation sans école organisée. Développement de l'imagination. Application du sensoriel aux sciences.

Le langage mathématique . « parler en équations ».

FAM : Notion de famille réduite exclue. Famille extensive. Les « anciens ». Les « tuteurs ».

FOI : Absence affirmée de la religion. L'idée de Dieu laissée à l'individu. Pas de catéchisme.

LAN : La langue de Campos. Alphabet, syntaxe, vocabulaire de la langue « elmen ». Création d'un « créole ». Importance de la langue originale : le purépecha.

MAR : Pas de mariage.

Reconnaissance officieuse d'un partenariat amoureux.

Non-possession des enfants. Jusqu'au sevrage, un lien maternel fort. Contact physique, soins du corps, nourriture mise dans la bouche, etc.

Un couple idéal, destiné à diriger le camp.

Direction morale, non autoritaire.

Les décisions doivent être prises après consultation (enfants compris).

MÉD : En principe, pas de médecin. Certains hommes, femmes, doués pour soulager. Proche du chamanisme. Les plantes. Jardin de simples, recettes apportées par le Haïtien Sangor. Importance de la plante « nurhité » (*Clinopodium laevigatum*).

Massages, caresses. Importance de la parole.

Aucune hostilité à la médecine occidentale.

MOD : Pas d'argent à l'intérieur du camp. Le troc. Le service rendu. Mais accès au commerce extérieur (vente de produits de la ferme, achat de grains et d'outils). Revenus d'actions bancaires.

PAS : Passage à l'adolescence.

Cueillette des feuilles de nurhité. Voyage à l'extérieur avec obligation de travail. Certains ne reviennent pas.

RIT : Le ciel comme centre d'intérêt. Observation du ciel, établissement d'une charte. Dessins et noms des astres en langue elmen.

Observation des passages : le passage des Pléiades au zénith.

SEX : Sensualité libre, mais contrôlée.

Éducation par les « tuteurs ». Les jeunes ont accès à la sexualité. Doivent connaître la réalité de l'acte sexuel dès l'enfance, sans être incités à y participer. Danger de la promiscuité.

Égalité des sexes. Prépondérance de l'élément féminin dans les rapports sociaux. Dans l'éducation des enfants les trois premières années.

Passage des Pléiades au zénith

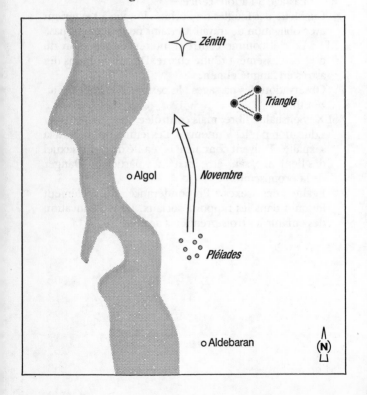

DU MÊME AUTEUR

LA FÊTE CHANTÉE

HASARD *suivi de* ANGOLI MALA (Folio n° 3460)

CŒUR BRÛLÉ ET AUTRES ROMANCES (Folio n° 3667)

PEUPLE DU CIEL *suivi de* LES BERGERS, *nouvelles extraites de* MONDO ET AUTRES HISTOIRES (Folio n° 3792)

RÉVOLUTIONS (Folio n° 4095)

OURANIA (Folio n° 4567)

Aux Éditions Gallimard Jeunesse

LULLABY. *Illustrations de Georges Lemoine* (Folio junior n° 140)

CELUI QUI N'AVAIT JAMAIS VU LA MER *suivi de* LA MONTAGNE OU LE DIEU VIVANT. *Illustrations de Georges Lemoine* (Folio junior n° 232)

VILLA AURORE *suivi de* ORLAMONDE. *Illustrations de Georges Lemoine* (Folio junior n° 302)

LA GRANDE VIE *suivi de* PEUPLE DU CIEL. *Illustrations de Georges Lemoine* (Folio junior n° 554)

PAWANA. *Illustrations de Georges Lemoine* (Folio junior n° 1001)

VOYAGE AU PAYS DES ARBRES. *Illustrations d'Henri Galeron* (Enfantimages et Folio Cadet n° 187)

BALAABILOU. *Illustrations de Georges Lemoine* (Albums)

PEUPLE DU CIEL. *Illustrations de Georges Lemoine* (Albums)

Aux Éditions Mercure de France

LE JOUR OÙ BEAUMONT FIT CONNAISSANCE AVEC SA DOULEUR

L'AFRICAIN (Folio n° 4250)

Aux Éditions Stock

DIEGO ET FRIDA (Folio n° 2746)

GENS DES NUAGES, en collaboration avec Jemia Le Clézio. *Photographies de Bruno Barbey* (Folio, n° 3284)

COLLECTION FOLIO

4427. Isabelle Jarry *J'ai nom sans bruit.*
4428. Guillaume Apollinaire *Lettres à Madeleine.*
4429. Frédéric Beigbeder *L'Égoïste romantique.*
4430. Patrick Chamoiseau *À bout d'enfance.*
4431. Colette Fellous *Aujourd'hui.*
4432. Jens Christian Grøndhal *Virginia.*
4433. Angela Huth *De toutes les couleurs.*
4434. Cees Nooteboom *Philippe et les autres.*
4435. Cees Nooteboom *Rituels.*
4436. Zoé Valdés *Louves de mer.*
4437. Stephen Vizinczey *Vérités et mensonges en littérature.*
4438. Martin Winckler *Les Trois Médecins.*
4439. Françoise Chandernagor *L'allée du Roi.*
4440. Karen Blixen *La ferme africaine.*
4441. Honoré de Balzac *Les dangers de l'inconduite.*
4442. Collectif *1,2,3... bonheur !*
4443. James Crumley *Tout le monde peut écrire une chanson triste et autres nouvelles.*
4444. Niwa Fumio *L'âge des méchancetés.*
4445. William Golding *L'envoyé extraordinaire.*
4446. Pierre Loti *Les trois dames de la Kasbah suivi de Suleïma.*
4447. Marc Aurèle *Pensées (Livres I-VI).*
4448. Jean Rhys *À septembre, Petronella suivi de Qu'ils appellent ça du jazz.*
4449. Gertrude Stein *La brave Anna.*
4450. Voltaire *Le monde comme il va et autres contes.*
4451. La Rochefoucauld *Mémoires.*
4452. Chico Buarque *Budapest.*
4453. Pietro Citati *La pensée chatoyante.*
4454. Philippe Delerm *Enregistrements pirates.*
4455. Philippe Fusaro *Le colosse d'argile.*
4456. Roger Grenier *Andrélie.*
4457. James Joyce *Ulysse.*
4458. Milan Kundera *Le rideau.*
4459. Henry Miller *L'œil qui voyage.*
4460. Kate Moses *Froidure.*

Composition IGS-CP à L'Isle-d'Espagnac.
Impression Maury-...
... à ... (Manchecourt),
le ... 200...
Dépôt légal : ... 2006.
Numéro d'imprimeur : 07/3680.
...

Composition Imprimerie Floch.
Impression Bussière
à Saint-Amand-Montrond, le 10 mai 2007.
Dépôt légal : mai 2007.
Numéro d'imprimeur : 071806/1.
ISBN 978-2-07-034643-1./Imprimé en France.

151228